- axiologie = (axios = valable, qui vaut) (logos) - science des valeurs (morales
- iconoclaste : (eikôn = image) + (klazein = briser)
- paradoxe = (para = contre) + (doxa = opinion) opinion contraire à l'opinion commune
- epistemologie = (epistemê = science) + (logos = etude)

LES MYTHES DE PLATON

Œuvres de Platon
dans la même collection

LES MYTHES DE PLATON

Anthologie

Textes choisis et présentés
par
JEAN-FRANÇOIS PRADEAU

GF Flammarion

REMERCIEMENTS

Virginie Freyder et Monique Labrune m'ont encouragé à composer cette anthologie : je la leur dédie aujourd'hui.

J'exprime encore ma gratitude à Luc Brisson, qui a bien voulu relire l'introduction et les notes du volume, avant de m'aider à composer la bibliographie.

INTRODUCTION

Si la philosophie ne cesse de prendre ses distances avec le mythe, elle ne lui fait pourtant jamais ses adieux. Elle le tient plutôt à distance, autant que le travail de la raison doit l'être du simple récit, mais elle le garde à portée de main, car le récit a parfois l'utilité d'un exemple, et il est même des occasions où la raison trouve en lui son secours, lorsqu'elle est défaillante. L'histoire de la philosophie a donné toutes les silhouettes et, pour ainsi dire, toutes les mesures possibles à cette distance, en demandant, ici, qu'elle ne puisse jamais être franchie et que la philosophie se débarrasse du mythe comme l'on chasse de vaines chimères[1], ou bien, là, qu'elle soit abolie au point qu'il revienne en propre à la philosophie de méditer le mythe[2]. L'histoire du lien si sou-

[1]. Des chimères qui seraient les indices, comme le déplorait Auguste Comte, d'un régime mental primitif (voir par exemple le parallèle critique que Comte établit entre la conception grecque du monde comme un vivant animé et le « ténébreux panthéisme » de ses contemporains allemands, dans la cinquante-deuxième leçon de son *Cours de philosophie positive*, en 1841).

[2]. Comme l'ont demandé les Romantiques et comme le demandait Schelling sous la dictée de Hölderlin, en invitant les philosophes à concevoir une nouvelle mythologie, « une mythologie de la raison » suscep-

vent et si différemment tissé entre la philosophie et le mythe a l'œuvre de Platon pour origine. À bien des titres, puisque Platon est à la fois le premier auteur qui propose et développe une définition de la philosophie, le premier encore qui conduise une analyse philosophique du mythe, mais aussi et surtout parce que Platon est tout simplement celui qui donne au terme « mythe » la signification qui est encore la sienne aujourd'hui.

Le mythe

Le terme *mûthos*, dont notre mot « mythe » n'est qu'une transcription, reçoit dans les dialogues platoniciens une signification qui n'était pas la sienne chez les auteurs de langue grecque antérieurs. Poètes et historiens, au Ve siècle, emploient le terme *mûthos* pour désigner une forme traditionnelle de récits qui, transmis de génération en génération, conserve une mémoire collective. De ce mémorable collectif que transmettent les personnes âgées ou les poètes, des auteurs cherchent à distinguer le récit d'événements certains et avérés, et entreprennent de tracer une frontière nette entre les récits qui n'ont pour eux que l'autorité de leur répétition, et ceux qui sont une image fidèle d'événements réels et vérifiables.

C'est dans l'œuvre historique de Thucydide que cette frontière est tracée pour la première fois et que

---

tible de concilier les aspirations du peuple et celles des philosophes (Schelling s'en explique dans un texte, recopié par Hegel, auquel on a donné le titre de *Plus ancien programme systématique de l'idéalisme allemand* ; voir la traduction et les explications de P. Lacoue-Labarthe et de J.-L. Nancy, *L'Absolu littéraire : théorie de la littérature du romantisme allemand* (textes traduits et présentés avec la collaboration de A.-M. Lang), Paris, Seuil, 1978, p. 54 pour l'appel à la nouvelle mythologie. Cette veine *mythophilique* anime, aujourd'hui encore, un certain nombre de projets et d'ouvrages philosophiques ; voir à ce titre B. Pinchard, *Méditations mythologiques*, Paris, Les Empêcheurs de penser en rond, 2002.

le *mûthos* désigne alors tout ce qui est dit ou répété sans rigueur : le « mythe » est devenu une fable incertaine, il est le récit sans objet vérace que les grand-mères racontent aux enfants [1]. Dans les dialogues platoniciens, qui poursuivent cette distinction du mythe et du discours rationnel ou vérace (le *lógos*), le *mûthos* devient une véritable catégorie de discours, un genre, auquel Platon attribue deux qualités et un statut équivoque. Car si Platon parachève le mouvement de séparation qu'avaient commencé d'accomplir les « historiens » lorsqu'ils cherchaient à distinguer leur discours authentifié ou vérace des mythes invérifiables, c'est aussi et en même temps pour conserver le mythe et accorder à ce discours invérifiable mais vraisemblable une fonction éminente.

D'une part, le mythe est un discours qui, selon Platon, doit être nettement distingué du discours rationnel que prononce la philosophie. D'autre part, le mythe est un discours qui se prononce sur des réalités éloignées, passées ou lointaines, auxquelles l'examen rationnel ne semble pas pouvoir accéder, et il est à cet égard l'unique, sinon l'indispensable témoin auquel la philosophie elle-même doit parfois prêter l'oreille. Ainsi, sous le premier aspect, le mythe est écarté au motif qu'il est un récit invérifiable dont le propre est d'être soustrait à toute forme d'argument rationnel, quand, sous le second aspect, il devient une source d'exemples ou d'informations et parfois même un adjuvant de la philosophie. Bref, si le mythe est bien l'autre de la rationalité philosophique, c'est à la condition semble-t-il de s'entendre avec cet étranger et de parler sa langue que la philosophie, selon Platon, peut se prononcer sur toutes choses.

---

1. Sur l'histoire grecque de ce terme et l'usage qu'en fait Thucydide, voir M. Detienne, *L'Invention de la mythologie*, Paris, Gallimard, 1981, particulièrement p. 87-122.

Platon, philosophe et mythologue

> « Il faut croire ce que racontent les mythes. »
> *Lois* XI 913c1

La philosophie ne paraît pas pouvoir se passer du mythe. Voilà le constat de Platon, tel qu'il le met en œuvre en citant des mythes, en y faisant allusion, en y renvoyant ses lecteurs ou, très souvent, en les forgeant lui-même. Il n'est pas une seule œuvre de Platon qui ne soit dépourvue de matériau mythique, qui ne cite, ne forge ou ne mentionne, au moins un bref instant, au détour d'un argument, un récit. Platon ne se contente pas de répéter ou de résumer ces récits, il est bien un faiseur de mythe, un poète mythologue, et la lecture des textes que nous avons rassemblés dans cette anthologie montrera assez à quel point il mêle, refond, modifie ou corrige les récits traditionnels que connaissaient ses lecteurs grecs, et combien encore il contribue à cette tradition mythologique, en créant des fictions si réussies que la postérité leur réservera, justement, le statut de mythes, au point d'oublier qu'ils ont le philosophe athénien pour auteur. On en lira ici la matrice, mais on peut dès maintenant rappeler que des mythes aussi répandus et aussi féconds, en termes d'imaginaire collectif et de production littéraire, que le mythe des « moitiés » qui s'aiment et se recherchent (le *Banquet*) ou celui de l'Atlantide engloutie (le *Critias*) sont des créations platoniciennes. Platon n'a pas adapté ces récits, il ne leur a pas simplement donné une forme particulièrement réussie, mais il les a forgés.

Comme Luc Brisson l'a montré au fil des nombreuses études qu'il a consacrées aux mythes platoniciens, Platon nomme « mythe » le récit qu'une communauté se transmet de génération en génération, et dont elle estime à la fois qu'il témoigne de son passé et qu'il porte avec lui ce qu'elle a de plus éminent et de plus spécifique, son identité et ses valeurs [1]. Le mythe est ainsi et d'abord, quel que soit son objet, l'histoire que l'on raconte depuis long-temps au sein d'un même groupe civique, et qui transmet le patrimoine spirituel et moral de ce groupe. C'est à ce titre que le récit traditionnel et collectif qu'est le mythe intéresse Platon, qui le considère comme un instrument de communication collective dont l'efficacité est optimale. Les mythes sont en effet les récits que les citoyens ont en commun, et ce sont eux qui donnent à la collectivité sa mémoire ; ils contribuent de la sorte, comme on va y revenir, à la formation et à l'unité de la cité.

La question est souvent posée du degré d'adhésion que les destinataires des mythes manifestaient à l'égard de la véracité des récits ; elle l'est en général à la culture grecque, mais elle l'est aussi en particulier au philosophe lorsqu'on se demande si Platon croyait à toutes les histoires qu'il a racontées. On s'est ainsi inquiété de savoir si les Grecs croyaient à leurs mythes [2], puis on s'est demandé pourquoi le premier véritable philosophe, apparent contempteur des poètes, avait pourtant enfilé leur habit pour se faire à son tour mythologue et « dire le faux [3] ». Sans doute faut-il répondre que de telles questions ne pouvaient être posées à des auteurs comme à un public grecs, car la manière même dont les récits étaient

1. Parmi les travaux de L. Brisson, voir d'abord *Platon, les mots et les mythes* (1982), Paris, La Découverte, 1994, et aussi *Introduction à la philosophie du mythe*, I : *Sauver les mythes*, Paris, Vrin, 1996.
2. C'est la question qui donne son titre au célèbre petit essai de P. Veyne : *Les Grecs ont-ils cru à leurs mythes ? Essai sur l'imagination constituante*, Paris, Seuil, 1983.
3. Le mythe, comme bien des discours poétiques, n'est pas, par définition, un discours vrai. Il est faux ; à ceci près que le poète, du moins le bon poète, est celui qui parvient à rendre ce faux le plus possible semblable au vrai, comme Socrate l'explique dans la *République* II 382b-d.

transmis empêchait d'emblée qu'on les tienne pour
des témoignages fiables. Et de cela, il semble bien
que tous les destinataires avaient conscience. Il allait
de soi, d'emblée, que ce qui se racontait en se trans-
mettant ainsi n'était pas de l'ordre du témoignage
fiable et n'avait pas vocation à s'imposer à la manière
d'une connaissance, ni même d'une croyance.

Si le mythe grec a une identité ou une cohérence
générique, elle tient d'abord à ceci que le discours
ainsi nommé ne se laisse jamais résoudre à l'un ou
l'autre terme de l'alternative qui opposerait le vrai au
fictif, le réel au mensonger. La catégorie du mythe,
affirme Platon, est celle du « vraisemblable » (*eikṓs*),
du récit qui n'est ni vrai ni mensonger, ou plutôt qui,
tout mensonger qu'il soit, comporte une part de
vérité [1]. Le vraisemblable mythique est aussi bien
l'invérifiable, et c'est depuis cette zone dérobée du
discours et du récit que le mythe prête un concours
ambigu au discours rationnel qui n'aspire qu'à la
vérification et à la véracité [2]. Platon a entrepris, dans

1. Voir les précisions de L. Brisson, *Platon, les mots et les mythes*,
éd. citée, p. 111-143. La distinction n'est pas tranchée entre discours faux
et discours vrai, pas plus pour Platon (voir notamment les remarques de
Protagoras 320c) que pour ses prédécesseurs et contemporains. C'est un
point qu'explique bien C. Calame, « Le mythe, une catégorie hellène »,
Recherches sur la philosophie et le langage, 18, 1996, p. 85-107.

2. C'est l'une des raisons pour lesquelles l'opposition du récit mythique
et du discours rationnel, du *mûthos* et du *lógos*, s'avère si peu utile et si
inadéquate lorsqu'on cherche à rendre compte de l'usage platonicien du
mythe. Voir sur ce point les remarques suggestives de J.-F. Mattéi,
Platon et le miroir du mythe. De l'âge d'or à l'Atlantide, Paris, PUF,
1996, particulièrement p. 3-5. La réflexion philosophique sur les liens
de la raison et du mythe, du *lógos* et du *mûthos*, a bien sûr une histoire
considérable, et une histoire également contemporaine (que l'on songe
aux premiers écrits de Nietzsche sur les présocratiques ou sur la tragédie, à l'étude classique de B. Snell, *La Découverte de l'esprit : la
genèse de la pensée européenne chez les Grecs* (1955), trad. par
M. Charrière et P. Escaig, Combas, L'Éclat, 1994, ou bien très récemment, parmi d'autres, au volume *From Myth to Reason. Studies in the
Development of Greek Thought*, éd. par R. Buxton, Oxford, Oxford University Press, 2001).

ses dialogues, de tirer profit de cette confrontation et de ces ambiguïtés, en faisant jouer au récit des rôles variés. Il y fallait le talent d'écrivain dont son œuvre témoigne, et la part considérable d'humour, voire de désinvolture, que demande le bouleversement des mythes les mieux établis.

Homère, le piètre éducateur

Si le mythe grec exige de ceux qui le transmettent comme de ceux qui l'écoutent une forme d'adhésion ou de croyance, celle-ci ne relève donc ni de l'adhésion à un dogme, ni de la croyance en l'exacte véracité des événements historiques que décrivent par exemple les épopées homériques. L'une des spécificités de la transmission des mythes grecs, notamment à travers la récitation du poème homérique, tient précisément au fait que la véracité factuelle des événements décrits dans les poèmes n'est en rien le critère de leur pertinence ou le critère de l'adhésion dont ils peuvent bénéficier. Les mythes sont d'emblée situés dans cette zone d'incertitude, voire d'inexactitude, qui les soustrait au critère de la véracité factuelle et les installe dans un univers de signification dont les deux caractères sont le probable et le vraisemblable. Le mythe grec, s'il est éventuellement distingué du discours historique qui porte sur des événements récents et attestés, reste un témoignage sur le passé lointain. Pour les historiens grecs comme pour Platon, le mythe reste un discours « historique », c'est-à-dire un discours sur des événements passés, mais la valeur de son témoignage est à ce point incertaine que son contenu ne peut, au mieux, que prétendre au probable. Si tous les Grecs tiennent que la guerre de Troie a eu lieu, aucun d'eux

ne paraît persuadé de l'exactitude du témoignage
homérique. Pour autant, celui-ci reste probable, tout
comme l'est à son tour la leçon des mythes qu'on
répète ou consigne, et qui tous sont retenus et
transmis du fait encore de leur caractère vraisemblable. Platon est on ne peut plus attentif à cette sin-
gulière liberté du mythe, auquel on accorde le privilège de ne dire ni le vrai ni le faux, et celui surtout de
dire le vraisemblable sans être le vrai. Ce privilège a
ses raisons, il est attaché à la double mission du
mythe : évoquer ce à quoi les hommes n'ont pas
accès de leur vivant, et les éduquer.

L'Étranger d'Athènes, l'un des interlocuteurs des
Lois, pose cette question : « Mais ne croyez-vous
pas que les antiques traditions comportent quelque
vérité ? » (III 677a-b). Elle recevra une réponse
positive, et les interlocuteurs rappelleront alors,
pour entamer une recherche sur la cité vertueuse,
les récits relatifs à la naissance des cités [1]. Si les
mythes s'imposent de la sorte, ici dans une
recherche politique, ailleurs dans une recherche sur
l'âme ou encore sur les dieux, c'est qu'ils témoignent de ce à quoi l'on n'a pas ou plus accès. La
première fonction du mythe est proprement mnémo-
nique : le poème homérique est le seul témoignage
dont on dispose sur l'origine des cités, et le poème
hésiodique, pour sa part, est l'un de ceux qui
remontent à l'origine même du monde, puisqu'il
décrit la naissance des dieux. Mais l'éloignement
chronologique n'est cependant qu'une forme d'éloignement parmi d'autres : le mythe se prononce
encore sur un au-delà qu'aucun de ses auditeurs ne
peut connaître au moment où il l'entend, le récit de
ce qui l'attend après la mort, ou bien également sur
le comportement des divinités dans le monde qui

1. Il s'agit, dans le recueil, du texte reproduit aux p. 53-72.

est le leur. Ces objets, pour inaccessibles qu'ils soient, n'en jouent pas moins un rôle constitutif dans la culture commune, puisqu'ils sont au principe de la représentation du monde (comme un tout ordonné, façonné et animé par les dieux) et de l'éthique, c'est-à-dire de l'ordonnancement des mœurs, de l'assujettissement des modes de vie à certaines règles ou valeurs.

Les textes de référence où une partie de la tradition mythologique est recueillie sont l'œuvre de ceux que les contemporains de Platon désignent comme les « Poètes », Homère et Hésiode. Leurs textes, qui étaient transmis oralement plutôt qu'ils n'étaient lus, avaient acquis, à l'époque de Platon, le statut de fonds culturel et pédagogique, auquel puisaient tous les éducateurs et tous les orateurs, tous ceux qui, dans la cité, devaient faire un usage pédagogique ou édifiant du discours public et qui trouvaient, avant tout dans le poème homérique, des exemples, des personnages caractérisés par une disposition d'esprit ou de mœurs, et des modèles de conduite. Homère avait ainsi acquis, comme Platon le déplore, le statut d'éducateur des Grecs, tout comme les tragédiens qui d'une certaine manière mettaient en scène le mythe. Mais c'est un statut usurpé qui est dénoncé dans la *République* X 599c-601a, au motif qu'Homère dépeint de manière déplorable les dieux et les héros, qu'il en fait des êtres immoraux, jaloux et querelleurs, et qu'il n'a jamais su rendre personne réellement vertueux. Les Grecs tiennent Homère pour un éducateur, mais que lui doivent-ils au juste, demande Platon ? A-t-il fondé une cité en la dotant de bonnes lois, a-t-il inventé un objet ou conçu un savoir d'utilité publique, a-t-il formé des jeunes gens pour les rendre vertueux ? Non, rien de tout cela. Homère a simplement imité des modes de vie et des simulacres

de vertus, et il s'est mal acquitté de son métier [1]. Pour
autant, Platon ne dispute pas aux poètes le rôle
mimétique qui est le leur. Comme l'expliquent les
livres III et X de la *République*, il revient bien aux
poètes et à ceux qui forgent ou transforment les
mythes, de produire des imitations vraisemblables
des conduites héroïques ou divines. Mais ces imitations, parce qu'elles sont adressées à la cité tout
entière et qu'elles servent à l'éducation comme à
l'édification des citoyens dès leur plus jeune âge,
doivent être fondées sur une connaissance droite de
ce que sont les vertus qui doivent être représentées.
Or, cette connaissance fait défaut au poète, qui n'est
pas un savant, et c'est la raison pour laquelle Platon
demande que les poètes composent et surtout représentent leurs œuvres sous le strict contrôle des gouvernants savants. Où l'on comprend, lisant la *République*, que le poète est tout aussi indispensable à la
cité que l'est la transmission du mythe : il y faut une
compétence technique, une véritable aptitude
poétique ; mais il s'agit d'une tâche dont les effets
pédagogiques et civiques sont à ce point importants
que l'activité poétique et « mythologique » doit être
soumise au contrôle gouvernemental le plus vigilant
qui soit.

Les exigences éthiques et politiques que Platon se
propose de promouvoir et de satisfaire dans son
œuvre ne peuvent tolérer les poèmes homériques. Et
pourtant, les dialogues platoniciens citent abondam-

---

1. Cette condamnation d'Homère et les ambiguïtés qui lui sont attachées resteront importantes dans la tradition platonicienne. Dans son
Commentaire sur la République, le néoplatonicien Proclus (412-485)
notera ainsi que « Platon n'a pas banni toute espèce de mythologie,
mais seulement celle qui procède au moyen de fictions honteuses et
immorales telles qu'en ont écrites et Homère et Hésiode »
(XVIᵉ dissertation, II, p. 107, Kroll, trad. par A. J. Festugière, Paris,
Vrin, vol. III, 1970).

ment ces poèmes [1]. S'il n'y a pas de paradoxe en la matière, c'est bien sûr que Platon et ses lecteurs distinguent assez spontanément entre les faits ou les figures qui sont évoqués par Homère et ce que ce dernier a pu en dire. Les jugements du Poète sont une chose, les événements lointains en sont une autre ; on peut ainsi, comme le fait Platon dans l'*Hippias mineur*, se prononcer sur les actes et la personnalité des personnages Achille et Ulysse, en se référant au texte homérique, mais en contestant ce que Homère lui-même paraît dire de ses personnages. C'est la preuve, s'il le fallait, qu'Homère est considéré comme l'un des récipiendaires d'une tradition orale lointaine à laquelle il donne une forme, et c'est la preuve bien sûr que, pour Platon comme pour ses contemporains, Achille et Ulysse ne sont pas, au sens strict, des personnages de fiction [2]. Ce sont des héros, qui ont existé et dont la description au moins vraisemblable de la vie qu'ils vécurent et des actes qu'ils accomplirent doit profiter à la vie des Grecs. La vocation pédagogique du mythe est ainsi parfaitement assumée par Platon, qui estime que les éduca-

---

1. J. Labarbe a consacré un ouvrage à l'examen de toutes les citations platoniciennes d'Homère : *L'Homère de Platon*, Liège, Faculté de Philosophie et Lettres, 1949. Le texte homérique que cite Platon n'est pas toujours identique à celui que donnent les manuscrits médiévaux à partir desquels nous lisons aujourd'hui l'*Iliade* et l'*Odyssée*. Ces variantes tiennent aussi bien à la nature orale de la transmission des chants homériques (qui sont récités en public, et parfois commentés par les rhapsodes dont Platon se moque dans l'*Ion*) qu'à la manière dont le texte a pu en être conservé et transmis par écrit, après Platon. Elles tiennent aussi, dans certains cas, aux modifications que Platon a pu porter volontairement aux vers homériques, afin de mieux leur faire servir le propos de ses dialogues.

2. D'autant moins qu'Homère n'est pas le seul « auteur » qui évoque, par exemple, la guerre de Troie ou les destins des héros. Les mythes ont été transmis ou mis par écrit dans d'autres œuvres, et sont consignés à l'époque dans des ouvrages. Sur ce genre littéraire « mythographique », voir les textes recueillis et présentés par R.L. Fowler, *Early Greek Mythography*, vol. I, Oxford, Oxford University Press, 2000.

teurs doivent employer le récit pour former les
citoyens en leur donnant une représentation axiolo-
gique des affaires humaines et des conduites. Mais il
retourne donc cette exigence civilisatrice contre les
poètes, avec une vigueur qu'on aperçoit mal aujour-
d'hui faute de rappeler la place qu'occupait Homère
dans l'éducation ordinaire : dire avec Platon que
l'éducateur de la Grèce était un ignorant à bannir du
cursus éducatif était à tout le moins iconoclaste.
Mais cette condamnation permet aussi bien de comprendre pourquoi – puisque les poètes s'étaient mon-
trés incompétents – il revenait selon Platon au philosophe lui-même de se prononcer sur les mythes et
d'en forger. Ce travail de relecture philosophique du
mythe est parfaitement ordinaire dans les dialogues :
ils se servent du poème homérique comme d'une
somme d'exemples auxquels on peut faire allusion,
pour se prononcer par exemple sur les dangers de la
navigation ou sur la vertu du courage lors d'une
bataille, mais aussi comme d'un matériau, une source
textuelle à partir de laquelle Platon adapte ou forge
ses propres récits.

Dans les *Lois*, alors que les interlocuteurs se prononcent sur les sanctions appropriées à la désertion,
on trouve cette remarque :

> « À coup sûr, tout homme qui porte une accusation
> quelconque contre un autre doit toujours appré-
> hender de le faire punir de façon imméritée, que ce
> soit de son plein gré ou contre son gré autant que
> possible. Justice en effet est, selon la tradition, fille
> de Retenue et cela rejoint la réalité ; or Mensonge
> est par nature odieux à Retenue et à Justice. Il faut
> donc, en toutes circonstances, se garder soigneuse-
> ment de toute faute contre la justice, mais on le doit
> tout particulièrement quand il s'agit de l'abandon
> par un soldat de ses armes au combat, de peur que,

en ne prenant pas alors en compte les nécessités qui
peuvent expliquer de tels abandons, on ne prenne
alors ceux-ci pour des abandons déshonorants donnant matière à blâme, et qu'on n'inflige à un inno-
cent des peines imméritées. Même s'il est vrai qu'il
n'est pas du tout facile de distinguer ces deux cas,
il faut néanmoins que la loi s'efforce de faire d'une
manière ou d'une autre cette distinction en prenant
en considération les cas particuliers. Ayons recours
à un mythe pour exposer par la même occasion ce
qu'il en est. Si Patrocle, une fois ramené dans sa
tente sans armes, était revenu à la vie, comme bien
sûr cela est arrivé à des milliers et des milliers
d'autres guerriers, et alors que ces armes fameuses,
qu'il portait auparavant et dont le poète raconte que
les dieux les avaient données à Pélée en cadeau de
noces fait à Thétis, restaient aux mains d'Hector, il
eût été alors loisible à tout ce qu'il y avait de lâches
de reprocher au fils de Menoetios l'abandon de ses
armes » (XII 943d-944a).

Ces remarques, qui servent de préalable à une loi,
s'appuient sur un matériau narratif, mythique, à des
fins pédagogiques d'exemplification : on y fait appel
aux vertus personnifiées que sont la pudeur (*aidốs*) et
la justice (*díkē*), telles qu'elles sont notamment
décrites par Hésiode, dans *Les Travaux et les Jours*,
v. 256-257, puis à un épisode de l'*Iliade* (voir XVII,
v. 194-195, puis XVIII, 82-87). La mention des divinités reste allusive et l'épisode homérique est pour sa
part abstrait de son contexte : Platon ne renvoie pas à
la trame narrative de l'épopée, ni même à un épisode
dans son ensemble (l'affrontement d'Achille et
d'Hector), mais il se contente d'en prélever une
infime séquence (Patrocle, délaissé par Achille,
meurt au combat sous les coups d'Hector) pour en
faire le point de départ d'une hypothèse fictive et
d'un exemple. Cette ponction dans le texte homé-

rique est courante dans les dialogues : Platon ne
commente pas le texte homérique, mais il le cite à
des fins pédagogiques et persuasives. Et c'est bien là
qu'est le plus important, quel que soit le mythe
employé. Le texte qu'on vient de lire est en effet le
préambule d'une loi ; sa fonction, à ce titre, est d'être
persuasif : ce que la loi interdit de façon contrai-
gnante, le préambule de la loi cherche à en dissuader
les citoyens, en les persuadant du caractère inop-
portun des actions qui tombent sous le coup de la
loi [1]. Le préambule est employé par le législateur
comme une sorte d'incantation qui doit exhorter le
citoyen à ne pas accomplir l'action délictueuse ou
criminelle, et le mythe joue en l'espèce un rôle privilégié parce qu'il transmet des croyances communes
et des valeurs avec une efficacité persuasive dont le
législateur doit pouvoir tirer, selon Platon, le plus
grand bénéfice. D'autant plus que le préambule doit
pouvoir exercer sa persuasion, son exhortation à la
vie droite, sans avoir recours à l'exposé savant et
sans avoir recours à la démonstration des motifs : il
ne s'agit pas d'enseigner à tous les citoyens les raisons pour lesquelles telle ou telle loi est prescrite, ce
qui serait tout simplement impossible, mais bien de
leur inspirer par la persuasion, c'est-à-dire au besoin
par le mensonge, le goût d'une bonne conduite.

En voici un autre exemple, de nouveau emprunté à
la fin des *Lois*, alors que l'étranger d'Athènes veut
justifier l'importance civique du respect des aînés et
des parents :

> « Œdipe, raconte-t-on chez nous, lança contre ses
> enfants qui lui avaient manqué de respect des
> imprécations que les dieux entendirent et exaucè-
> rent, comme le chante tout le monde. Amyntor dans

1. Le statut du préambule et sa fonction persuasive sont définis au
livre IV des *Lois*, 719c-724a.

sa colère appela sur son fils Phénix, et Thésée sur son fils Hippolyte, et combien d'autres pères sur combien d'autres fils, des milliers sur des milliers, des malheurs qui montrèrent comment les dieux exaucent les prières des pères contre leurs fils, car la malédiction d'un père contre ceux qu'il a engendrés a plus d'effet que n'importe quelle autre contre n'importe qui, et cela en toute justice [1]. »

Cet exemple indique de nouveau comment Platon entend travailler le mythe, en le convoquant selon les besoins d'une démonstration, à laquelle le récit est alors adapté, et en le faisant servir à des fins d'éducation civique. Le mythe n'est toutefois pas employé pour s'ajouter à la démonstration, ni même pour l'illustrer, mais bien pour s'y substituer. Avant que de décrire les peines qui frapperont les torts commis à l'encontre des aînés et des vieillards, le législateur ne produit pas une démonstration raisonnée de l'importance des aînés dans la cité et de la nécessité d'y prendre soin des vieillards ; il se contente plutôt de l'autorité des mythes, qui tous montrent que les crimes commis par les fils sont sanctionnés avec une extrême sévérité. Les dieux punissent le mépris des parents, voilà ce que dit le mythe et voilà surtout ce dont seul le mythe, parce qu'il s'appuie sur ce mémorial commun qui a nourri l'enfance et l'éducation de chaque citoyen, peut parvenir à persuader tout un chacun dans la cité.

1. *Lois* XI 931b-c. Dans l'*Iliade* (IX, v. 430-480), Phénix raconte comment, sur les conseils de sa mère, il a tenté de mettre fin à la liaison de son père avec une concubine et comment Amyntor demanda aux dieux que son fils reste sans postérité. Les fils d'Œdipe, Étéocle et Polynice, s'entretueront (Eschyle, *Sept contre Thèbes*, v. 785-790 ; Sophocle *Œdipe à Colone*, v. 427-430). Pour le récompenser d'avoir tué le bandit Skiron, Poséidon avait promis à Thésée d'exaucer trois de ses vœux. Selon la tradition, le seul que fit Thésée fut celui qui eut pour effet la mort d'Hippolyte, son fils (voir Euripide, *Hippolyte*, v. 43-56, 887-890 puis 1315-1317).

Un discours civique

Cette fonction de persuasion civique n'enlève rien, toutefois, à l'ambiguïté d'un discours dont on voit bien qu'il n'est pas un discours savant, rationnellement fondé ou susceptible d'une quelconque vérification [1]. D'autant moins sans doute que les réalités sur lesquelles le mythe se prononce sont extraordinaires ou parfaitement inaccessibles : le mythe témoigne des personnes, des faits et gestes des dieux, il se prononce encore sur l'origine et la constitution du monde, ou encore et enfin sur le sort de l'âme après la mort. L'ambiguïté, du moins telle qu'elle se manifeste dans la philosophie platonicienne, tient alors à ceci : nous avons là un discours qui prend pour objet ce qui ne peut être objet d'une connaissance rationnelle, et encore moins sensible ou expérimentale, mais qui est déclaré indispensable à la cité, puisqu'on lui demande de se prononcer sur ces réalités extraordinaires ou inaccessibles que sont les dieux, les âmes ou encore le monde dans son ensemble, et de le faire de telle sorte que les citoyens destinataires du récit s'en trouvent édifiés moralement et civiquement. Il revient au mythe de faire découvrir ou apercevoir à son destinataire des réalités ou des principes que ce dernier ignore, et il lui revient également de persuader ce destinataire de l'existence des réalités ou de la valeur des principes en cause.

Le recours civique au mythe, comme instrument d'une pédagogie civique, n'est certes pas une inno-

---

1. Si la différence entre le *lógos* et le *mûthos* n'est pas toujours pertinente dans la langue de Platon, l'usage que ce dernier fait des verbes (« discourir » ou « raisonner », d'un côté, lorsqu'il emploie le verbe *logízesthai* ; puis « fabuler » ou « raconter », lorsqu'il emploie *mutholo-geîn*) l'est bien davantage. Elle permet au philosophe de distinguer le statut épistémologique des discours prononcés et la manière dont ils rendent ou non raison de leurs objets.

vation platonicienne. La cité athénienne faisait un semblable usage des récits, soit sous la forme dramatique de la tragédie représentée en public [1], soit sous la forme de récitations devant un public plus restreint (ou encore de récits dans la sphère familiale). Le mythe est ainsi le matériau privilégié de l'éducation orale et collective grecque. Platon, à cet égard, est un citoyen de son temps, et il tient que la population dans son ensemble doit être éduquée par des récits édifiants qui sont à la fois l'occasion d'inscrire la cité dans une histoire, de lui enseigner son passé, et de l'édifier sur son propre compte comme sur le compte des valeurs sur le respect desquelles elle repose : l'élection puis la protection de la cité par telle ou telle divinité, le privilège accordé à telle vertu ou à telle conduite, l'origine de l'humanité et ses diverses vocations. C'est là ce que le mythe décrit. Il offre à la cité la durée étendue d'une histoire et l'appartenance à un monde, c'est-à-dire en somme une « idéologie », si l'on veut bien nommer ainsi la manière dont une communauté civique se représente les principes de son existence, et il lui offre les principes de son unité. Cette unité ne saurait être atteinte, selon Platon, qu'à la condition que les citoyens possèdent une même opinion droite en matière de mœurs et qu'ils jugent ainsi unanimement des principes qui doivent gou-

1. Il convient de se reporter aux ouvrages classiques de J.-P. Vernant et de P. Vidal-Naquet, qui décrivent la tragédie athénienne comme ce genre littéraire ambigu qui entretient avec le mythe un rapport de « tension ». Dans la mesure d'abord où la cité est à la fois l'acteur et le destinataire du drame tragique, ce qui affecte la façon dont le mythe peut être mis en scène, puis ensuite, dans la mesure où l'action occupe dans le drame une place désormais déterminante, de telle sorte que le héros tragique se trouve conjointement inscrit dans l'espace civique (il est comme un citoyen, agissant comme un contemporain) et dans l'espace mythique du récit (puisque le héros tragique est un personnage « mythique »). Voir les textes rassemblés dans les deux volumes de *Mythe et tragédie en Grèce ancienne*, Paris, La Découverte, 1972 et 1986.

verner leurs conduites [1]. Il convient que l'ensemble
des citoyens, indépendamment de leur formation et de
leur fonction civique, prononcent un même jugement
sur l'ordre du monde, la nature de la vie divine et les
principes qui doivent régir la vie humaine. Ce discours
commun, c'est le mythe [2]. Et c'est bien parce qu'il en
va de l'existence de la cité, de sa cohésion, que la
transmission du mythe, c'est-à-dire aussi bien son
invention, ne peut être laissée à l'initiative des familles
ou des poètes, mais doit relever du contrôle gouvernemental. C'est ainsi que la *République* comme les *Lois*
justifient le recours au mensonge ou au mythe, c'est-à-
dire à la diffusion d'un discours faux qui, forgé par les
dirigeants, doit favoriser l'adoption d'une opinion
droite commune chez les citoyens. Le mythe, à cet
égard, s'apparente à un mensonge d'État diffusé à des
fins qu'on pourrait dire de propagande si ce terme
n'avait la signification exclusivement dépréciative qui
est la sienne aujourd'hui.

Loin que d'être un expédient marginal ou simplement l'instrument du loisir, le mythe se voit donc
investi d'un rôle éducatif et politique majeur. Platon
estime qu'il est l'instrument le mieux approprié à
une persuasion collective sans laquelle la cité ne
pourra atteindre aucune sorte d'unité ou de vertu.
Dans une communauté où tous ne sont pas savants, le
mythe s'impose comme ce discours faux qui peut
s'adresser à toutes les âmes, qu'il soit adapté afin de
nourrir les comptines qu'on réserve aux enfants, ou

1. Voir *République* II 363e-364a, IV 420b-421c, V 463e-464e, puis
Politique 309d-e. S'agissant de la pensée politique de Platon, et de son
souci de l'unité de la cité, voir J.-F. Pradeau, *Platon et la Cité*, Paris,
PUF, 1997.
2. Sur l'importance de la parole commune dans la cité platonicienne,
voir les analyses de J.-M. Bertrand, *De l'écriture à l'oralité. Lectures des
Lois de Platon*, Paris, Publications de la Sorbonne, 1999, particulièrement p. 400-405.

bien mis en scène par les tragédies qui tiennent lieu
d'éducation civique aux citoyens grecs [1].

C'est bien pour ces raisons éducatives dont l'importance civique est éminente que Platon demande que
l'on place la conception, le choix, puis le récit des
mythes sous un strict contrôle gouvernemental. Ce
sont les gouvernants de la cité vertueuse, explique-
t-il dans la *République*, qui doivent déterminer les
« modèles » (de conduite, de vertus) à partir desquels
les poètes forgeront les mythes [2]. Si ces derniers
s'écartent de ces modèles, alors on les tiendra pour
défaillants et on les éloignera de la cité. Il en va de
même des mythes eux-mêmes : seuls ceux qui contribuent à l'éducation des citoyens à la vertu, et de ce
fait à l'unité de la cité, seront racontés.

Une mythologie platonicienne ?

Le choix des textes qui suivent obéit à des critères
dont la définition conserve une part d'arbitraire. Le
critère du genre littéraire, ou celui du style narratif,
s'avérerait insuffisant pour rassembler des récits qui
parfois sont résumés, parfois allusivement désignés,
parfois exposés par plusieurs interlocuteurs, au gré
du dialogue. Platon ne manipule pas le matériau
mythique d'une seule et même manière. De surcroît,
ce matériau lui-même n'est pas toujours présenté
dans le même état selon les dialogues, puisqu'il
arrive que Platon forge entièrement son récit (ainsi
du mythe des marionnettes dans les *Lois* ou de la
description de l'île Atlantide dans le *Critias*), qu'il
mentionne un récit répandu pour le réfuter (comme

1. Sur le rapport de la tragédie grecque et du mythe, voir les ouvrages
de J.-P. Vernant et P. Vidal-Naquet, cités n. 1, p. 25.
2. Voir notamment *République* II 379a.

c'est le cas de la représentation des dieux en personnages volontiers camouflés et protéiformes, que
Platon condamne en *République* II 380d-381e), qu'il
en résume un autre pour le dire mensonger mais se le
réapproprier tout de même (comme c'est le cas cette
fois du mythe d'autochtonie), ou bien encore qu'il
l'adopte sans réserve (en répétant par exemple ce que
l'on dit sur le compte des Amazones).

Ce sont les objets de ces récits qui permettent sans
doute plus aisément de les regrouper. La plupart des
textes que nous avons rassemblés ont en partage
deux thèmes : le devenir de l'âme par-delà la mort ou
avant la vie, c'est-à-dire la vie de l'âme immortelle
indépendamment du corps, et les récits de fondation
civique. L'âme séparée du corps et l'histoire originaire des cités grecques, les mythes eschatologiques
et politiques, sont certes des thèmes majeurs de la
mythologie grecque, et cela indépendamment de
l'usage qu'en fait Platon, mais ce dernier infléchit
ces deux sortes de récits pour leur faire servir sa
cause doctrinale : la description de la vie de l'âme
sans le corps sert la thèse platonicienne selon
laquelle la réalité véritable n'est perceptible que par
l'âme, par son intellect, et qu'elle ne l'est pas par le
corps pas plus qu'elle n'est elle-même corporelle ;
quant à la fondation des cités, elle sert là aussi une
thèse platonicienne en faisant apercevoir que c'est
sous le gouvernement des dieux ou à l'imitation de
ce gouvernement désormais révolu que les cités peuvent atteindre la perfection dont elles sont capables.

Ce que représentent ainsi la plupart des mythes,
c'est la manière dont l'âme humaine peut atteindre
ce qui, selon Platon, est la réalité véritable, mais
aussi trouver sa place dans un monde gouverné par la
divinité. Cette récurrence thématique, qui permet de
circonscrire une « mythologie platonicienne », a
influé sur le choix des textes de notre anthologie. Si

l'on s'était contenté de choisir les récits platoniciens qui trouvent leur équivalent ou leur parent dans d'autres textes « mythologiques » anciens, on aurait sans doute renoncé à retenir des textes qui, comme ceux du *Banquet* ou du *Critias*, sont des créations platoniciennes originales. Si l'on avait au contraire retenu toutes les fictions, ou plus exactement tous les récits quelque peu élaborés que contiennent les dialogues, alors le nombre de textes eût été excessivement grand, et il eût fallu, entre tant d'autres exemples, que figurât cette brève remarque eschatologique du livre IX (865d-e) des *Lois* :

> « Eh bien, on raconte que celui qui a péri de mort violente, s'il a vécu en homme fier de sa condition libre, se trouve, sitôt mort, irrité contre celui qui l'a fait périr ; parce qu'il est lui-même rempli de la peur et de la frayeur que lui ont causées les mauvais traitements subis et parce qu'il voit celui qui fut son meurtrier aller et venir dans les lieux qu'il était lui-même habitué à fréquenter, il s'épouvante, et, troublé comme il est, il trouble à son tour autant qu'il peut celui qui l'a fait périr, en prenant pour alliée sa mémoire pour l'inquiéter en son for intérieur et dans ses actes. Voilà justement pourquoi il est nécessaire que le meurtrier se dérobe à celui qui en a été la victime pendant la totalité des saisons d'une année en désertant chacun des endroits familiers par tout le pays. »

Les récits que Platon désigne lui-même comme des mythes sont donc bien plus nombreux que ceux qui figurent dans notre anthologie [1]. L'ensemble du

---

1. En voici un dernier exemple, toujours emprunté au livre IX des *Lois*, qui fait de nouveau allusion au châtiment des âmes criminelles après la mort : « Car ce mythe, ou plutôt cette histoire, ou quelque autre nom qu'il faille lui donner, nous enseigne clairement, par la bouche de prêtres du temps jadis, que la Justice qui veille pour venger le sang des

Timée et de l'exposé cosmologique qu'il contient est qualifié de mythe vraisemblable par le personnage qui l'expose. Bon nombre des préambules législatifs des *Lois* le sont également, tout comme l'est à son tour une bonne partie du livre X de ce même dialogue.

Il fallait donc concevoir un critère. Nous avons opté ici pour la réunion de trois caractéristiques, en retenant les récits qui 1. dépeignent des mœurs, des manières de vivre, 2. qui inscrivent ces mœurs dans une temporalité et en un lieu déterminés, pour inaccessibles qu'ils soient, et qui 3. s'adressent à la communauté civique dans son ensemble. Autrement dit, les mythes ici regroupés sont les récits qui dépeignent, dans un contexte narratif donné, les modes de vie dont on suppose qu'ils doivent éclairer tous les citoyens. L'adoption de ce triple critère nous a donc conduit à écarter de notre recueil certains des récits qui ne semblent concerner qu'une catégorie restreinte de citoyens, ou bien encore des récits qui ne sont pas inscrits dans une durée ou un espace définis. C'est du reste la raison pour laquelle le lecteur ne trouvera pas ici le très fameux récit de la sortie de la caverne qui figure au début du livre VII de la *République* et qui décrit les progrès d'un prisonnier hors de la caverne où il était séquestré dans l'obscurité, puis sa découverte pas à pas des réalités naturelles et du soleil qui en est l'origine. Cette fiction est soustraite à toute histoire, elle n'est inscrite en aucun lieu géographique connu, et elle relève bien davantage de l'exemple ou de l'illustration que du mythe. Mais surtout, le récit de cette sortie de la

---

gens de la famille a recours à la loi que nous venons d'édicter et a effectivement décrété que l'auteur de pareil crime subirait inévitablement les mêmes violences qu'il aurait infligées » (872d-e). Où Platon lui-même semble souligner le caractère à tout le moins flou du genre « mythe » et des discours qui doivent ou non y figurer.

caverne n'est finalement qu'une version presque
simplifiée du mythe de l'attelage ailé qui, dans le
Phèdre, décrit le voyage de l'âme vers la réalité
intelligible [1]. Le mythe de l'attelage a une chrono-
logie, celle des cycles des voyages et des « incorporations » successives de l'âme, et une géographie,
celle de la traversée du ciel et de l'accès à la limite du
monde, la voûte céleste, d'où la réalité véritable est
enfin vue ; il avait donc davantage vocation à figurer
ici.

Le passé héroïque, la vie divine ou les pérégrina-
tions de l'âme entre deux incorporations sont les
objets récurrents des mythes platoniciens. Ils ont ainsi
pour point commun d'être à la fois inaccessibles à la
connaissance rationnelle, mais également d'être les
conditions de l'excellence humaine, qu'elle soit
éthique ou politique. Le mythe désigne alors l'obligation qui est faite à la philosophie de considérer son
projet, celui d'une explication rationnelle de toutes
choses, à l'aune de ce qui semble se dérober à la
raison. Le recours aux mythes, en la matière, n'est
pas le signe d'un renoncement, mais plutôt celui
d'une stratégie de contournement : dans la mesure où
la vie humaine doit trouver dans la connaissance du
monde et du divin le principe de sa perfection, son
modèle, le mythe donnera aux hommes une représentation vraisemblable de ce modèle. Une représentation vraisemblable sans laquelle ils ne pourraient pas
vivre convenablement. Ce que dit Platon, en son
temps, n'est bien sûr rien d'autre que l'impossibilité
d'une vie commune sans croyance commune : une
croyance qui est de type aussi bien religieux qu'historique, et que le gouvernement doit imposer et maintenir. Ce que nous désignerions aujourd'hui comme

1. Le texte de ce mythe figure dans le recueil, p. 161-180.

les valeurs communes, dans une société quelconque, ne peuvent être fondées que sur des récits dont la diffusion et le renouvellement doivent compter parmi les tâches les plus éminentes du gouvernement. Ce constat, Platon y était conduit par le présupposé à la fois anthropologique et politique qui veut que tous les hommes ne sauront jamais ordonner l'ensemble de leur existence aux exigences de la raison et à la connaissance de la réalité intelligible. À la foule qui ne sera jamais savante, on adressera ainsi des mensonges persuasifs.

Cette destination civique doit nous permettre de corriger quelque peu la manière dont on distingue le mythe de la connaissance véritable. Le mythe se prononce de manière vraisemblable sur le monde, le divin et l'âme. Si ces réalités sont inaccessibles de fait à la plupart des hommes, ils ne le sont pas à ceux d'entre eux, le petit nombre de ces hommes que Platon juge « divins », qui parviennent à connaître la réalité au moyen de leur intellect, et à connaître notamment le monde, le divin et l'âme. On ne doit donc pas s'empresser d'opposer le mythe et le discours vrai qui serait celui de la philosophie, puisque ces deux discours ont le même objet, et que le bon poète et le bon pédagogue font apercevoir à leur public des réalités semblables. Le mythe, vraisemblable, aspire à la vérité, il relève du même effort que celui qui anime ce désir de savoir qu'est la philosophie. Cela pourrait faire du mythe platonicien le vestibule de la philosophie, ou plutôt, puisqu'il fait apercevoir de manière vraisemblable ce qu'il s'agit de connaître en vérité, une promesse de philosophie.

Jean-François Pradeau.

LES NOTES

Chaque extrait est accompagné d'une note, dont la fonction est essentiellement bibliographique. Le lecteur y trouvera le titre d'une ou de plusieurs études critiques contemporaines consacrées à chaque mythe platonicien, puis les références, commentées ou non, des textes anciens qui relatent également tout ou partie du mythe platonicien. Ces notes en fin de volume restent donc indicatives, et le lecteur trouvera de quoi éclairer les textes ici rassemblés dans les études dont les titres figurent, à terme, dans la Bibliographie.

LES TRADUCTIONS

Les textes rassemblés dans cette anthologie sont issus des traductions publiées dans la collection GF-Flammarion, à l'exception des extraits du *Protagoras* (texte traduit par L. Brisson), du *Critias* et du *Ion* (textes traduits par J.-F. Pradeau).

LES MYTHES DE PLATON

AUX ORIGINES DES CITÉS

LES RÉVOLUTIONS DU MONDE

Politique, 268d-274e
(traduction par L. Brisson et J.-F. Pradeau) [1].

Les interlocuteurs du Politique *se proposent de donner une définition de l'homme politique et de la technique politique. La définition du politique comme pasteur du troupeau humain vient d'être proposée. Elle est insatisfaisante car, comme le mythe doit le montrer par l'exemple, cette figure pastorale ne convient qu'aux dieux et, de surcroît, elle est révolue.*

L'ÉTRANGER

[268d] […] Eh bien, il nous faut donc repartir d'un autre point et emprunter un autre chemin.

SOCRATE LE JEUNE

Lequel au juste ?

L'ÉTRANGER

Mêler quelque chose qui tient du jeu, puisqu'il nous faut employer encore une large portion d'un mythe considérable ; mais pour le reste, bien entendu, nous

procéderons comme auparavant, **[268e]** en sous-
trayant sans cesse une partie d'une autre, pour
atteindre à terme l'objet de notre recherche. N'est-ce
pas ainsi qu'il faut faire ?

SOCRATE LE JEUNE

Eh oui, absolument.

L'ÉTRANGER

Mais alors, prête toute ton attention à ce mythe,
comme le font les enfants ; après tout, il n'y a pas si
longtemps que tu as quitté l'enfance.

SOCRATE LE JEUNE

Qu'attends-tu pour parler ?

L'ÉTRANGER

Eh bien, parmi tous les prodiges dont on parle
depuis la plus haute Antiquité, il en est un qui survint
jadis, et qui surviendra encore, c'est celui qui se rapporte à la querelle dont on raconte qu'elle éclata
entre Atrée et Thyeste. Car tu as sans doute entendu
parler et tu te souviens de ce qui, selon la tradition, se
produisit alors.

SOCRATE LE JEUNE

Tu veux peut-être parler du signe divin qu'était la
brebis à la toison d'or.

L'ÉTRANGER

[269a] Pas du tout, mais de celui du changement
du coucher et du lever du soleil et des autres astres,
qui se couchaient alors, dit-on, là où ils se lèvent
aujourd'hui, et qui se levaient au point opposé. Et
c'est précisément à cette occasion que, pour témoi-
gner en faveur d'Atrée, le dieu aurait établi, en les
inversant, la configuration actuelle du ciel.

SOCRATE LE JEUNE

C'est là aussi en effet une chose qu'on raconte.

L'ÉTRANGER

Par ailleurs, nous avons entendu beaucoup de récits sur le règne de Kronos.

SOCRATE LE JEUNE

[269b] Un très grand nombre, assurément.

L'ÉTRANGER

Et celle qui rapporte que les hommes d'autrefois naissaient de la terre et ne s'engendraient pas les uns les autres ?

SOCRATE LE JEUNE

Oui, c'est là aussi l'une des choses dont on parle depuis la plus haute Antiquité.

L'ÉTRANGER

Eh bien, tous ces événements, sans parler de milliers d'autres plus étonnants encore, résultent tous du même état. Mais en raison du temps qui s'est longuement écoulé, le souvenir des uns s'est éteint, alors que les autres, disséminés, sont relatés séparément. **[269c]** Quant à l'état qui est la cause de tous ces événements, personne n'en a parlé. Or, c'est justement le temps d'en parler, car, une fois évoqué, il permettra de montrer ce qu'est le roi.

SOCRATE LE JEUNE

On ne peut mieux dire. Parle sans rien omettre.

L'ÉTRANGER

Alors écoute : cet univers-ci, tantôt le dieu lui-même l'accompagne dans sa marche et dans sa révolution ; tantôt au contraire le dieu l'abandonne, une fois que les révolutions ont atteint en durée la mesure qui lui convient ; alors de lui-même l'univers se remet à tourner dans le sens contraire, **[269d]** puisque c'est un vivant et que dès le principe il a reçu de celui qui l'a ordonné la réflexion en partage. Or, cette disposition à la marche rétrograde lui est nécessairement innée, pour la raison que voici.

SOCRATE LE JEUNE

Pour quelle raison, dis-moi ?

L'ÉTRANGER

Rester identique et conserver toujours une même et pareille manière d'être, cela ne convient qu'aux choses les plus divines de toutes, et ce qui est corporel n'est pas de cet ordre. Or, ce à quoi nous avons donné le nom de ciel et de monde, même s'il a été comblé de dons bienheureux par celui qui l'a engendré, ne laisse point, c'est évident, de participer au corps. **[269e]** Il s'ensuit qu'il ne saurait être totalement exempt de changement ; mais, dans la mesure du possible, il est animé d'une marche d'un seul mode de mouvement qui s'exerce dans le même lieu et qui reste identique. Voilà pourquoi il a reçu en partage le mouvement de révolution circulaire, qui imprime à son mouvement la plus infime variation possible. Or, s'imprimer toujours soi-même à soi-même une rotation, voilà qui n'est guère possible que pour ce qui entraîne tout ce qui se meut ; en outre, il n'est pas permis à cet être de se mouvoir tantôt dans un sens tantôt dans le sens contraire. Pour toutes ces raisons, il ne faut dire du monde ni qu'il est sans cesse l'auteur de sa propre rotation ni non plus que sans aucune interruption un dieu lui imprime une rotation qui s'inverse périodiquement, **[270a]** ni enfin que ce mouvement de rotation est dû à je ne sais quel couple de dieux dont les pensées s'opposeraient. Mais, comme je le disais tout à l'heure, l'unique solution qui reste, c'est que le monde est tantôt accompagné par une cause étrangère, un dieu, et qu'il acquiert alors à nouveau la vie en recevant de son démiurge une immortalité restaurée, et tantôt laissé à lui-même, lorsqu'il suit son impulsion propre et qu'il a été lâché au moment opportun afin de parcourir en sens inverse plusieurs milliers de révolutions, car, l'univers, dont la taille est énorme et qui est parfaitement bien équilibré, tourne sur un pied extrêmement petit.

SOCRATE LE JEUNE

[270b] En tout cas, tout ce que tu viens d'exposer semble tout à fait vraisemblable.

L'ÉTRANGER

Dès lors, en partant de ce qui vient d'être dit, essayons de concevoir l'état qui, avons-nous déclaré, est la cause de tous ces prodiges. Voici de fait en quoi consiste cet état.

SOCRATE LE JEUNE

En quoi ?

L'ÉTRANGER

En ce que la marche de l'univers est portée tantôt dans le sens actuel de sa rotation, tantôt dans le sens opposé.

SOCRATE LE JEUNE

Comment cela ?

L'ÉTRANGER

[270c] Il faut considérer que ce changement est, de tous les renversements qui affectent le ciel, le plus important et le plus complet.

SOCRATE LE JEUNE

Cela en a l'air du moins.

L'ÉTRANGER

Et il faut alors concevoir que c'est aussi à ce moment que se produisent, pour nous qui habitons au-dedans de cet univers, les changements les plus importants.

SOCRATE LE JEUNE

Voilà encore qui est vraisemblable.

L'ÉTRANGER

Ne savons-nous pas que les êtres vivants tolèrent difficilement la conjonction de changements importants, nombreux et de différentes sortes ?

SOCRATE LE JEUNE

Comment ne le saurions-nous pas ?

L'ÉTRANGER

Alors, il est nécessaire qu'à cette occasion, les êtres vivants soient détruits en grand nombre, et en particulier qu'il ne subsiste qu'un petit nombre d'hommes. **[270d]** Et entre autres modifications nombreuses, surprenantes et étranges que subissent ces derniers, voici la plus importante, consécutive à la rétrogradation de l'univers quand survient le renversement contraire à celui qui règne maintenant.

SOCRATE LE JEUNE

Quelle est cette modification ?

L'ÉTRANGER

L'âge qu'avait chacun des vivants commença par s'arrêter chez tous, et tout ce qu'il y avait de mortel cessa d'évoluer dans la direction où la vieillesse est de plus en plus visible, puis, se remettant à évoluer, mais en sens contraire, ils devenaient plus jeunes et plus tendres. **[270e]** C'est-à-dire que les cheveux blancs de ceux qui étaient plus âgés se mirent à noircir et que, de même, les joues de ceux qui avaient de la barbe recommençaient à devenir lisses, pour ramener chacun à sa jeunesse ; quant à ceux qui en étaient à la puberté, devenant plus lisse et plus petit de jour en jour et de nuit en nuit, ils retournaient à l'état de nouveau-né, leur âme et leur corps se conformant à cet état. Après quoi, leur déclin allant dès lors jusqu'à son terme, ils disparaissaient complètement. Quant à ceux qui mouraient de mort violente en ces temps-là, **[271a]** leur cadavre subissait rapidement la même série de modifications et se désagrégeait rapidement, jusqu'à devenir invisible en peu de jours.

SOCRATE LE JEUNE

Mais, Étranger, de quelle façon naissaient alors les êtres vivants ? Et de quelle manière s'engendraient-ils les uns les autres ?

L'ÉTRANGER

Il est clair, Socrate, que l'engendrement mutuel n'était pas inscrit dans la nature d'alors ; mais cette race née de la terre, dont on a dit qu'elle exista dans le passé, c'était celle qui en ce temps-là ressortait du sein de la terre ; une race dont le souvenir a été conservé par les premiers de nos ancêtres, ceux qui étaient proches du temps qui suivit immédiatement la fin de la révolution précédente, **[271b]** et qui naissaient au commencement de la révolution actuelle. Car ce sont eux qui furent pour nous les hérauts de ces récits qui sont aujourd'hui à tort l'objet de l'incrédulité du grand nombre. Je pense en effet qu'il

faut réfléchir à ce qui découle de ce que nous venons
de dire. Étant donné que les vieillards redevenaient
des enfants, il s'ensuivait en effet que, à leur tour,
ceux qui étaient morts et qui gisaient dans la terre y
étaient reconstitués et remontaient à la vie, entraînés
qu'ils étaient par ce renversement de la génération
qui, ayant subi une volte-face, se faisait dans le sens
contraire ; et, puisque c'est de cette façon qu'ils naissaient nécessairement du sein de la terre, **[271c]** c'est
de là que vint leur nom et leur histoire, pour tous
ceux auxquels un dieu n'a pas accordé une autre destinée.

SOCRATE LE JEUNE

Eh oui, ma parole, voilà bien ce qui découle de ce
qui a été dit auparavant. Mais le genre de vie dont tu
dis qu'il était en vigueur sous le règne de Kronos,
est-il situé à la suite des premiers renversements ou
bien à la suite des derniers ? Il est bien clair en effet
que le changement qui affecte les astres et le soleil
vient à se produire lors de chacun des deux renversements.

L'ÉTRANGER

Tu as bien suivi le fil de mon exposé. **[271d]** Mais,
pour répondre à ta question relative à la situation où
toutes choses naissaient spontanément pour les
hommes, celle-ci n'a aucun rapport avec la marche
actuellement instaurée, mais elle appartient elle-aussi
à la marche antérieure. Alors en effet, la révolution
du ciel elle-même, c'était le dieu qui commençait à la
commander, et à en prendre soin, ayant distribué partout, comme c'est le cas aujourd'hui par endroits, les
parties du monde entre des dieux qui les gouvernaient. Et c'est tout naturellement que des démons
avaient réparti les vivants par race et par troupeau,
comme s'ils les paissaient. Chacun se suffisait à lui-

même afin de pourvoir à tous les besoins de ceux qu'il paissait, si bien qu'il n'y avait pas d'espèce sauvage et qu'une espèce n'en mangeait pas une autre ; **[271e]** il n'y avait ni guerre ni dissension d'aucune sorte. Quant à toutes les autres conséquences, il y en aurait des milliers à mentionner si on voulait énumérer tous les bienfaits qui découlaient d'une telle organisation des choses.

Mais pour revenir à ce qu'on raconte des hommes, voilà comment on peut expliquer que tout ce dont ils avaient besoin pour vivre leur venait spontanément. C'est un dieu qui les paissait et qui les dirigeait en personne, de la même façon qu'aujourd'hui les hommes, qui sont des êtres vivants d'une espèce différente et plus divine, paissent les autres espèces animales qui leur sont inférieures. Comme ce dieu les paissait, les hommes n'avaient pas de constitution politique et ne possédaient ni femmes ni enfants. **[272a]** Car, du sein de la terre, ils remontaient tous à la vie, sans garder aucun souvenir de ce qui s'était passé avant. Voilà pour tout ce qu'ils n'avaient pas ; en revanche ils avaient à profusion les fruits que donnaient les arbres et une très abondante végétation, des fruits qui poussaient sans qu'on ait besoin de les cultiver, car la terre les produisait spontanément. Sans vêtement, sans lit, ils vivaient le plus souvent en plein air, car la façon dont les saisons étaient tempérées les préservait d'en souffrir, et leur couche était molle, car elle était faite de l'herbe que la terre produisait à profusion.

[272b] Tu viens donc d'apprendre, Socrate, le genre de vie que l'on menait sous Kronos. Quant à celui que Zeus, dit-on, dirige, celui de maintenant, tu le connais bien car tu en as l'expérience. Or, de ces deux genres de vie serais-tu de taille et d'humeur à décider lequel est le plus heureux ?

SOCRATE LE JEUNE

Pas le moins du monde.

L'ÉTRANGER

Acceptes-tu donc, alors, que ce soit moi qui d'une manière ou d'une autre en décide pour toi ?

SOCRATE LE JEUNE

Bien volontiers.

L'ÉTRANGER

Eh bien, suppose que les nourrissons de Kronos, ainsi pourvus d'un loisir abondant et de la faculté de lier conversation non seulement avec les êtres humains, mais aussi avec les animaux, **[272c]** mettaient à profit tous ces avantages pour pratiquer la philosophie, en parlant avec les bêtes et en discutant les uns avec les autres, suppose qu'ils s'informaient auprès de toutes ces bêtes pour voir si l'une d'elles, douée d'un pouvoir particulier, aurait une perception supérieure à celle des autres afin d'enrichir en quelque point la réflexion ; dans un pareil cas, il est aisé de déclarer que ceux d'alors surpassaient mille fois ceux de maintenant pour ce qui est du bonheur. Suppose au contraire que, occupés à se gorger de nourriture et de boisson, ils se racontaient les uns aux autres et aux bêtes des mythes du genre de ceux qu'aujourd'hui on raconte notamment à leur sujet, il est encore très facile, **[272d]** s'il me faut là-dessus faire connaître mon opinion, de répondre à la question posée.

Quoi qu'il en soit, laissons de côté ces considérations, jusqu'à ce que se présente devant nous un informateur qui soit en mesure de nous dire quelle sorte de désirs les gens de ce temps-là avaient pour ce qui touche aux sciences et aux raisonnements.

Mais quel fut notre but en tirant du sommeil ce mythe, il faut le dire, afin, après cela, de donner un terme à ce qui suit.

Car une fois que fut passé le temps que devaient durer toutes ces choses et que fut arrivée l'heure d'un changement, et en particulier lorsque tout le capital des naissances issues de la terre fut épuisé, **[272e]** lorsque chaque âme se fut acquittée de toutes ses générations, après être tombée dans la terre en autant de semences qu'il le lui était prescrit, alors celui qui est le pilote de l'univers, après avoir pour ainsi dire lâché la barre du gouvernail, se retira à son poste d'observation et une inclination prédestinée et native remit le monde en marche dans le sens inverse. Alors donc, tous les dieux, qui région par région partageaient le pouvoir avec la divinité la plus importante, comprirent ce qui désormais se produisait, et ils abandonnèrent à leur tour les parties du monde où leurs soins étaient prodigués. **[273a]** Quant au monde, le fait qu'il se retournait et que, dans son nouvel élan, il mettait en opposition les élans contraires du mouvement qui commençait et de celui qui s'achevait, produisit en son sein même une énorme secousse provoquant, cette fois encore, une nouvelle destruction de toutes sortes d'êtres vivants.

Après quoi, au bout d'un laps de temps suffisant, lorsqu'il eut calmé ces troubles et ce tumulte et lorsqu'il eut apaisé les secousses qui l'agitaient, le monde poursuivit d'un mouvement ordonné sa course habituelle, celle qui était la sienne, prenant soin et gouvernant lui-même les choses qui se trouvent en lui et sur lui-même, **[273b]** parce qu'il se souvenait, dans la mesure où il le pouvait, de l'enseignement qu'il avait reçu de celui qui était son démiurge et son père. Au début donc, il s'y conformait avec assez d'exactitude, à la fin d'une façon plus confuse. La cause en était le caractère corporel de sa composition, indissociablement attaché à son antique nature, car celle-ci participait d'un grand désordre avant de venir à l'ordre actuel. C'est en effet de celui qui le constitua qu'il a reçu tout ce qu'il a de beau ; **[273c]** tandis que toutes les choses mauvaises et injustes qui dans le ciel proviennent de sa disposition antérieure, c'est de là qu'il les tient lui-même et qu'il les produit dans les vivants. Cela étant, aussi longtemps que c'est avec le concours de son pilote qu'il assurait le développement des vivants en lui-même, il y engendrait très peu de maux et beaucoup de biens. En revanche, une fois séparé du démiurge, pendant le temps qui suit immédiatement cet abandon, il continue de mener toutes choses au mieux, mais plus le temps passe et plus l'oubli s'installe en lui, plus s'affirme l'absence d'harmonie qui marquait sa condition primitive et qui, **[273d]** à la fin, se remet à refleurir ; et comme au mélange qui le constitue, il mêle des biens infimes à côté d'une grande abondance de maux, il court le risque de se détruire lui-même et de détruire les choses qui sont en lui. Voilà donc bien pour quelle raison le dieu qui l'avait déjà ordonné, constatant qu'il était dans une situation inextricable et craignant que, ballotté et disloqué par la tempête, il ne sombre dans l'océan indéterminé de la dissimilitude, revient s'asseoir près du gouvernail, remet d'aplomb ce qui a souffert et ce qui a été détruit au cours de la révolution antérieure du monde livré à lui-même, **[273e]** et il ordonne le monde pour le rendre immortel et le soustraire au vieillissement.

Nous n'en dirons pas plus sur cette question. Mais, si nous rattachons cette démonstration au précédent exposé, c'en sera assez pour montrer ce qu'il en est du roi. En effet, quand le monde se remit à tourner dans le sens qui conduit au mode de génération actuel, alors de nouveau le cours des âges s'arrêta et tout repartit à l'envers pour les gens d'alors. En effet, ceux des vivants qui en raison de leur extrême petitesse allaient disparaître se mirent à grandir, alors que les corps qui venaient de naître de la terre avec des cheveux blancs connaissaient de nouveau la mort et rentraient dans la terre. **[274a]** Et tout le reste changeait, imitant et suivant la condition de l'univers ; en particulier, engendrer, naître et nourrir, tout offrait nécessairement une imitation du cours de toutes choses. Car il n'était plus possible que le vivant naisse dans la terre sous l'action conjointe d'autres êtres, mais, tout comme il était prescrit au monde d'être le maître de sa propre marche, il fut aussi prescrit à ses parties, dans la mesure où la chose leur serait possible, d'engendrer par elles-mêmes, de faire naître et de nourrir au moyen d'une semblable conduite.

[274b] Or ce en vue de quoi tout ce récit fut entrepris, nous y voici maintenant parvenus. En effet, en ce qui concerne les bêtes, il y aurait à raconter beaucoup de choses et qui prendraient beaucoup de temps, pour dire à partir de quelles conditions et pour quelles raisons chacune des espèces a changé. Mais en ce qui concerne les hommes, l'exposé sera plus bref et plus à propos. En effet, étant donné qu'ils ne pouvaient plus compter sur la providence du démon qui nous possédait et qui nous paissait, et comme toutes les bêtes qui présentaient une nature agressive devenaient sauvages, les hommes, qui par eux-mêmes étaient faibles et qui se trouvaient dépourvus de protection, étaient mis en pièces par les bêtes sauvages. **[274c]** En outre, dans les premiers temps, ils restaient dépourvus d'industrie et de technique, du fait que leur alimentation n'était désormais plus assurée spontanément, ils ne savaient absolument pas comment se la procurer, parce que aucune nécessité ne les y avait contraints jusqu'alors. Pour toutes ces

raisons, ils étaient plongés dans de grandes difficultés.

Voilà pourquoi ces dons, qu'une tradition antique
évoque, ont été faits par les dieux, qui y joignirent
l'enseignement et l'apprentissage indispensables : le
feu par Prométhée, les arts par Héphaïstos et par
celle qui est son associée en ce domaine, les
semences enfin et les plantes par d'autres divinités.
[274d] Et tout ce sur quoi la vie humaine put
compter en matière d'équipement résulta de ces techniques, lorsque les hommes furent privés de la providence qu'assuraient les dieux, comme je viens de le
dire. C'est pour cette raison que les hommes durent
apprendre à se conduire par eux-mêmes et à prendre
soin par eux-mêmes, tout comme le monde en son
entier. C'est en imitant ce monde et en le suivant
pour toujours que maintenant nous vivons et crois-
sons de cette façon, alors que jadis nous vivions
d'une autre façon.

[274e] Sur ce, mettons un point final à notre mythe
et faisons en sorte de l'utiliser pour voir l'étendue de
la faute que nous avons commise en définissant
l'homme royal et politique dans notre précédent
argument.

LA NAISSANCE DES CITÉS

Lois, III 676a-684a
(traduction par L. Brisson et J.-F. Pradeau) [2].

*Le dialogue porte sur les régimes politiques, les
« constitutions », et les interlocuteurs se demandent
si l'une d'elles a jamais été vertueuse. L'Étranger
d'Athènes, qui dirige l'entretien, propose alors une
vaste histoire politique de l'apparition et des premiers développements des cités.*

L'ÉTRANGER D'ATHÈNES

Voilà donc ce qu'il en est là-dessus. Mais tentons
de dire maintenant quelle a bien pu être, selon nous,
l'origine des constitutions. N'est-ce pas à partir de ce
point de vue que l'on considérerait le plus facilement
et le mieux cette origine ?

CLINIAS

À partir de quel point de vue ?

L'ÉTRANGER D'ATHÈNES

À partir de celui qu'il faut également adopter pour
examiner en toute occasion le cheminement pro-

gressif des cités vers la vertu en même temps que
vers le vice.

CLINIAS

Lequel veux-tu dire ?

L'ÉTRANGER D'ATHÈNES

Il faut, j'imagine, partir de la suite infinie du temps
et **[676b]** des changements qui s'y sont produits.

CLINIAS

Comment l'entends-tu ?

L'ÉTRANGER D'ATHÈNES

Voyons ! Depuis qu'il y a des cités et des hommes
qui vivent dans des cités, crois-tu pouvoir jamais te
représenter la longueur du temps écoulé ?

CLINIAS

Ce n'est vraiment pas une chose facile.

L'ÉTRANGER D'ATHÈNES

N'est-il pas vrai que, pendant ce laps de temps,
des milliers et des milliers de cités sont apparues, et
que, dans la même durée, elles ne furent pas moins
nombreuses à disparaître ? **[676c]** Par ailleurs, chacune en son lieu n'a-t-elle pas souvent changé de
constitution ? Tantôt des petites cités sont devenues
grandes, alors que des grandes sont devenues petites.
Elles sont devenues pires après avoir été meilleures,
et meilleures après avoir été pires.

CLINIAS

Nécessairement.

L'Étranger d'Athènes

Tentons, si nous le pouvons, de saisir la cause de ce changement. Peut-être en effet, nous fera-t-elle découvrir l'origine de ces constitutions et la manière dont elles ont été transformées.

Clinias

Tu as raison, et il faut mettre tous nos efforts, toi à exposer ce que tu penses, et nous à te suivre.

L'Étranger d'Athènes

Mais ne croyez-vous pas **[677a]** que les antiques traditions comportent quelque vérité ?

Clinias

Quelles peuvent bien être ces traditions ?

L'Étranger d'Athènes

Les hommes auraient été détruits plusieurs fois par des déluges, des maladies et bien d'autres fléaux, au moment desquels ne subsistait qu'une faible proportion du genre humain.

Clinias

Absolument, c'est le genre de chose que tout le monde est tout prêt à admettre.

L'Étranger d'Athènes

Allons, il faut se mettre dans l'esprit une seule de ces multiples destructions, celle qui est survenue jadis à la suite d'un déluge.

Clinias

Comment faut-il se représenter cette destruction ?

L'Étranger d'Athènes

[677b] Il faut considérer que les hommes qui ont échappé à la destruction d'alors durent être des gens

de la montagne, qui étaient des bergers, petites étin-
celles du genre humain qui, je suppose, réussirent à
subsister sur les sommets.

CLINIAS

Apparemment.

L'ÉTRANGER D'ATHÈNES

Oui et, qui plus est, je suppose que ces gens-là
étaient nécessairement dépourvus d'expérience en
matière de techniques en général, et en particulier de
toutes les machinations que, dans les villes, on met
en œuvre pour s'approprier plus de biens et plus de
pouvoir les uns aux dépens des autres, comme de
tout ce qu'on invente pour mutuellement se nuire.

CLINIAS

C'est du moins vraisemblable.

L'ÉTRANGER D'ATHÈNES

Allons-nous supposer que les villes établies **[677c]**
dans les plaines et sur le bord de la mer furent alors
complètement ruinées ?

CLINIAS

Nous allons le supposer.

L'ÉTRANGER D'ATHÈNES

Et que, par la suite, les instruments de toute sorte
furent anéantis, tout comme le furent les découvertes
intéressantes qui avaient été faites en matière de politique ou de tout autre domaine de compétence ; tout
cela, dirons-nous, fut ruiné. Car, mon excellent ami,
si ces acquisitions avaient subsisté pendant tout ce
temps au même niveau de développement que celui
qu'elles ont aujourd'hui atteint, comment expliquer
que quelque chose de nouveau ait pu être inventé ?

CLINIAS

Il reste par conséquent ce fait que **[677d]**, pendant des milliers de fois des milliers d'années, ces choses sont restées inconnues des gens de cette époque, et qu'il s'est écoulé un ou deux milliers d'années depuis que telles inventions furent révélées à Dédale, telles autres à Orphée, telles autres à Palamède, d'autres encore concernant la musique à Marsyas et à Olympos, celles concernant la lyre à Amphion, et qu'à d'autres personnages d'autres inventions en très grand nombre le furent qui datent, pour ainsi dire, d'hier ou d'avant-hier.

L'ÉTRANGER D'ATHÈNES

Tu fais montre de beaucoup de tact, Clinias, en laissant de côté cet homme qui t'est cher, lui qui tout compte fait est né hier.

CLINIAS

Veux-tu parler d'Épiménide ?

L'ÉTRANGER D'ATHÈNES

[677e] Oui, je veux parler de lui. Il a en effet, mon cher, surpassé selon vous tous les autres hommes par son invention. Ce que Hésiode avait il y a longtemps prédit en paroles, Épiménide, racontez-vous, l'a réalisé dans les faits.

CLINIAS

C'est bien ce que nous racontons.

L'ÉTRANGER D'ATHÈNES

Ne devons-nous pas dire qu'après cette destruction, la situation des hommes était la suivante : une immense et effrayante désolation, une étendue énorme de terre non convoitée, et, comme le reste des animaux avaient disparu, quelques troupeaux de bœufs et, là où elles s'étaient trouvées épargnées, des chèvres, elles aussi en petit nombre, **[678a]** qui, en ces premiers temps, permettaient à ceux qui les paissaient de vivre ?

CLINIAS

Sans aucun doute.

L'ÉTRANGER D'ATHÈNES

Mais, cité, constitution et législation, ces réalités sur lesquelles porte maintenant notre conversation, allons-nous imaginer qu'il en subsistait au moins, en quelque façon, le souvenir ?

CLINIAS

Aucunement.

L'ÉTRANGER D'ATHÈNES

Mais n'est-ce pas de ces conditions d'alors que vient tout ce qui existe à présent : cités, constitutions, techniques et lois, tout comme l'abondance de vice et aussi bien l'abondance de vertu ?

CLINIAS

Qu'est-ce à dire ?

L'ÉTRANGER D'ATHÈNES

Allons-nous imaginer, homme admirable, **[678b]** que les hommes de ce temps-là, qui n'avaient pas fait l'expérience des nombreuses belles choses que comporte la vie en cité et des nombreuses choses contraires, aient pu atteindre le comble de la vertu et le comble du vice ?

CLINIAS

Tu dis vrai, et nous comprenons ce que tu veux dire.

L'Étranger d'Athènes

Mais comme le temps passait et comme notre espèce s'accroissait, toutes choses en sont venues à l'état où toutes se trouvent aujourd'hui ?

Clinias

Rien de plus juste.

L'Étranger d'Athènes

Non pas d'un seul coup, évidemment, mais petit à petit, en un laps de temps considérable.

Clinias

Oui, il est parfaitement **[678c]** plausible qu'il en ait été ainsi.

L'Étranger d'Athènes

Car la peur de descendre des hauteurs vers les plaines était restée présente dans la mémoire de tous.

Clinias

Comment imaginer le contraire ?

L'Étranger d'Athènes

Ne leur était-ce pas un plaisir en ce temps-là de se voir entre eux, du fait de leur petit nombre ? Mais les moyens de transport qui leur auraient permis d'aller les uns vers les autres par terre et par mer, n'avaient-ils pas, pour ainsi dire, presque totalement disparu avec les techniques ? Ainsi il ne leur était guère possible, j'imagine, de se mêler les uns aux autres. C'est que le fer, le cuivre **[678d]** et tous les autres métaux rendus indistincts par l'inondation n'étaient plus apparents, de sorte qu'on rencontrait les pires difficultés à les rétablir dans leur pureté ; et on était à court de bois de construction. À supposer en effet que, dans les montagnes, il fût même resté des outils, ils avaient bientôt disparu pour avoir trop servi, et d'autres ne pouvaient les remplacer avant que fût réapparue chez les hommes la technique permettant de traiter les métaux.

CLINIAS

Comment les remplacer en effet ?

L'ÉTRANGER D'ATHÈNES

Et combien de générations plus tard estimons-nous que cela s'est produit ?

CLINIAS

Apparemment un très grand **[678e]** nombre.

L'ÉTRANGER D'ATHÈNES

Mais alors, durant cette période et pour longtemps encore, toutes les techniques qui ont besoin de fer, de cuivre et de tous les métaux de ce genre n'auraient-elles pas disparu ?

CLINIAS

Sans contredit.

L'ÉTRANGER D'ATHÈNES

À vrai dire ce sont aussi la guerre civile et la guerre qui avaient disparu à cette époque, et cela pour plusieurs raisons.

CLINIAS

Comment cela ?

L'ÉTRANGER D'ATHÈNES

Tout d'abord, du fait de leur isolement, parce que les hommes s'aimaient et s'accueillaient avec affection. Ensuite, parce que la nourriture n'était pas objet de conflits. **[679a]** Les animaux de pâturage ne manquaient pas, sauf peut-être au début pour quelques-uns d'entre eux, et bien sûr c'est de cela surtout qu'ils vivaient à cette époque : le lait et la viande ne leur faisaient aucunement défaut. En outre, la chasse leur fournissait une nourriture dont ni la qualité ni la quantité n'étaient à dédaigner. La chose est sûre, ils n'étaient dépourvus ni de vêtements, ni de couvertures, ni d'habitations ni d'ustensiles qui vont ou non sur le feu. Car la poterie et le tissage n'ont aucun besoin de fer, et la divinité avait fait don de ces deux techniques aux hommes pour leur procurer toutes ces ressources **[679b]**, afin que le jour où elle viendrait à manquer de métal, l'espèce des hommes pût faire souche et se développer.

Dans ces conditions, les hommes n'étaient pas si pauvres que cela, et ils n'étaient pas non plus forcés par la pauvreté à entrer en conflit les uns avec les autres ; il ne peut jamais y avoir de riches sans l'or ou l'argent, et c'était alors leur situation. Or, dans une communauté où n'habitent jamais richesse et pauvreté, les mœurs les plus nobles auront toutes les chances d'apparaître ; en effet, **[679c]** ni démesure ni injustice, ni rivalités ni jalousies n'y prennent naissance. Voilà bien pourquoi les hommes étaient bons. Ils l'étaient aussi en raison de ce qu'on appelle « simplicité » : en effet, ce qui leur était présenté comme beau et comme laid, ils estimaient, en gens simples, que c'était la pure vérité et ils s'y conformaient. Nul n'aurait su, comme aujourd'hui, à force de savoir, y flairer un mensonge ; mais, tenant pour vrai ce que l'on racontait sur les dieux et sur les hommes, ils vivaient en s'y conformant.

Voilà bien pourquoi ils étaient en tout point tels que nous venons de les décrire.

CLINIAS

[679d] Nous sommes bien de cet avis, Mégille et moi.

L'ÉTRANGER D'ATHÈNES

Ne faut-il donc pas dire ceci : plusieurs généra-tions ont vécu ainsi, en ayant été moins industrieuses que celles qui précédèrent le déluge ou que celles d'aujourd'hui, moins instruites de toutes les tech-niques qui allaient apparaître et notamment de celles qui sont relatives à la guerre – toutes celles qui se pratiquent de nos jours sur terre et sur mer, comme toutes celles qui ne s'exercent qu'à l'intérieur de la cité (ce qu'on appelle « procès » et « guerre civile ») et qui consistent à mettre au point en paroles et en actes toutes **[679e]** les machinations possibles afin de se faire mutuellement du mal et du tort – et de sur-croît, qu'elles ont fait preuve de plus de simplicité, de plus de courage, de plus de tempérance et de plus de justice en toutes choses ? La raison de cet état de choses, nous l'avons déjà exposée.

CLINIAS

Ce que tu dis est juste.

L'ÉTRANGER D'ATHÈNES

Tenons cela pour dit. Allons ! Que soit dit encore tout ce qui en découle, afin de comprendre quel usage ces hommes faisaient alors des lois et **[680a]** quel était leur législateur.

CLINIAS

Oui, tu as raison.

L'ÉTRANGER D'ATHÈNES

N'est-il pas vrai que ces gens-là n'avaient pas besoin de législateurs et que, à l'époque, on n'avait nul besoin

de se donner quelque chose de semblable à des lois ?
Car l'écriture n'existait pas encore dans cette partie du
cycle ; en fait, ils vivaient selon des coutumes et selon
ce qu'on appelle les « lois des ancêtres ».

CLINIAS

C'est du moins vraisemblable.

L'ÉTRANGER D'ATHÈNES

Oui, mais il y a déjà là une certaine constitution,
de la forme que voici.

CLINIAS

Laquelle ?

L'ÉTRANGER D'ATHÈNES

[680b] Il me semble que tout le monde appelle
« autocratie » la constitution existant en ce temps-là,
qui subsiste aujourd'hui encore en maint endroit, tant
chez les Grecs que chez les Barbares. Et Homère dit
quelque part que ce même régime fut celui qui réglait
la vie des Cyclopes :

« Ceux-là n'ont pas d'assemblées délibérantes ni
de règlements

Mais ils habitent les cimes de hautes montagnes,

Au creux des cavernes, et chacun régit

[680c] Ses enfants et ses femmes, sans souci du
voisin. »

CLINIAS

Oui, ce poète de chez vous n'est pas dépourvu de
charme, semble-t-il. Tout naturellement en effet nous
connaissons d'autres vers de lui, pleins d'élégance,
mais pas beaucoup. Car nous autres Crétois ne pratiquons guère les poésies étrangères.

MÉGILLE

Nous, au contraire, nous pratiquons Homère, et il
nous semble l'emporter sur tous les poètes épiques ;

toutefois le mode de vie qu'il décrit en toute occasion n'est pas celui de la Laconie, mais celui de
l'Ionie. **[680d]** Dans le cas présent, certes, il paraît
être un bon témoin en faveur de ta thèse, lorsque, en
évoquant ce mythe, il attribue à la sauvagerie le
mode de vie primitif des Cyclopes.

L'ÉTRANGER D'ATHÈNES

Oui, il est vrai qu'il témoigne en ma faveur ; et en
tout cas nous le considérerons comme un informateur qui témoigne du fait que des constitutions de ce
genre existent quelquefois.

CLINIAS

Parfaitement !

L'ÉTRANGER D'ATHÈNES

Mais n'ont-elles pas leur origine chez ces hommes
qui, sous l'effet des difficultés dans lesquelles les
avaient plongés les destructions, restaient dispersés
domaine par domaine, c'est-à-dire famille par
famille, et où la personne la plus âgée commande,
[680e] parce que chez ces hommes le pouvoir est
issu du père et de la mère ? Et en suivant ces derniers, pareils à des oiseaux, ils forment une seule
troupe, régis par la loi parentale et soumis à un pouvoir royal qui est le plus juste de tous.

CLINIAS

Oui, absolument.

L'ÉTRANGER D'ATHÈNES

Après cela, dès lors, un plus grand nombre de
familles se réunissent et forment des communautés
plus importantes. Elles se tournent vers l'agriculture,
d'abord celle qui se pratique au pied des montagnes,
[681a] et elles construisent des clôtures de pierres

sèches dont elles s'entourent comme de remparts pour se protéger des bêtes sauvages, constituant cette fois une seule habitation commune et de quelque importance.

CLINIAS

Il est à tout le moins vraisemblable que les choses se passent de la sorte.

L'ÉTRANGER D'ATHÈNES

Mais quoi ? Ceci aussi ne présente-t-il pas quelque vraisemblance ?

CLINIAS

De quoi veux-tu parler ?

L'ÉTRANGER D'ATHÈNES

Ces agglomérations s'accroissaient et prenaient de l'importance en intégrant les agglomérations primitives, plus petites. De ce fait, chacun des petits groupes s'y rencontrait par famille sous la domination du plus ancien et en respectant des habitudes qui lui étaient propres **[681b]** du fait de la dispersion de leur zone d'habitation. La diversité qui caractérisait ceux qui avaient engendré et élevé les enfants produisait une diversité dans la façon habituelle de concevoir les relations avec les dieux et entre ces hommes eux-mêmes : elles étaient plus ordonnées quand on avait recherché l'ordre avant tout, plus courageux quand on avait recherché le courage avant tout. Les différents groupes qui, comme il se devait, imprimaient ainsi leurs préférences dans l'âme de leurs enfants et des enfants de leurs enfants, venaient s'agréger à la communauté de plus grande importance en apportant, je le répète, les lois qui leur étaient propres.

CLINIAS

Comment en effet en eût-il été autrement ? **[681c]**

L'Étranger d'Athènes

En outre, la chose est sûre, j'imagine que chaque groupe donne la préférence à ses propres lois aux dépens de celles des autres.

Clinias

Il en va bien ainsi.

L'Étranger d'Athènes

Sans nous en être rendu compte, nous avons en quelque sorte mis le pied sur l'origine même de la législation, à ce qu'il semble.

Clinias

Oui, absolument.

L'Étranger d'Athènes

En tout cas, après cela, il est nécessaire que ces hommes qui se sont réunis pour former une communauté choisissent certains d'entre eux comme représentants. Ce sont eux qui, après avoir examiné les règles de conduite de tous les groupes, après avoir **[681d]** exposé en toute clarté celles de ces règles de conduite qui leur semblaient les mieux adaptées pour devenir règles communes à ceux qui sont les chefs de ces groupes et qui les conduisent comme si c'était des rois, et après leur en avoir proposé l'adoption, recevront personnellement le nom de « législateurs ». Et lorsqu'ils auront établi les magistrats, ils auront transformé les autocraties en une espèce d'aristocratie ou même de royauté ; et ils dirigeront les affaires pendant ce changement de constitution.

Clinias

À l'étape suivante, en tout cas, il se peut que les choses évoluent de cette façon.

L'Étranger d'Athènes

Parlons maintenant d'une autre forme de constitution, la troisième, celle où se rencontrent toutes les espèces de constitutions aussi bien que de cités avec toutes leurs vicissitudes.

Clinias

Quelle est donc cette forme ?

L'Étranger d'Athènes

[681e] C'est celle dont, après avoir parlé de la seconde, Homère encore a fait mention, quand il dit ce que fut l'apparition de la troisième. « Il fonda Dardanie », dit-il en effet quelque part, « car la sainte Ilion »

« Ne s'élevait pas encore dans la plaine comme une cité, une cité d'hommes mortels.

Ses hommes continuaient à habiter les pentes de l'Ida aux mille sources. » **[682a]**

Ainsi, ces vers et tous ceux qui concernaient les Cyclopes furent composés en quelque sorte en conformité avec une inspiration divine et avec la nature. La chose s'explique par le fait que la gent poétique, qui est divine, possédée par les dieux lorsqu'elle chante des hymnes, saisit à toute occasion, avec l'aide de certaines Grâces et Muses, bien des choses qui se sont produites dans la réalité.

Clinias

Bien sûr.

L'Étranger d'Athènes

Poussons donc plus avant dans le mythe que nous sommes en train de raconter. Peut-être en effet aura-t-il un sens par rapport à ce que nous souhaitons dire. Est-ce ce qu'il faut faire ? **[682b]**

CLINIAS

C'est bien ce qu'il faut faire.

L'ÉTRANGER D'ATHÈNES

Troie, disons-nous, abandonna donc les hauteurs et vint s'établir dans une plaine grande et belle, sur une colline peu élevée et au voisinage de fleuves nombreux qui descendaient de l'Ida.

CLINIAS

C'est du moins ce que l'on raconte.

L'ÉTRANGER D'ATHÈNES

Or, ne croyons-nous pas que cet événement s'est produit longtemps après le déluge ?

CLINIAS

Comment ne serait-ce pas longtemps après ?

L'ÉTRANGER D'ATHÈNES

Je veux dire qu'il a fallu que ces hommes eussent formidablement oublié le désastre dont nous venons de parler **[682c]** pour exposer ainsi une ville à des fleuves nombreux et qui coulaient des hauteurs, mettant leur confiance en des collines de faibles hauteurs.

CLINIAS

Il est donc évident qu'un laps de temps parfaitement considérable les séparait d'un tel désastre.

L'ÉTRANGER D'ATHÈNES

Oui et j'imagine que d'autres cités s'installaient alors dans les plaines ; elles étaient alors en grand nombre, en raison de l'accroissement du nombre des hommes.

CLINIAS

Sans contredit !

L'Étranger d'Athènes

Ce sont elles, j'imagine, qui montèrent une expédition contre Troie, vraisemblablement par la mer, car c'est sans crainte que les hommes naviguaient alors sur la mer. **[682d]**

Clinias

Cela semble être le cas.

L'Étranger d'Athènes

Et ce n'est qu'après siège de dix ans ou presque, que les Achéens arrivèrent à mettre Troie à sac.

Clinias

C'est bien ce qui se passa.

L'Étranger d'Athènes

Or, au cours du siège de Troie, qui dura dix ans, les communautés d'où venaient les divers assiégeants connurent de nombreux événements funestes dus aux séditions menées par les jeunes, qui de plus, lorsque les combattants revinrent dans leur cité et sur leur domaine, ne les accueillirent ni comme il convenait, ni avec justice, si bien qu'il s'ensuivit un grand nombre de meurtres, de massacres **[682e]** et d'exils. Ceux qui furent bannis revinrent plus tard après avoir changé leur nom d'Achéens en Doriens, en raison du fait que c'était Dorieus qui avait rallié les exilés d'alors. Oui, et tout ce qui s'est passé à partir de là, vous, Lacédémoniens, vous le dites dans vos mythes et dans vos récits.

Clinias

C'est incontestable.

L'Étranger d'Athènes

Le point précis où a commencé notre digression, lorsque au début de notre entretien sur les lois nous

AUX ORIGINES DES CITÉS

sommes tombés sur le problème de la musique et de l'ivresse, nous y voilà de nouveau reconduits comme si un dieu nous guidait ; et le récit, comme en un combat de lutte, nous offre une prise. Il est en effet parvenu à la fondation même de Lacédémone, **[683a]** dont vous prétendiez qu'elle est, tout comme la Crète, administrée comme il convient par des lois sœurs. Or, maintenant, le vagabondage de notre récit, qui nous a fait parcourir une série de constitutions et de fondations de cités, nous offre un avantage : nous avons considéré une première cité, une seconde et une troisième, qui se sont succédées, pensons-nous, au cours d'un laps de temps immense, et voilà que nous arrive cette quatrième cité, ou si vous préférez ce peuple, qui a été établi un jour et qui le reste aujourd'hui. **[683b]** Si, à partir de tout cela, nous sommes en mesure de distinguer entre ce qui a été institué correctement et ce qui ne l'a pas été, et entre les lois qui sont responsables de ce qui est sauve-gardé et celles qui sont responsables de ce qui est corrompu, et si nous sommes en mesure de déter-miner quelles choses doivent être substituées à telles autres pour assurer le bonheur à la cité, voilà juste-ment, Mégille et Clinias, ce qu'il y a lieu de dire en reprenant le fil de la discussion, comme si nous retournions au début, à moins que nous n'ayons des objections contre les propos tenus jusqu'ici.

MÉGILLE

En tout cas, Étranger, si un dieu nous promettait que, en entreprenant pour une seconde fois notre enquête sur la législation **[683c]**, nous entendrions des propos qui ne le céderaient à ceux qui viennent d'être tenus ni par la qualité ni non plus par l'étendue, j'accepterais pour ma part de faire une longue route, et cette journée-ci me paraîtrait courte.

Oui, et pourtant nous sommes tout près du jour où le dieu tourne faisant passer de l'été vers l'hiver.

L'Étranger d'Athènes

Il semble bien qu'il faut l'entreprendre, cette enquête.

Mégille

Oui, absolument

L'Étranger d'Athènes

Eh bien, transportons-nous dans le passé par la pensée, à cette époque où Lacédémone, Argos, Messène et leurs territoires tombèrent sous le contrôle, Mégille, de vos ancêtres **[683d].** Cela fait, ils prirent la décision – c'est du moins ce que racontent vos mythes – de diviser le corps expéditionnaire en trois parties et de fonder trois cités, Argos, Messène et Lacédémone.

Mégille

Oui, absolument.

L'Étranger d'Athènes

À Argos, ce fut Téménos qui devint roi, à Messène, Cresphontès et à Lacédémone, Proclès et Eurysthénès.

Mégille

Comment le nier ?

L'Étranger d'Athènes

Oui, et tous leur prêtèrent le serment de leur venir en aide, si l'on tentait de renverser leur royauté.

Mégille

[683e] Sans conteste !

L'Étranger d'Athènes

Mais, par Zeus, quand une royauté est en train de
se désagréger ou quand dans le passé un pouvoir
quelconque connut ce sort, est-ce que la faute en
revient à d'autres qu'aux détenteurs du pouvoir eux-
mêmes ? Ou bien, avons-nous oublié à l'heure qu'il
est les principes que nous posions lorsque, il y a un
moment, nous sommes tombés sur cette question ?

Mégille

Comment l'aurions-nous oublié ?

L'Étranger d'Athènes

Eh bien, cette fois-ci, nous donnerons des bases
plus solides à notre thèse ; le hasard nous ayant fait
rencontrer des événements qui, semble-t-il, ont réellement eu lieu, nous en sommes venus à la même
conclusion qu'auparavant. Ainsi notre enquête ne
restera plus dans l'abstraction, **[684a]** mais portera
sur ce qui s'est vraiment passé et sur ce qui présente
de la réalité.

LE RÈGNE DE KRONOS

Lois, IV 711c-714b
(traduction par L. Brisson et J.-F. Pradeau) [3].

Les interlocuteurs se demandent quelle est la meilleure constitution politique. Ils en trouvent un modèle divin dans le règne du dieu Kronos.

L'ÉTRANGER D'ATHÈNES

Que personne, mes amis, n'aille nous persuader que jamais une cité ait d'autre moyen de changer de lois plus facilement et plus rapidement que sous la conduite de ceux qui détiennent le pouvoir : aujourd'hui il n'y a pas de moyen plus rapide de procéder et dans le futur il n'y en aura pas d'autre non plus. **[711d]** En fait, pour nous, ce n'est pas cela qui est chose impossible, ou même difficile, à réaliser. Ce qui est vraiment difficile à réaliser, et ce qui s'est rarement produit dans l'immensité de la durée, c'est autre chose : mais lorsque cela se produit, cela entraîne une infinité de biens, et même leur totalité, dans la cité où cela survient.

CLINIAS

De quoi entends-tu parler ?

L'ÉTRANGER D'ATHÈNES

Cela survient quand un désir passionné des pratiques qui sont conformes à la tempérance et à la justice naît chez ceux qui sont investis d'une autorité importante, que cette autorité présente la forme de la monarchie ou qu'elle soit justifiée par la supériorité de la richesse ou de la naissance, **[711e]** ou parce que quelqu'un est à nouveau pourvu de la nature d'un Nestor dont la tradition dit que, surpassant tout le monde par la force de son discours, il se distinguait encore plus par sa sagesse. La chose s'est produite, raconte-t-on au temps de la guerre de Troie, mais cela n'existe vraiment pas de nos jours. Cela étant, si quelqu'un de tel a existé, s'il doit exister ou s'il existe actuellement parmi nous, il mène pour son compte une vie heureuse, et heureux sont ceux qui prêtent l'oreille à des paroles qui sortent de cette sage bouche. Et on peut dire également la même chose de n'importe quel pouvoir : lorsque dans un individu **[712a]** l'autorité suprême rejoint la réflexion et la tempérance pour s'y associer, alors on voit naître la constitution la meilleure et des lois qui sont à l'avenant ; autrement, cela n'arrive jamais. Il faut donc que vous considériez ce que je viens de vous raconter, comme s'il s'agissait d'un mythe, à la manière d'un oracle, et qu'il soit établi que, si, d'un côté, il est difficile pour une cité de se doter de bonnes lois, de l'autre, une fois produit ce dont nous parlons, c'est là de loin la chose la plus rapide et la plus facile à faire de toutes.

CLINIAS

Comment ?

L'Étranger d'Athènes

Comme des personnes âgées modèlent des enfants, tentons de modeler ces lois en parole, **[712b]** en les adaptant à la cité qui est la tienne.

Clinias

Allons, faisons-le sans tarder.

L'Étranger d'Athènes

Appelons le dieu pour qu'il nous aide à constituer cette cité. Et lui, puisse-t-il nous prêter l'oreille et, nous prêtant l'oreille, puisse-t-il venir à nous en se montrant propice et bienveillant, et en nous apportant son concours pour ordonner la cité et les lois.

Clinias

Oui, qu'il vienne.

L'Étranger d'Athènes

Mais quelle constitution avons-nous l'intention d'assigner **[712c]** à notre cité ?

Clinias

En quel sens souhaites-tu que l'on prenne cette question ? Exprime-toi plus clairement encore. As-tu en vue une démocratie, une oligarchie, une aristocratie ou une royauté ? Sans doute en effet, tu ne saurais parler de tyrannie ; c'est ce que nous imaginons en tout cas.

L'Étranger d'Athènes

Eh bien, voyons, lequel de vous deux acceptera de répondre le premier et de dire à quelle catégorie appartient la constitution de son pays ?

Mégille

N'est-ce pas à moi, qui est le plus vieux, qu'il revient de parler le premier ?

L'ÉTRANGER D'ATHÈNES

[712d] Peut-être.

MÉGILLE

La chose est sûre, Étranger, quand j'y pense, je ne
suis pas en mesure de t'expliquer, comme cela tout
de suite, quel nom il faut donner à la constitution de
Lacédémone. C'est bien à la tyrannie qu'elle me
semble ressembler : le pouvoir des Éphores y est en
effet devenu tyrannique à un point étonnant. Et en
certaines occasions, il me semble qu'elle a l'air plus
démocratique que celles de toutes les autres cités.
Pourtant, il y aurait quelque chose de tout à fait
absurde à ne pas l'appeler aristocratie. La chose est
sûre en tout cas, elle possède une royauté [712e] à
vie, la plus ancienne de toutes à en croire tout le
monde comme nous-mêmes. Mais moi, quand on
m'interroge ainsi à l'improviste, comme c'est le cas
maintenant, je ne puis réellement, je le répète, dire de
façon tranchée à laquelle de ces constitutions la nôtre
appartient.

CLINIAS

Je crois éprouver, Mégille, la même impression
que toi. Je suis en effet dans un embarras extrême
lorsqu'il s'agit d'assigner avec assurance l'un de ces
noms à la constitution de Cnossos.

L'ÉTRANGER D'ATHÈNES

La raison en est, excellents amis, que vous appar-
tenez à des constitutions qui sont des constitutions
dignes de ce nom : les noms que nous venons d'énumérer désignent non pas des constitutions mais des
groupements où une partie des gens est dominée et
asservie, [713a] en sorte que le nom désigne dans
chaque cas le pouvoir qui possède l'autorité. Mais il

faudrait, si on devait désigner la cité par un nom de
ce genre, prononcer le nom du dieu qui détient
l'autorité sur les êtres qui sont dotés de raison.

CLINIAS

Mais quel est ce dieu ?

L'ÉTRANGER D'ATHÈNES

Eh bien, ne devons-nous pas recourir encore un
peu au mythe, si nous voulons répondre avec quelque
justesse de ton à la question actuellement soulevée ?

CLINIAS

Est-ce bien ce qu'il faut faire ?

L'ÉTRANGER D'ATHÈNES

Oui, absolument. Il est certain que les cités dont
nous avons plus haut exposé **[713b]** la formation ont,
d'après la tradition, été précédées et de fort loin par
une forme d'autorité et d'administration particulièrement heureuse, que l'on place sous le règne de
Kronos et dont ceux de nos pays qui sont aujourd'hui
les mieux administrés sont une imitation.

CLINIAS

C'est à mon avis un devoir impérieux d'en prendre
connaissance.

L'ÉTRANGER D'ATHÈNES

En tout cas, c'est mon avis. C'est pourquoi j'ai
mis le sujet sur le tapis.

CLINIAS

Oui, tu as très bien fait. Et en poursuivant jusqu'au
bout le récit de ce mythe, tu ferais exactement ce
qu'il convient de faire si du moins ce mythe est per-
tinent pour notre propos. **[713c]**

L'ÉTRANGER D'ATHÈNES

Il faut faire comme vous dites. La tradition nous
rapporte un récit qui veut que la vie des gens de cette
époque était extraordinairement heureuse, car tout
leur venait en abondance et de façon spontanée. Or,
voici à peu près, dit-on, quelle en était la cause.
Comme nous l'avons exposé dans le détail, Kronos
sachant donc que l'homme, par nature, n'est aucunement en mesure, lorsqu'il dispose d'un pouvoir
absolu, d'administrer toutes les affaires humaines
sans se gonfler de démesure et d'injustice, c'est dans
cette pensée qu'il décida de mettre alors à la tête de
nos cités, **[713d]** en qualité de rois et de chefs, non
pas des hommes, mais des êtres d'une espèce plus
divine et meilleure, comme nous le faisons nous-
mêmes aujourd'hui pour le petit bétail et pour tous
les animaux domestiques qui vivent en troupeau. Ce
n'est pas un bœuf que nous prenons pour diriger des
bœufs, ni une chèvre pour diriger des chèvres, mais
c'est nous qui exerçons une autorité sur ces animaux,
nous qui sommes d'un genre supérieur. Ainsi donc,
faisant de même, le dieu, qui avait de l'affection pour
les hommes, mit à notre tête le genre d'êtres qui nous
était supérieur, celui des démons qui, avec une
grande facilité pour eux et un grand consentement de
notre part, prirent soin **[713e]** de nous ; en nous pro-
curant paix, retenue, bonne législation, et abondance
de justice, ils préservèrent l'espèce humaine des
guerres civiles et l'établirent dans le bonheur. Or,
aujourd'hui encore, ce récit, et en cela il dit vrai, fait
bien apparaître que, dans toutes les cités où dirige
non pas un dieu mais un mortel, il n'est pas possible
d'échapper aux maux et aux malheurs. La leçon que
l'on attribue au mythe est la suivante : nous devons
imiter par tous les moyens le genre de vie qui avait
cours sous le règne de Kronos et, pour autant qu'il y

a en nous d'immortalité, nous devons, en y obéissant, administrer en public et en privé nos maisons **[714a]** et nos cités, en donnant à cette distribution de la raison le nom de loi. Mais si un homme seul, une oligarchie ou encore une démocratie, a son âme tendue vers les plaisirs qui sont l'objet des désirs, et que cette âme est avide de s'emplir de ces plaisirs, qu'elle est incapable de rien retenir et qu'elle se trouve en proie à une maladie maligne incessante et insatiable, et si une telle autorité s'exerce sur une cité ou sur un particulier en foulant au pied les lois, alors, je le répète, il n'y a pas de salut possible. Il nous faut donc, Clinias, examiner ce récit **[714b]** pour savoir si nous sommes d'accord avec ce qu'il dit ou quel autre parti il faut prendre.

LE MYTHE DE L'ATLANTIDE

Timée, 17a-27a (traduction par L. Brisson)
et *Critias* (traduction par J.-F. Pradeau) [4].

On reproduit ici le début du Timée *et l'intégralité du* Critias*, qui est un dialogue inachevé.*

Timée, 17a-27a

SOCRATE

[17a] Un, deux, trois ; mais notre quatrième, mon cher Timée, celui qui faisait partie du groupe de ceux que j'avais invités au banquet que j'ai offert hier, et qui compte parmi ceux qui aujourd'hui m'ont convié à ce banquet, où est-il ?

TIMÉE

Il est tombé malade, Socrate ; s'il n'avait tenu qu'à lui, il n'eût pas manqué cette réunion.

SOCRATE

Il vous faudra donc, toi et ceux que je viens de nommer, tenir aussi le rôle de l'absent, n'est-ce pas ?

Timée

Assurément, et dans la mesure du possible, nous n'y **[17b]** faillirons point, car il ne conviendrait pas que, après avoir été traités hier par toi comme doivent l'être des hôtes, ceux de nous qui sont là n'eussent à cœur de te rendre la politesse.

Socrate

Eh bien, vous souvenez-vous de toutes les questions et de tous les sujets que je vous avais proposé de traiter.

Timée

Nous nous souvenons de certains ; tous ceux que nous aurons oubliés, tu seras là pour nous les remettre en mémoire. Mieux, si cela ne te pèse pas trop, repasse-les en revue brièvement depuis le début, pour mieux assurer nos souvenirs.

Socrate

Soit ! Hier donc **[17c]**, si je ne m'abuse, les propos que je tenais sur l'organisation de la cité portaient pour le principal sur cette question : quelle était, selon moi, la constitution la meilleure et quelle sorte d'hommes elle exigeait.

Timée

C'est bien cela, Socrate, et la constitution dont tu nous as parlé répondait tout à fait à notre attente.

Socrate

Or, dans une cité ainsi organisée, n'avons-nous pas commencé par mettre à part du groupe de ceux qui ont pour mission de la défendre le groupe que forment les agriculteurs et tous ceux qui pratiquent d'autres techniques ?

TIMÉE

Si.

SOCRATE

Et, conformément à la nature, nous avons attribué
à chaque citoyen une tâche et une seule **[17d]**, celle
qui lui était appropriée. Concernant ceux qui devaient
porter les armes pour protéger tous les citoyens, nous
avons aussi dit, n'est-ce pas, qu'il leur faudrait être
exclusivement les gardiens de la cité, pour la défendre
au cas où quelqu'un de l'extérieur ou même de l'intérieur se disposerait à commettre un méfait, faisant
respecter avec douceur la justice chez ceux qui sont
leurs subordonnés et qui par nature sont leurs amis,
[18a] tout en se montrant implacables envers ceux des
ennemis qu'il leur arrivera d'affronter au combat.

TIMÉE

Tout à fait exact.

SOCRATE

C'est que, je crois, l'âme des gardiens doit être
dotée d'une nature particulière : elle doit au plus haut
point, disions-nous, être pleine de fougue et tendre
vers le savoir, pour que les gardiens puissent, comme
il se doit, se montrer doux envers leurs subordonnés
et implacables envers leurs ennemis.

TIMÉE

Oui.

SOCRATE

Et pour ce qui est de leur éducation ? Cette éducation ne doit-elle pas comporter pour tous la gymnastique, la musique et tous les autres savoirs qu'exige
leur condition ?

TIMÉE

Assurément.

SOCRATE

Nous avons encore dit, si je ne m'abuse, que la loi devrait interdire à ceux **[18b]** qui du moins auront été éduqués de la sorte de posséder en propre or, argent ou tout autre bien. Cependant, parce qu'ils les défendent, ils recevront de ceux dont ils assurent la sauvegarde un salaire pour la protection qu'ils leur apportent. Ce salaire ne dépassera pas ce qui convient à des gens faisant preuve de modération, des gens qui auront le même régime de vie, puisqu'ils passeront leur temps ensemble et qu'ils vivront en communauté, des gens dont le souci continuel sera la pratique de la vertu et qui seront libérés de toute autre occupation.

TIMÉE

Cela aussi a été dit en ces termes.

SOCRATE

Et plus particulièrement en ce qui concerne les femmes, **[18c]** nous avons fait observer qu'il faudrait assortir aux hommes les femmes dont la nature se rapproche de la leur, et qu'il faudrait donner à toutes ces femmes-là exactement les mêmes occupations que celles qu'on donne aux hommes, que ce soit à la guerre ou dans les autres circonstances de la vie.

TIMÉE

C'est en ces termes que cela fut dit aussi.

SOCRATE

Et en ce qui concerne la procréation des enfants ? Le caractère insolite de nos propos n'en rend-elle pas

la remémoration aisée ? C'est une communauté totale
des mariages et des enfants que nous avons établie
pour tout le monde, en prenant des mesures pour que
personne ne puisse jamais reconnaître comme sien son
rejeton, et pour que tous se considèrent comme **[18d]**
membres de la même famille, parce qu'ils voient des
sœurs et des frères en tous ceux qui peuvent l'être par
l'âge, des parents et des grands-parents en tous ceux
qui sont nés plus tôt, des enfants et des petits-enfants
en ceux qui sont nés plus tard.

TIMÉE

Oui, cela est facile à retenir, comme tu le dis.

SOCRATE

Par ailleurs, pour que les enfants naissent d'emblée
avec le meilleur naturel possible, nous avons dit,
nous nous en souvenons n'est-ce pas, qu'il faudrait
que les autorités, hommes et femmes, prennent des
mesures pour arranger en secret les mariages **[18e]** à
l'aide de tirages au sort, qui fassent que les mauvais
d'un côté et les bons de l'autre se trouvent respecti-
vement appariés à leurs pareils, sans que pourtant nul
ne puisse nourrir de haine contre les autorités,
chacun attribuant au hasard la cause de son union.

TIMÉE

Nous nous en souvenons.

SOCRATE

Et nous ajoutions qu'il ne fallait élever que les
enfants des bons **[19a]**, et qu'on devait se débarrasser
des mauvais en les faisant passer secrètement dans
l'autre groupe. Toutefois, les autorités devront sans
cesse surveiller les enfants, à mesure qu'ils grandis-
sent, pour faire remonter ceux qui s'en montreront
dignes, et pour déplacer ceux qui, dans leur groupe,

s'en montreront indignes en leur faisant prendre la place de ceux qui auraient été promus.

TIMÉE

C'est cela.

SOCRATE

Eh bien, ne venons-nous pas de faire un tour d'horizon satisfaisant de notre exposé d'hier, dans la mesure où il est possible de reprendre sommairement cet exposé, ou bien, cher Timée, devons-nous déplorer dans ce que nous venons de dire quelque omission ?

TIMÉE

Nous n'avons aucune omission à déplorer, Socrate, car c'est bien là **[19b]** ce que nous avons dit.

SOCRATE

Veuillez écouter maintenant ce que j'ai encore à dire sur la constitution que je viens de décrire, quel est à son égard le sentiment que j'éprouve.

Ce sentiment s'apparente, me semble-t-il, à celui qu'on éprouve quand, contemplant de beaux animaux, qui sont figurés en peinture ou qui, même s'ils sont vraiment vivants, se tiennent au repos, on ressent l'envie de voir ces animaux bouger, rivaliser au combat en se comportant comme le laisse prévoir leur constitution physique. Voilà bien **[19c]** le sentiment que j'éprouve à l'égard de la cité dont je viens de décrire la constitution.

J'aimerais entendre quelqu'un qui évoque les luttes que soutient cette cité, qui raconte comment cette cité rivalise avec les autres, comment elle entre en guerre quand il le faut et comment, dans la guerre, elle fait voir les qualités qu'ont transmises aux citoyens leur éducation et leur formation, et cela aussi bien dans les opérations militaires que dans les négociations avec les autres cités prises une à une.

Or, sur ce point, Critias et Hermocrate, je me **[19d]** connais assez bien pour savoir que jamais je ne serai en mesure de faire de ces hommes et de cette cité l'éloge qu'ils méritent.

En ce qui me concerne, cela n'a rien d'étonnant ; mais je me suis fait la même opinion au sujet des poètes, qu'il s'agisse de ceux d'hier ou de ceux d'aujourd'hui. Ce n'est point que je méprise les poètes ; pourtant il est évident pour tout le monde que ceux qui sont des imitateurs arrivent à imiter avec la plus grande facilité et la plus grande perfection ce qui est familier au monde dans lequel ils ont été élevés ; en revanche, on a beaucoup de difficultés **[19e]** à bien imiter en actes et plus encore en paroles un monde dans lequel on n'a pas été élevé.

Quant aux sophistes, j'estime qu'ils font preuve d'un remarquable savoir-faire qui leur permet de produire une multitude de discours et de réaliser d'autres choses admirables, mais je crains que, vagabondant de ville en ville et n'ayant nulle part élu domicile, ils ne soient hors d'état de comprendre, à propos d'hommes qui s'adonnent à la fois à la philosophie et à la politique l'importance et la qualité de tout ce que ces hommes peuvent, dans les combats et dans les discussions, faire et dire, dans l'action par leurs actes et par la parole dans leurs réunions respectives.

Restent alors les gens de votre genre, qui, **[20a]** par leur nature et par leur formation, participent à la fois de la politique et de la philosophie.

En effet, Timée que voici, qui vient de la cité si bien policée de Locres en Italie, où, par la fortune et par la naissance, il n'est inférieur à personne, s'est vu dans sa cité confier les plus hautes charges et décerner les plus grands honneurs ; en outre, il s'est, à mon sens, élevé aux sommets de la philosophie en son ensemble.

Quant à Critias, j'imagine, nous tous qui sommes d'ici savons qu'il n'est novice en rien de ce qui nous occupe.

Et pour ce qui est d'Hermocrate, sa nature et sa formation sont à la hauteur de toutes ces questions ; **[20b]** maints témoignages nous le garantissent.

Voilà pourquoi, quand hier vous m'avez demandé de développer la question de l'organisation de la cité, j'ai, après réflexion, accédé de bon cœur à vos désirs, convaincu que, pour prendre la suite de cet exposé, nuls autres que vous, si vous y consentiez, ne seraient plus compétents ; car, après avoir engagé la cité dans une guerre juste, vous seuls, parmi nos contemporains, pourriez la décrire en train de faire ce qu'on attend d'elle. Maintenant que j'ai rempli ma tâche, je vous ai donc à mon tour assigné celle que je vous ai indiquée. Or, après avoir examiné la chose en commun, vous avez convenu entre vous de me rendre aujourd'hui **[20c]** mon festin oratoire. Me voici donc paré pour la fête, et le plus empressé de tous pour recevoir ce qu'on m'offrira.

HERMOCRATE

Assurément, Socrate, comme vient de le dire Timée, nous ne manquerons pas de faire de notre mieux, et d'ailleurs nous n'avons aucune excuse pour nous dérober. Aussi bien, hier, dès que, après t'avoir quitté, nous fûmes arrivés chez Critias, là où il nous héberge nous aussi, et même avant sur la route, nous nous sommes mis à réfléchir à ce projet. **[20d]** C'est alors que Critias nous fit un récit d'après une antique tradition orale. Ce récit, Critias, reprends-le maintenant pour Socrate, pour qu'il détermine s'il peut servir ou non pour remplir la tâche assignée.

CRITIAS

Voilà ce qu'il faut faire, si toutefois notre troisième compère, Timée, est de cet avis.

TIMÉE

C'est bien mon avis.

CRITIAS

Prête donc l'oreille, Socrate, à un récit qui, même s'il est tout à fait étrange, reste absolument vrai, comme l'a affirmé il y a longtemps le plus sage des sept sages [20e], Solon. Solon avait des liens de parenté avec Dropide, mon arrière-grand-père, pour lequel il avait en outre beaucoup d'affection, comme il l'a fait lui-même savoir en maints endroits de son œuvre poétique. Devant Critias, mon grand-père, il raconta – récit que celui-ci à son tour dans sa vieillesse me fit de mémoire – que, dans le passé, notre cité accomplit de grands et admirables exploits, dont le souvenir s'est effacé sous l'effet du temps et en raison des catastrophes qui ont frappé l'humanité, mais que, parmi ces exploits, l'un surpassait tous les autres. Cet exploit nous permettrait, si nous nous le remettions en mémoire, [21a] en même temps de te rendre grâce et de faire un éloge vrai et mérité de la déesse, en cette panégyrie ; ce serait effectivement comme si nous lui adressions un hymne.

SOCRATE

Bien parlé ! Mais quel est donc cet exploit, dont on ne fait plus mention, mais que Critias racontait en disant qu'il avait été réellement accompli pas notre cité dans l'Antiquité, d'après ce qu'il avait entendu dire à Solon ?

CRITIAS

Je vais raconter cet exploit, d'après l'antique récit que j'ai entendu de la bouche d'un homme qui n'était pas jeune.

En effet, en ce temps-là, Critias, à ce qu'il disait, était déjà tout près de ses quatre-vingt-dix ans, alors que moi j'en avais environ dix. [21b] Nous nous trouvions le jour des Couréotis pendant les Apatouries. Le programme accoutumé de la fête se déroula cette fois-là comme chaque fois, pour nous autres enfants. En effet, nos pères nous proposèrent des prix pour un concours de rhapsodies. À cette occasion, plusieurs poèmes de plusieurs poètes furent interprétés, et, comme, en ce temps-là, les poèmes de Solon étaient nouveaux, plusieurs d'entre nous, les enfants, en chantèrent. Or, un membre de notre phratrie déclara, soit que ce fut alors son avis, soit pour faire plaisir à Critias, que, pour lui, Solon qui dans les autres domaines avait au demeurant été le plus sage, [21c] avait en outre en poésie été de tous les auteurs celui qui faisait le plus figure d'homme libre. Alors, le vieillard – je m'en souviens très bien – en éprouva beaucoup de plaisir et dit avec un sourire :

CRITIAS L'ANCIEN

Le sûr est, Amynandre, que, si Solon n'avait pas fait de la poésie un passe-temps, mais y avait appliqué tous ses soins comme d'autres, s'il avait donné forme à ce récit qu'il avait rapporté d'Égypte en Grèce, et si les séditions et les autres maux qu'il trouva ici à son retour ne l'avaient pas forcé à négliger la poésie, [21d] ni Hésiode ni Homère ni aucun autre poète n'eût, à mon avis, jamais été plus célèbre que lui.

AMYNANDRE

Et quel était donc ce récit, Critias, demanda Amynandre ?

CRITIAS L'ANCIEN

Il parlait, répondit Critias, de la geste la plus grande et la plus digne entre toutes de renom, qu'ait accomplie notre cité ; mais, sous l'effet du temps et parce que connurent la destruction ceux qui en furent les acteurs, ce récit n'est pas parvenu jusqu'à nous.

AMYNANDRE

Reprends donc depuis le début, demanda Amynandre, ce que racontait Solon, en nous disant et comment et de qui il en avait entendu parler, comme de quelque chose de vrai.

CRITIAS L'ANCIEN

Il y a **[21e]** en Égypte, reprit Critias, dans le Delta, qu'entoure en se divisant à son sommet, le flot du Nil, un nome appelé Saïtique. De ce nome, la ville la plus importante est Saïs, – dont justement est originaire le roi Amasis. Si on en croit les habitants de Saïs, la divinité fondatrice de la ville est une déesse, qui a pour nom, en langue égyptienne, Neith, et, en langue grecque, à ce qu'ils prétendent, Athéna. Ils ont une grande amitié pour les Athéniens et déclarent être en quelque manière leurs parents.

Dans cette ville, où l'avait conduit son voyage, disait Solon, on lui témoigna beaucoup de considération. Et, racontait-il entre autres, un jour qu'il interrogeait **[22a]** sur les choses du passé les prêtres les plus versés en la matière, il lui apparut que ni lui ni aucun autre Grec ne savait pour ainsi dire presque rien sur la question. Or, comme il souhaitait amener les prêtres à parler de l'Antiquité, il se mit à évoquer ce qui chez nous remonte à la plus haute Antiquité. Il raconta le mythe de Phoronée, qu'on dit être le premier homme, et de Niobé ; puis celui qui décrit comment Deucalion et Pyrrha survécurent au déluge. Il fit aussi **[22b]** la généalogie de leurs descendants, et il essaya de calculer à combien d'années remontaient les événements qu'il évoquait, en se remettant en mémoire leur âge.

C'est alors qu'un prêtre dont l'âge était particulièrement avancé, l'interrompit : « Solon, Solon, vous autres Grecs êtes toujours des enfants ; vieux, un Grec ne peut l'être. »

Sur ce, Solon s'enquit : « Que veux-tu dire par là ? »

Et le prêtre de répondre : « Jeunes, vous l'êtes tous par l'âme, car vous n'avez en elle aucune vieille opinion transmise depuis l'Antiquité de bouche à oreille ni aucun savoir blanchi par le temps. Voici pourquoi. **[22c]** Bien des fois et de bien des manières, le genre humain a été détruit, et il le sera encore. Les catastrophes les plus importantes sont dues au feu et à l'eau, mais des milliers d'autres causes provoquent des catastrophes moins importantes. Prenons par exemple cette histoire qu'on raconte chez vous. Un jour, Phaéton, le fils du Soleil, attela le char de son père, mais comme il n'était pas capable de conduire en suivant la route de son père, il mit le feu à ce qui se trouvait à la surface de la terre et périt lui-même foudroyé. Ce récit n'est qu'un mythe ; la vérité la voici. Les corps qui, dans le ciel, accomplissent une révolution autour de la terre **[22d]** sont soumis à une alternance, qui se reproduit à de longs intervalles ; ce qui se trouve à la surface de la terre est alors détruit par un excès de feu. À ces moments-là, tous les êtres humains qui sont établis sur des montagnes et en des lieux élevés ou secs périssent en plus grand nombre que ceux qui habitent au bord des fleuves ou près de la mer. Nous, c'est le Nil, notre sauveur en d'autres circonstances qui, en cette situation difficile aussi, nous sauve par sa crue. Quand, en revanche, les dieux, pour purifier la terre, provoquent un déluge, ce sont les habitants des montagnes qui sont épargnés, bouviers et pâtres, tandis que ceux qui, **[22e]** chez vous, habitent dans des cités sont entraînés vers la mer par les fleuves. Mais, dans notre pays, pas plus à ce moment-là qu'à aucun autre, ce n'est d'en haut que sur nos sillons ruisselle l'eau ; bien au contraire c'est d'en bas que toujours elle sourd naturellement. De là vient et par là s'explique, dit-on, que les événements dont le souvenir est ici conservé remontent à la plus haute Antiquité. Effectivement, dans tous les lieux où ni un froid excessif ni une chaleur brûlante ne l'empêche, on trouve toujours des êtres humains, en plus ou moins grand nombre. **[23a]**

Aussi tout ce qui est arrivé chez vous, ici ou en quelque autre lieu, et dont nous avons été informés pour en avoir entendu parler, si, pour une raison ou pour une autre, c'est quelque chose de beau, de grand ou de remarquable à quelque autre titre, tout cela a, depuis l'Antiquité, été consigné par écrit dans nos temples et conservé. Mais, chez vous et ailleurs, à peine se trouve constitué tout ce qui touche à l'écriture et à toutes les autres choses dont les cités ont besoin, chaque fois, à intervalles réglés, revient, comme une maladie, le flot **[23b]** du ciel qui fond sur vous ; et il n'épargne que ceux d'entre vous qui sont illettrés et étrangers aux Muses, en sorte que vous repartez du début comme si vous étiez redevenus jeunes, ignorants tout de ce qui est arrivé chez vous et ici dans l'ancien temps.

En tout cas, les généalogies concernant les gens de chez vous que tu viens, Solon, de passer en revue, diffèrent bien peu des mythes pour enfants. D'abord, vous ne gardez le souvenir que d'un seul déluge sur terre, alors que plusieurs sont survenus auparavant. En outre, la plus belle et la meilleure communauté parmi les hommes, vous ne savez pas que c'est dans votre pays qu'elle est née ; c'est d'eux que vous descendez, toi et l'ensemble de la cité **[23c]** qui est aujourd'hui la tienne, parce que jadis un peu de semence s'en est conservée. Mais vous avez perdu le souvenir de tout cela parce que, pendant plusieurs générations, ceux qui furent épargnés, moururent sans avoir livré leur voix à l'écriture. Oui, autrefois, Solon, avant la destruction la plus importante que causèrent les eaux, la cité, qui est aujourd'hui celle des Athéniens était la meilleure pour la guerre et, à tous égards, celle qui avait les meilleures lois, et cela à un point remarquable. Cette cité a accompli les exploits les plus beaux, et ses institutions politiques surpassèrent en beauté toutes celles, dont sous le ciel nous avons recueilli l'écho. » **[23d]**

Or, Solon disait avoir été émerveillé par ce qu'il avait entendu et avoir éprouvé le désir le plus vif de demander aux prêtres de passer en revue, pour lui, pas à pas et par le détail, tout ce qui concernait ses concitoyens d'autrefois.

Et le prêtre répondit : « C'est sans réticence aucune que je le ferai, Solon, par égard pour toi, pour ta cité et plus encore pour la déesse, qui a reçu en partage votre cité et la nôtre, qui les a élevées et instruites. De nos deux cités, la vôtre est apparue mille ans avant la nôtre, quand elle a reçu de Gê et **[23e]** d'Héphaïstos la semence dont vous provenez. Notre cité a été organisée il y a huit mille ans, suivant le chiffre porté sur nos écrits sacrés. C'est donc les lois de vos concitoyens d'il y a neuf mille ans que je vais vous exposer brièvement, et, parmi les exploits qu'ils ont accomplis, je vous dirai le plus beau. Sur le détail **[24a]** de tout ce que je vais dire, nous reviendrons systématiquement une autre fois, quand nous en aurons le loisir, et cela en nous en reportant aux textes eux-mêmes.

Eh bien, les lois de tes concitoyens d'alors, considère-les en les mettant en regard des nôtres. En effet aujourd'hui, tu retrouveras ici plusieurs exemples des lois qui étaient alors en vigueur chez vous. En premier lieu, le groupe des prêtres s'y trouve à part, séparé des autres. Puis vient le groupe des démiurges, – chaque espèce de démiurge exerce son métier séparément, sans se mêler à aucune autre – le groupe des bergers, celui des chasseurs, celui des paysans. Pour sa part, le groupe des guerriers, **[24b]** sans doute l'as-tu constaté, se trouve ici séparé de tous les autres groupes, la loi prescrivant à ses membres de ne s'occuper de rien d'autre que de ce qui concerne la guerre. En outre, la nature de leur armement, constitué de boucliers et de lances, et dont, parmi les peuples d'Asie, nous avons été les premiers à être équipés, c'est la déesse qui nous en a montré l'usage, comme ce fut le cas pour vous, qui fûtes les premiers à en être équipés dans la région du monde que vous habitez. Enfin, pour ce qui est de la pensée, tu vois sans doute à quel point ici la loi s'en est préoccupée dès le début, suivant cet ordre **[24c]** : elle nous a tout appris depuis la divination et la médecine qui a en vue la santé, en partant de ces savoirs divins pour arriver à leurs applications humaines, et elle nous a pourvus de tous les autres savoirs qui découlent de ceux-là.

Voilà donc quels étaient alors au total votre organisation et votre système, et c'est chez vous les premiers que la déesse a établi cette organisation quand elle a fondé votre cité, en choisissant le lieu où vous êtes nés, car elle y avait remarqué l'heureux mélange des saisons qui devait produire les hommes les plus intelligents. Parce que la déesse aimait la guerre et le savoir, elle **[24d]** a choisi ce lieu, qui était susceptible de porter les êtres humains présentant avec elle la ressemblance la plus étroite, et elle fonda votre cité en premier. C'est donc là que vous étiez, régis par de telles lois et mieux policés encore, l'emportant dans tous les domaines de l'excellence sur tout le reste du genre humain, comme il sied à des gens qui ont été engendrés et éduqués par des dieux. Nombreux et grands furent donc vos exploits et ceux de votre cité, exploits qui ont été consignés ici, parce qu'ils ont suscité notre admiration. Mais l'un surpasse **[24e]** tous les autres en importance et valeur. En effet, nos écrits disent l'importance de la puissance que votre cité arrêta jadis dans sa marche insolente sur toute l'Europe et l'Asie réunies, en se jetant sur elles à partir de l'océan Atlantique.

C'est que, en ce temps-là, on pouvait traverser cette mer lointaine. Une île s'y trouvait en effet devant le détroit qui, selon votre tradition, est appelée, les Colonnes d'Héraclès. Cette île était plus étendue que la Libye et l'Asie prises ensemble. À partir de cette île, les navigateurs de cette époque pouvaient atteindre les autres îles, et de ces îles ils pouvaient passer sur tout le continent situé en face, **[25a]** le continent qui entoure complètement cet océan, qui est le véritable océan. Car par ici, en dedans de ce détroit dont nous parlons, ce n'est, semble-t-il, qu'un port au goulet resserré ; de l'autre côté, c'est réellement la mer, et la terre qui entoure cette mer, c'est elle qui mérite véritablement de porter le nom de « continent ». Or, dans cette île, l'Atlantide, s'était constitué un empire vaste et merveilleux, que gouvernaient des rois dont le pouvoir s'étendait non seulement sur cette île tout entière, mais aussi sur beaucoup d'autres îles et sur des parties du continent. En outre, de ce côté-ci du détroit, ils régnaient encore sur la Libye **[25b]** jusqu'à l'Égypte, et sur l'Europe jusqu'à la Tyrrhénie.

À un moment donné, cette puissance concentra toutes ses forces, se jeta d'un seul coup sur votre pays, sur le nôtre et sur tout le territoire qui se trouve à l'intérieur du détroit, et elle entreprit de les réduire en esclavage. C'est alors, Solon, que votre cité révéla

sa puissance aux yeux de tous les hommes en faisant
éclater sa valeur et sa force ; car, sur toutes les autres,
elle l'emportait par la force d'âme et pour les arts qui
interviennent dans la guerre. D'abord, à la tête des
Grecs, [25c] puis seule par nécessité, puisque aban-
donnée par les autres, elle fut exposée à des périls
extrêmes, mais elle vainquit les envahisseurs, dressa
un trophée, permit à ceux qui n'avaient jamais été
réduits en esclavage de ne pas l'être, et libéra, sans
réticence aucune, les autres, tous ceux qui, comme
nous, habitent à l'intérieur des Colonnes d'Héraclès.

Mais, dans le temps qui suivit, se produisirent de
violents tremblements de terre et des déluges. En
l'espace d'un seul jour et d'une seule nuit funestes,
[25d] toute votre armée fut engloutie d'un seul coup
sous la terre, et l'île Atlantide s'enfonça pareillement
sous la mer. De là vient que, de nos jours, là-bas, la
mer reste impraticable et inexplorable, encombrée
qu'elle est par la boue que, juste sous la surface de
l'eau, l'île a déposée en s'abîmant. »

Voilà donc, Socrate, ce que racontait Critias
l'ancien, d'après le récit qu'il avait recueilli de la
bouche de Solon ; c'en est le résumé que tu viens
d'entendre. Ainsi, quand hier tu parlais de la constitution politique et des hommes que tu disais, étais-je
émerveillé, alors que je me remettais en mémoire ce
que je viens de dire, en constatant que tu t'étais rencontré, par un hasard divin et sans en avoir le dessein, sur la plupart des points avec ce que Solon avait
raconté. Pourtant, je ne souhaitais pas faire ce récit
sur-le-champ. [26a] Car, à cause de l'éloignement de
ce récit dans le temps, je ne m'en souvenais pas assez
bien. Je réfléchis donc que je ne devais le raconter
qu'après me l'être d'abord suffisamment remis tout
entier en mémoire. De là vient que j'ai rapidement
acquiescé aux prescriptions qui furent les tiennes
hier, dans l'idée que, toujours en pareilles circons-

tances, la tâche la plus importante est de fournir un discours qui convienne aux souhaits exprimés, et qu'en cela, nous serions pourvus comme il faut.

Ainsi donc, comme l'a dit Hermocrate, hier tout de suite en partant d'ici, je leur faisais part à lui et à Timée de ce dont je me souvenais, **[26b]** et, après les avoir quittés, je repris à peu près tout en y réfléchissant au cours de la nuit. Tant il est vrai, dit-on, que les choses apprises dans l'enfance restent en mémoire d'une façon merveilleuse. Moi, en effet, les choses que j'ai entendues hier, je ne sais si je pourrais toutes me les remettre en mémoire. En revanche, celles que j'ai entendues il y a très longtemps, je serais tout à fait étonné si l'une d'elles m'échappait. C'était au reste avec tant de plaisir et par manière de jeu qu'alors j'avais entendu ce récit, et le **[26c]** vieillard me renseignait de si bon cœur, alors que je le pressais de questions, que, comme les représentations d'une peinture à l'encaustique qu'on ne peut effacer, l'histoire persévère en moi ; ce qui explique qu'à Hermocrate et à Timée, j'ai, dès le lever du jour, fait le même récit, afin que comme moi ils en soient pourvus.

Et maintenant – c'est là précisément à quoi tendait tout ce discours –, je suis prêt, Socrate, à reprendre ce récit, non seulement en résumé, mais, comme je l'ai entendu, point par point. Les citoyens et la cité qu'hier tu nous décrivais comme en un mythe, aujourd'hui, nous les **[26d]** transférerons ici dans la réalité ; nous supposerons que cette cité est l'Athènes ancienne et les citoyens auxquels tu songeais nous dirons que ce sont nos vrais ancêtres, ceux dont parlait le prêtre. Sur tous les points, il y aura accord, et nous ne détonnerons point en disant que ce sont bien eux qui existèrent en ce temps-là. Tous ensemble, en unissant nos effort, nous allons tâcher de satisfaire le mieux possible à tes prescriptions. Il

faut donc examiner, Socrate, si ce discours est à notre
gré, **[26e]** ou s'il faut chercher autre chose à la place.

SOCRATE

Et quel discours, Critias, pourrions-nous lui
préférer ? Celui-ci est approprié au sacrifice offert en
ce jour à la déesse et s'y accorderait tout à fait ; de
plus, le fait que ce n'est pas une fiction mythique,
mais un discours vrai, présente sûrement une très
grande importance. Comment en effet et où en trou-
verons-nous d'autres, si nous le lâchons ? Ce n'est
pas possible. Mais, bonne chance. À vous de parler !
Quant à moi, j'ai, avec l'exposé que j'ai fait hier
[27a], acquis le droit de me reposer maintenant, en
vous écoutant.

Critias, 106a-121c

TIMÉE

[106a] Combien je suis content, ô Socrate, comme
à une halte après une longue route, de pouvoir maintenant abandonner avec la même satisfaction le cheminement de mon discours. Je prie ce dieu dont la
création eut réellement lieu dans un passé reculé,
mais qui vient à l'instant de naître dans ces discours,
de préserver, parmi les choses que nous avons dites,
toutes celles qui auront été dites selon la mesure,
[106b] et si nous avons malgré nous fait quelque
fausse note, de nous infliger la peine qui s'impose.
Or, la juste peine est de rendre harmonieux celui qui
est discordant. Aussi, afin d'achever correctement ce
qui nous reste à dire sur la naissance des dieux, nous
prions ce dieu de nous accorder lui-même le remède,
le remède le plus complet et le meilleur qui soit : la
science. Et, après avoir adressé cette prière, remet-
tons comme convenu à Critias le soin de la suite du
discours.

CRITIAS

Eh bien, ô Timée, j'accepte ce soin. Mais j'en userai comme tu le fis en commençant, en demandant l'indulgence, **[106c]** parce que tu devais traiter d'un sujet important. C'est moi qui maintenant demande cette même indulgence, et qui en demande une encore plus grande **[107a]** en raison des questions que je vais aborder. Je me rends suffisamment compte que la prière que je vais bientôt faire est très ambitieuse et plus grossière qu'il ne faudrait, mais il me faut néanmoins la faire. En ce qui concerne les choses que tu as dites, Timée, quel homme doué de raison oserait dire qu'elles ne sont pas excellentes ? Quant à celles dont je vais traiter, qu'elles exigent plus d'indulgence parce qu'elles sont les plus difficiles, voilà ce qu'il faut d'une manière ou d'une autre tenter d'expliquer. En effet, Timée, lorsqu'on dit aux hommes quelque chose sur le compte des dieux, il est plus facile de sembler en parler convenablement, **[107b]** que de nous parler des mortels. Car l'inexpérience et l'ignorance complète des auditeurs sur ces choses à propos desquelles ils se trouvent dans cet état d'ignorance offrent une solution d'une grande facilité à celui qui va en parler ! Et par rapport aux dieux, nous savons où nous en sommes. Mais pour que je puisse vous montrer plus clairement ce que je veux dire, suivez-moi dans la direction que voici. Une imitation et une représentation, voilà de quel ordre sont toujours nécessairement toutes les choses que nous disons. Or, si l'on observe les images que les peintres fabriquent de corps divins et humains sous l'aspect de la facilité ou de la difficulté **[107c]** qu'il y a pour les spectateurs à juger si elles ont été bien imitées, nous remarquons que la terre, les montagnes, les fleuves, la forêt, le ciel dans son ensemble et ce qui se trouve autour de lui et qui s'y meut, nous

sommes tout de suite satisfaits si quelqu'un est
capable d'en produire une imitation, fût-elle d'une
ressemblance infime. De surcroît, dans la mesure où
nous ne savons rien de précis sur les choses de ce
genre, nous ne soumettons ni à un examen appro-
fondi ni à la critique les peintures qui en résultent,
mais nous nous contentons à leur égard d'un trompe-
l'œil obscur et trompeur **[107d]**. Par contre, lorsque
c'est de nos propres corps qu'on entreprend de
donner une représentation, nous percevons exactement ce qui fait défaut, en raison de la familière et
constante observation que nous en faisons, et nous
devenons des juges sévères pour celui qui ne reproduit pas en tout point toutes les ressemblances. Il faut
observer qu'il en va de même pour les discours : à
l'égard des choses célestes et divines, nous nous
satisfaisons d'en dire quelque chose qui n'a avec
elles qu'une petite ressemblance, **[107e]** alors que
nous soumettons à un examen précis ce qu'on dit des
choses mortelles et humaines. Maintenant, en ce qui
concerne cet exposé qui est improvisé, il faut se
montrer indulgent si je ne suis pas en mesure de
reproduire en tout point ce qui convient. En effet, on
doit concevoir qu'il est ardu de donner des choses
mortelles une représentation conforme à l'opinion
qu'on en a communément.

Voilà justement ce que je souhaitais vous rappeler,
et **[108a]** j'ai dit tout cela pour vous demander, ô
Socrate, une indulgence non pas moindre, mais plus
grande, pour ce que je vais vous dire. Et si vraiment
je vous semble en droit de demander cette indulgence, accordez-la-moi de bon gré.

SOCRATE

Et pourquoi, Critias, ne te l'accorderions-nous
pas ? Qui plus est, cette même indulgence, il nous
faut encore l'accorder à Hermocrate qui parlera en

troisième. Car il est évident que, un peu plus tard, lorsqu'il devra prendre la parole, il nous priera comme vous. Aussi, pour lui permettre de se trouver un autre **[108b]** commencement et pour éviter qu'il ne soit forcé de répéter le même, qu'il soit assuré que, dès maintenant, notre indulgence lui est acquise pour alors. Toutefois, mon cher Critias, je dois te dire d'avance ce que sera à ton égard l'état d'esprit de ton public. Le poète qui t'a précédé a fait sur lui une merveilleuse impression, de sorte que si tu veux te retrouver dans la même situation, il te faudra obtenir une indulgence immense.

HERMOCRATE

Et tu me donnes bien, Socrate, le même avertissement qu'à Critias. Mais, Critias, jamais des hommes sans ardeur **[108c]** n'ont élevé de trophée ; voilà bien pourquoi il te faut donc entreprendre courageusement ce discours et, en invoquant le dieu Secourable et les Muses, révéler et célébrer dans un chant la bonté de tes anciens concitoyens.

CRITIAS

Mon cher Hermocrate, parce que tu as été posté à l'arrière, avec quelqu'un d'autre devant toi, tu es encore hardi. Mais ce que c'est que d'être ainsi en première ligne, l'expérience elle-même te le montrera bien vite. Je dois toutefois tenir compte de tes exhortations et de tes encouragements, **[108d]** et en plus des dieux que tu as nommés, je dois invoquer les autres et avant tout Mnémosyne. Car à peu près tout ce qu'il y a de plus important dans nos discours dépend de cette déesse. En effet, si nous nous souvenons suffisamment bien et si nous rapportons ce qui fut dit jadis par les prêtres et introduit ici par Solon, je suis à peu près certain qu'il apparaîtra à ce public que nous avons convenablement, dans une juste mesure, mené à terme notre tâche. C'est donc ce qu'il convient de faire tout de suite, sans plus tarder.

Avant tout, **[108e]** rappelons-nous d'abord qu'il s'est écoulé neuf mille ans depuis le moment où, raconte-t-on, une guerre éclata entre les gens qui habitaient au-delà des colonnes d'Héraclès et tous ceux qui habitaient en deçà. Cette guerre, il faut maintenant la raconter jusqu'au bout. On l'a dit, cette cité où nous sommes a eu le commandement de ce camp-ci et elle a soutenu toute la guerre jusqu'à son terme. Dans l'autre camp, ce furent les rois de l'île Atlantide dont nous disions qu'elle était alors plus grande que la Libye et l'Asie réunies. Mais aujourd'hui, elle s'est enfoncée dans la mer à la suite de tremblements de terre, et elle a créé une barrière de vase infranchissable par les gens d'ici qui cinglent vers la pleine mer, **[109a]** empêchés alors de poursuivre leur route. En ce qui concerne les nombreux peuples barbares, et tout ce qu'il y avait alors de races grecques, le fil de mon récit, comme s'il se déroulait, les fera apparaître l'un après l'autre au fur et à mesure qu'il les rencontrera. Pour ce qui est des faits concernant les Athéniens d'alors et les ennemis qu'ils combattirent, il est nécessaire que je commence par exposer quelles étaient leur force et leur constitution politique respectives. Et parmi elles, c'est de celle-ci qu'il faut parler en premier lieu.

Un jour, vous le savez, les dieux se partagèrent la terre entière **[109b]** par régions, sans dispute. En effet, il ne serait pas raisonnable de croire que les dieux ne savent pas ce qui convient à chacun d'eux, ou même et encore de dire que, sachant ce qui convient davantage aux autres, ils entreprennent de s'en emparer à la faveur de disputes. Ayant obtenu ce qui leur plaisait en vertu des lots de Dikè, les dieux fondèrent leurs territoires et, les ayant fondés, ils nous élevèrent comme font les bergers pour leurs

troupeaux, comme si nous étions leurs possessions et
leurs propres animaux. Avec cette différence toutefois qu'ils ne soumettaient pas les corps par la force
de corps, comme les bergers qui mènent leurs troupeaux à coups de bâtons, **[109c]** mais ils les gouvernaient en se tenant là d'où il est le plus facile de gouverner un vivant. Tel le pilote qui du haut de la poupe
gouverne son navire, les dieux s'attachèrent à
conduire l'âme par la persuasion comme avec un
gouvernail selon l'intention qui était la leur : c'est
ainsi qu'ils dirigeaient et gouvernaient toute l'espèce
mortelle.

Alors que les autres dieux organisaient les différents lieux reçus en partage, Athéna et Héphaïstos,
qui ont un naturel commun, à la fois parce qu'ils sont
frère et sœur, issus d'un même père, et parce que leur
amour du savoir et leur amour de la technique les
poussent dans une même direction, reçurent donc en
partage un seul lot, ce territoire, comme celui qui par
nature s'apparentait et correspondait à leur vertu et à
leur sagesse. Puis, ayant produit **[109d]** des hommes
de bien autochtones, ils créèrent dans leur intellect
l'ordre de leur constitution politique. De ces autochtones, les noms ont été conservés, mais leurs actions
ont disparu, en raison de la destruction de ceux qui
en avaient entendu parler et en raison de la longueur
du temps écoulé. Car ce qui toujours survivait du
genre humain, comme on l'a dit auparavant, restait
montagnard et illettré ; ces gens n'avaient entendu
que les noms de ceux qui avaient régné sur ce territoire, et de surcroît très peu sur le compte de leurs
actions. Ils donnaient avec plaisir les noms de ces
autochtones à leurs enfants, mais **[109e]** ils igno-
raient les vertus et les lois de leurs ancêtres, si ce
n'est par quelques obscures légendes les concernant.
Et dépourvus qu'ils étaient, eux et leurs enfants, des
choses nécessaires à la vie pendant plusieurs généra-

tions, leur intelligence était tournée vers ce dont ils manquaient, **[110a]** leurs propos ne portaient que sur cela et ils ne se souciaient pas de ce qui était arrivé avant, il y a longtemps. Car la mythologie et l'examen des choses passées ne font leur entrée dans les cités qu'avec le loisir, quand ils voient que certains hommes se trouvent désormais pourvus des choses nécessaires à la vie, mais pas avant. Voilà bien pourquoi furent fidèlement conservés les noms des hommes du passé, sans les actions qu'ils accomplirent. L'indice de ce que je dis est le fait que c'est aux noms de Cécrops, Érechthée, Érichthonios, Érysichthon et ceux des autres héros antérieurs **[110b]** à Thésée que se rapportent la plupart des souvenirs ; selon Solon, la plupart de ces noms furent prononcés par les prêtres qui firent le récit de la guerre d'alors (ils mentionnèrent de la même manière les noms des femmes). Et de plus, l'image, la statue de la déesse est la preuve que, chez tous les vivants **[110c]**, femelles et mâles de même espèce sont par nature capables d'exercer en commun la vertu qui correspond à chaque espèce ; comme en ce temps-là les activités guerrières étaient communes aux femmes et aux hommes, la déesse en armes était, conformément à cette coutume, une image divine.

En ce temps-là, étaient installés sur ce territoire les autres groupes de citoyens, ceux qui sont occupés à l'artisanat et au travail de la terre, mais aussi le groupe des combattants, qui avait été isolé dès le début par des hommes divins et qui était établi à part. Il obtenait tout ce qu'il fallait pour sa subsistance et pour son éducation. Aucun de ses membres ne possédait rien en propre, mais ils estimaient **[110d]** plutôt que tout sans exception était commun entre tous, et ils ne s'attendaient à ne recevoir du reste de leurs concitoyens rien de plus que ce dont ils avaient besoin pour leur subsistance, occupés qu'ils étaient à remplir toutes les tâches qui ont été évoquées hier, celles que nous avons énumérées lorsque nous avons parlé des gardiens que nous avions pris pour sujet de discours.

Et ce que l'on raconte à propos de notre territoire est plausible et vrai. Et d'abord que ses frontières s'étendaient alors d'un côté jusqu'à l'Isthme de Corinthe, et de l'autre sur la terre ferme jusqu'aux sommets du Cithéron et du Parnès, puis qu'elles descendaient, **[110e]** embrassant l'Oropie à droite mais longeant le fleuve Asope à gauche, face à la mer.

L'excellence de cette terre dépassait toutes les autres, et le territoire était alors capable de nourrir une vaste armée libérée des travaux de la terre.

Et voici un indice important de cette excellence : ce qui en subsiste encore aujourd'hui peut le disputer, pour la variété des productions, la qualité des récoltes et l'excellence des pâturages qu'elle offre, à n'importe quelle autre terre. **[111a]** Mais en ce temps-là, en plus de la qualité, la terre portait toutes ces choses en quantité abondante. Mais comment est-ce donc croyable, et de la terre d'alors que reste-t-il qui permette de justifier ce qui vient d'être dit ? Tout entière elle s'étend loin dans la mer à partir du reste du continent, comme un promontoire. Le vase marin qui l'entoure est partout profond, dès le bord. Comme il y eut de nombreux et grands déluges au cours de ces neuf mille ans (tel est en effet le nombre d'années qui s'est écoulé depuis cette époque jusqu'à aujourd'hui) **[111b]** et que, durant ce temps et ces événements, la terre qui dévalait des lieux élevés ne s'épandait pas comme en d'autres régions pour former un terrassement notable, mais, roulant sans cesse, elle finissait par disparaître dans le fond. Ainsi, comme on le voit avec les petites îles, ce qui subsiste aujourd'hui par rapport à ce qui existait autrefois est comme le squelette d'un corps malade,

car tout ce que la terre avait de gras et de meuble a
coulé tout autour, et il ne reste plus du territoire de
l'Attique que son corps décharné. Mais alors, quand
il était encore entier, il avait de hautes collines. Et
[111c] ces plaines qu'on appelle maintenant « la
terre de pierre », il les avait pleines de terre ; sur ses
montagnes, il avait de vastes forêts dont il subsiste
encore maintenant des preuves visibles, puisque
c'est de ces montagnes qui maintenant ont seulement
de quoi nourrir des abeilles, qu'on apportait, il n'y a
pas très longtemps, des arbres coupés pour couvrir
les plus grands édifices, et que ces toitures sont
encore intactes. Il y avait aussi beaucoup d'autres
hauts arbres de culture, et le territoire apportait aux
troupeaux une prodigieuse pâture. Il profitait de surcroît de l'eau qui chaque année lui venait **[111d]** de
Zeus et qui ne lui était pas perdue comme elle est
aujourd'hui quand elle s'écoule de la terre nue vers
la mer, mais que son sol abondant recueillait en son
sein, la mettant en réserve sous un couvert d'argile.
Cette eau qu'il avait absorbée, il la laissait aller des
endroits élevés vers ses creux, où elle procurait en
tous lieux un cours intarissable aux sources et aux
fleuves. Les sanctuaires élevés sur l'emplacement où
dans le passé coulaient ces sources sont les signes de
la vérité de ce que nous disons maintenant sur le
compte du territoire. Voilà **[111e]** donc ce qu'était la
nature du reste du territoire qui était cultivé, comme
il convient, par de véritables agriculteurs, c'est-à-
dire par des agriculteurs dont c'était la seule activité,
qui étaient amis du beau et naturellement doués, qui
possédaient la terre la meilleure, l'eau la plus abondante, et qui jouissaient, sur cette terre, des saisons
les plus convenablement tempérées.

Quant à la ville, voici quelle en était en ce temps-
là la disposition. Premièrement, son acropole n'avait
pas alors l'aspect qui est le sien aujourd'hui. En effet,

elle est ainsi aujourd'hui **[112a]** car une nuit de pluie exceptionnelle emporta toute la terre qui l'entourait pour la dénuder entièrement, lorsque se produisirent simultanément des tremblements de terre et un extra-ordinaire débordement des eaux qui fut le troisième avant le déluge destructeur de Deucalion. Mais aupa-ravant, sa taille était telle qu'elle allait en descendant jusqu'à l'Éridan et à l'Ilissos, qu'elle enfermait dans son enceinte la Pnyx et qu'elle avait pour limite, juste en face de la Pnyx, le mont Lycabette. Sur toute sa surface, elle était garnie de terre et, à l'exception de quelques endroits, son sommet était plan. À l'exté-rieur de l'acropole et sur ses pentes mêmes **[112b]** habitaient les artisans et les paysans qui cultivaient leur champ voisin. Les parties supérieures étaient occupées autour du sanctuaire d'Athéna et d'Héphaïstos par le groupe militaire, seul avec lui-même, qui les avait entourées d'une enceinte, comme autour du jardin d'une unique maison. Sur les parties exposées au nord, ils avaient construit des maisons communes et des réfectoires pour les repas en commun pendant l'hiver. Et tout ce qui convenait à la vie commune, qu'il s'agisse d'habitations ou **[112c]** de temples, ils l'avaient, à l'exception de l'or et de l'argent, dont ils ne faisaient jamais aucun usage. Mais comme ils visaient à un juste milieu entre l'ostentation et la sordidité, ils habitaient des demeures modestes, où ils vieillissaient eux-mêmes et les enfants de leurs enfants et qu'ils transmettaient toujours identiques à d'autres semblables à eux. Quant aux parties exposées au sud, ils les utilisaient l'été lorsque, comme c'est naturel, ils abandonnaient les jardins, les gymnases et les réfectoires. Il y avait une source unique sur l'emplacement actuel de l'acropole, que les tremblements de terre ont tarie **[112d]** et dont il ne reste plus que de minces filets qui coulent autour. Mais en ce temps-là, la source offrait à tous un débit intarissable et elle était tempérée à la fois en hiver et en été. Voici donc de quelle façon vivaient ces hommes, gardiens de leur propres concitoyens et chefs volontairement acceptés par les autres Grecs. Ils veillaient à ce que le nombre des hommes et des femmes déjà ou encore capables de porter les armes reste le plus possible et pour tout temps d'un maximum d'environ vingt mille. **[112e]** Aussi bien, puisque tels étaient ces hommes et puisque c'est toujours de la même manière que, conformément à la justice, ils administraient leur propre cité et la Grèce, ils étaient fameux dans toute l'Europe et l'Asie pour la beauté de leurs corps et pour toutes les vertus de leurs âmes et ils étaient les plus renommés de tous les hommes de leur temps.

Pour ce qui est de la nature originelle de leurs ennemis et des conditions dans lesquelles celle-ci s'était formée, voilà, à moins d'avoir perdu le souvenir de ce que j'avais entendu lorsque j'étais encore un enfant, ce dont maintenant je vais vous faire part, car entre amis tout est commun.

Mais avant d'entamer mon récit, une petite mise au point est encore nécessaire : **[113a]** quand, en maintes occasions, vous m'entendrez donner des noms grecs à des hommes barbares, ne vous étonnez pas. Vous allez en connaître la raison. Solon, parce qu'il avait l'intention de se servir de ce récit dans sa propre poésie, s'informa de la signification de ces noms et découvrit que les Égyptiens qui, les premiers les avaient écrits, les avaient transposés dans leur langue. Il reprit à son tour lui-même la signification de chaque nom et les fit passer dans notre langue en les écrivant. **[113b]** Et ce sont ces écrits qui se trouvaient chez mon grand-père et qui sont encore chez moi à cette heure. Lorsque j'étais enfant, je les ai étudiés avec soin. Ainsi, si les noms que vous entendez

sont pareils à ceux d'ici, ne vous en étonnez aucunement, car vous en connaissez la raison. Mais voici
quel était alors le commencement de ce long récit.

Comme on l'a dit plus haut, en parlant du partage
auquel avaient procédé les dieux, ils divisèrent la
terre tout entière ici en lots plus étendus, là en lots
plus petits, où ils instituèrent en leur propre honneur
sanctuaires et sacrifices. **[113c]** C'est ainsi que
Poséidon qui avait reçu en partage l'île Atlantide,
installa les enfants qu'il avait eus d'une femme mortelle en un certain lieu de cette île, de la manière suivante. Près de la mer, vers le milieu de la côte de l'île
entière, il y avait une plaine, qui, raconte-t-on, était la
plus belle de toutes et la plus fertile. Dans cette
plaine, vers le milieu, il y avait à une distance
d'environ cinquante stades une montagne qui était
toute de petite taille. Un des hommes qui là-bas à
l'origine étaient nés de la terre avait établi sa
demeure sur cette montagne. Son nom était Événor
et il vivait avec une femme du nom de Leucippe.
[113d] Ils donnèrent naissance à une fille unique,
Clitô. Alors que la jeune fille avait déjà atteint l'âge
nubile, sa mère mourut, puis son père. Poséidon la
désira et s'unit à elle. La hauteur sur laquelle elle
habitait, il en abattit tout alentour les pentes pour en
faire une solide forteresse, établissant les uns autour
des autres, de plus en plus grands, des anneaux de
terre et de mer, deux de terre et trois de mer, lesquels
étaient, comme avec un tour de potier, de tous côtés
équidistants du centre de l'île, rendant ainsi inacces-
sible **[113e]** aux hommes l'île centrale : il n'y avait
encore en effet ni navires ni navigation. Ce fut
Poséidon lui-même qui arrangea, avec l'aisance
naturelle à un dieu, le milieu de l'île. Il fit jaillir de
dessous la terre deux sources d'eau, l'une chaude et
l'autre froide, qui coulaient d'une fontaine, et il fit
pousser de la terre une nourriture variée en quantité

suffisante. Il engendra cinq couples de jumeaux
mâles et il les éleva. Il partagea en dix parties toute
l'île Atlantide ; il attribua au premier-né des plus âgés
des jumeaux **[114a]** la résidence maternelle avec le
lot de terre qui l'entourait et qui était le plus étendu
et le meilleur et il l'établit roi sur tous les autres ;
tandis que les autres il en fit des gouvernants et à
chacun il donna l'autorité sur un grand nombre
d'hommes et le territoire d'un vaste pays. À tous, il
attribua des noms. Au plus âgé, le roi, il donna le
nom d'après lequel étaient désignées toute l'île et la
mer appelée Atlantique, parce que le nom du premier
qui exerça la royauté fut Atlas. À son frère jumeau
[114b] qui, né après lui, avait reçu pour lot la pointe
de l'île du côté des colonnes d'Héraclès, dans la
direction du territoire aujourd'hui appelé Gadirique
d'après cette partie de l'île, fut attribué le nom
d'Eumélos en grec, mais Gadiros dans la langue
locale, ce qui peut avoir donné son nom au territoire.
De ceux qui naquirent en second, il appela l'un
Amphérès et l'autre Évaimon. En troisième, Mné-
séas fut le nom du premier-né, Autochthonos celui du
second. En quatrième **[114c]**, il appela le premier
Élasippos, et le second Mestor. En cinquième, celui
qui naquit le premier reçut le nom d'Azaès, et le
second celui de Diaprépès. Tous ces enfants de
Poséidon et leurs descendants habitèrent là pendant
plusieurs générations, exerçant leur pouvoir non seulement sur plusieurs autres îles dans la mer, mais
aussi, comme il a déjà été dit, en l'étendant sur les
régions de l'intérieur, jusqu'à l'Égypte et à la Tyrrhénie. Ainsi naquit Atlas et de lui une race nombreuse et honorée ; **[114d]** toujours l'aîné était roi et
transmettait la royauté à l'aîné de ses rejetons, de
sorte que chez eux la royauté fut maintenue pendant
plusieurs générations. Ils possédaient des richesses
en une abondance telle que jamais sans doute n'en

posséda avant eux aucune lignée royale et que dans
l'avenir nulle n'arrivera facilement à en posséder ; en
outre, ils disposaient de tout ce que pouvaient fournir
et la cité et le reste du territoire. Car, si beaucoup de
choses venaient du dehors, en raison de l'étendue de
leur puissance, c'était l'île **[114e]** qui fournissait la
plupart des choses nécessaires à la vie. D'abord, tous
les métaux, durs ou malléables, extraits du sol par le
travail de la mine, sans parler de celui dont il ne subsiste aujourd'hui que le nom, mais dont en ce temps-
là il y avait plus que le nom, de cette espèce qu'on
extrayait de la terre en maints endroits de l'île, l'orichalque. C'était alors le métal le plus précieux après
l'or. De même, tout ce qu'une forêt peut fournir à
ceux qui travaillent le bois, tout cela l'île le procurait
en abondance. Elle nourrissait par ailleurs suffisamment d'animaux, domestiques et sauvages ; l'espèce
des éléphants y était en particulier largement représentée, car une pâture s'offrait à satiété non seulement aux autres animaux, tous ceux qui vivent dans
les lacs, les marais et les fleuves et tous ceux qui par
ailleurs vivent sur les montagnes **[115a]** et dans les
plaines, mais également aussi pour cet animal qui est
par nature le plus gros et le plus vorace. En outre,
tout ce que la terre nourrit aujourd'hui d'essences
aromatiques, qu'elles proviennent de racines, de
pousses, de bois ou de sucs distillés par les fleurs ou
les fruits, l'île excellait à le produire et à le faire
croître. De plus, les fruits cultivés, les fruits séchés
qui sont notre nourriture, et ceux dont nous nous ser-
vons en outre pour notre farine (nous en appelons
céréales toutes les variétés), **[115b]** puis le fruit
ligneux qui produit boissons, aliments et onguents,
puis celui encore qui sert à l'amusement et au plaisir,
le fruit à écorce difficile à conserver, ceux qui apai-
sent celui qui souffre de l'abondance du repas du
soir. Toutes ces choses, l'île sacrée, qui était alors

sous le soleil, les produisait belles et merveilleuses, en quantité illimitée.

Ainsi, recevant de leur terre toutes ces richesses, les habitants de l'Atlantide construisirent les temples, les demeures royales [115c], les ports et les arsenaux de la marine, mettant en valeur tout le reste de leur territoire de la manière suivante.

Sur les bras de mer circulaires, qui entouraient l'antique métropole, ils jetèrent d'abord des ponts, ouvrant ainsi une voie de communication à la fois vers l'extérieur et vers les demeures royales. Ces demeures royales, ils les avaient dès l'origine élevées là où le dieu et leurs ancêtres avaient établi leurs demeures. Chaque souverain, recevant le palais de son prédécesseur, embellissait ce palais que son pré- décesseur avait embelli et continuait de renchérir autant qu'il le pouvait [115d] sur son prédécesseur, jusqu'à ce que la seule vue de la beauté et des dimen- sions de leur ouvrage frappe de stupeur.

Ils creusèrent en partant de la mer un canal de trois plèthres de large, cent pieds de profondeur et cin- quante stades de long et ils le percèrent jusqu'au bras de mer le plus extérieur ; ils donnèrent ainsi aux navires le moyen de remonter de la mer vers ce bras de mer, comme vers un port, après y avoir ouvert un havre assez grand pour permettre aux plus grands vaisseaux d'y pénétrer. Et en particulier, dans les anneaux de terre qui séparaient les anneaux [115e] de mer, ils pratiquèrent à la hauteur des ponts des ouvertures qui devaient permettre à une seule trière à la fois de passer d'un anneau de mer à l'autre, et ils couvrirent ces passages de toits assez hauts pour que la navigation soit en dessous, car les bords des anneaux de terre dépassaient d'une hauteur suffisante le niveau de la mer. Le plus grand des anneaux, celui où pénétrait la mer, était large de trois stades, et l'anneau de terre qui lui faisait suite était de la même largeur. Des deux autres anneaux, celui d'eau était large de deux stades et celui de terre ferme était encore d'une largeur égale au précédent qui était d'eau. Enfin, l'anneau d'eau qui entourait l'île centrale avait un stade de largeur. Quant à l'île **[116a]** où se trouvaient les demeures royales, elle avait un diamètre de cinq stades. Or, cette île, les anneaux et le pont (qui avait une largeur d'un plèthre), ils les entourèrent entièrement d'un mur de pierre circulaire, avec des tours et des portes sur chaque côté des ponts aux passages de la mer. La pierre fut extraite de dessous la périphérie de l'île centrale et de dessous les anneaux extérieurs et intérieurs. Elle était blanche, noire ou rouge. Et en même temps qu'ils extrayaient la pierre, **[116b]** ils firent en creux une double cale couverte, dont le rocher lui-même constituait le toit. Et pour ce qui est des bâtiments, certains étaient simples, alors qu'ils mélangeaient les pierres en construisant pour l'amusement d'autres ensembles bariolés, en donnant aux constructions un aspect naturellement plaisant. Le mur qui entourait l'anneau extérieur, ils en recouvrirent tout le tour de bronze, comme en appliquant un vernis ; celui de l'enceinte intérieure fut enduit d'étain fondu ; et celui qui entourait l'acropole elle-même d'un orichalque **[116c]** qui avait des éclats de feu.

À l'intérieur de l'acropole, les demeures royales étaient disposées de la manière suivante. Au milieu même s'élevait le temple consacré à Clitô et à Poséidon, dont l'accès était interdit, entouré d'une clôture d'or : c'est là qu'à l'origine, Clitô et Poséidon avaient conçu et enfanté la race des dix familles royales. C'est aussi là que, chaque année, on venait des dix parties du territoire pour sacrifier aux rois les prémices de saison.

Le sanctuaire même de Poséidon avait un stade de long, **[116d]** trois plèthres de large et une hauteur proportionnée pour le regard ; sa forme avait quelque chose de barbare. Tout l'extérieur du sanctuaire avait été recouvert d'argent, à l'exception des arêtes du fronton qui étaient recouvertes d'or. À l'intérieur, tout le plafond était d'ivoire mêlé d'or, d'argent et d'orichalque, ce qui lui donnait un aspect bariolé ; tout le reste, les murs, les colonnes et le pavement, ils le recouvrirent d'orichalque. Des statues en or s'y élevaient ; celle du dieu, debout sur son char attelé de six chevaux ailés **[116e]** et, tout autour du dieu qui était si grand que le sommet de sa tête touchait le plafond, il y avait des Néréides montées sur des dauphins, au nombre de cent (car les gens d'alors croyaient que c'était là leur nombre). Il y avait encore à l'intérieur beaucoup d'autres statues qui étaient les offrandes votives de particuliers. Dehors, autour du sanctuaire, s'élevaient les images en or des dix rois comme de leurs femmes et de tous les descendants qu'elles avaient engendrés, puis de nombreuses autres grandes offrandes votives, venant de ces rois et de ces particuliers, originaires soit de la cité même soit des régions qu'ils dominaient. Quant à l'autel, il était par sa grandeur et **[117a]** par sa facture à la mesure de cette construction, tout comme les demeures royales convenaient à la grandeur de l'empire et à l'ornementation du sanctuaire.

S'agissant des sources, celle au cours froid et celle au cours chaud, dont le débit était abondant et inépuisable, elles étaient chacune merveilleusement propre à l'usage grâce à l'agrément et à l'excellence de leurs eaux. Ils avaient construit autour d'elles des édifices, ils avaient planté des arbres appropriés à la nature des eaux, installé encore tout autour des citernes, certaines à ciel ouvert, **[117b]** d'autres couvertes pour les bains chauds en hiver. Les citernes royales étaient

séparées de celles des particuliers et de celles des
femmes, mais encore de celles destinées aux chevaux
et aux autre bêtes de somme, chacune avec la déco-
ration appropriée. Quant à l'eau courante, ils la
conduisaient au bois sacré de Poséidon (où il y avait
toutes sortes d'arbres d'une beauté et d'une hauteur
divines, grâce à l'excellence de la terre), puis
jusqu'aux anneaux extérieurs par le moyen de cana-
lisations le long des ponts **[117c]**. De ce côté, on
avait aménagé de nombreux temples pour de nombreux dieux, de nombreux jardins et de nombreux
gymnases, certains pour les hommes et certains à
part pour les chevaux, sur chacune des deux îles for-
mées par les anneaux. Il y avait par ailleurs un hippodrome, dans un espace réservé près du milieu de
l'île la plus large ; il était large d'un stade et, pour la
longueur, un espace avait été laissé libre tout autour
de l'anneau pour les courses de chevaux. Tout autour
de cet hippodrome, de part et d'autre, il y avait des
casernes pour la plupart des gardes, tandis qu'aux
plus sûrs d'entre eux **[117d]** avait été attribué un
poste de garde dans l'enceinte la plus petite, la plus
proche de l'acropole, et qu'à ceux qui se distin-
guaient entre tous par leur fidélité, on avait affecté
des logements à l'intérieur de l'acropole tout autour
des demeures royales. Les arsenaux étaient remplis de
trières et de tous les équipements qui leur conviennent,
le tout préparé comme il faut.

Les alentours de la demeure des rois étaient dis-
posés de la manière suivante : quand on passait les
ports extérieurs au nombre de trois, on trouvait un
rempart circulaire, commençant **[117e]** à la mer et
partout distant de cinquante stades de l'enceinte la
plus vaste et de son port. Ce rempart venait se
refermer lui-même à l'embouchure du canal du côté
de la mer. Il était tout entier couvert de maisons nombreuses et serrées les unes contre les autres ; quant au

canal et au plus grand port ils regorgeaient de navires
marchands et de commerçants venus de partout, qui,
en raison de leur nombre, produisaient par leur
conversation et par la diversité des bruits qu'ils faisaient un vacarme assourdissant de jour et de nuit.

Sur la ville et sa disposition initiale, on a maintenant rappelé l'essentiel de ce qui avait été dit autrefois. C'est ce qu'était la nature du reste du territoire
et la **[118a]** forme de sa mise en ordre qu'il faut
désormais rapporter.

On racontait d'abord que la région entière était
élevée et escarpée au-dessus de la mer, tandis que tout
le terrain autour de la cité était plat. Cette plaine était
elle-même entièrement encerclée par des montagnes
qui se prolongeaient jusqu'à la mer ; elle était lisse et
égale, oblongue dans l'ensemble, mesurant trois mille
stades de côté et deux mille stades au milieu en
remontant à partir de la mer. Toute cette région de
l'île était orientée **[118b]** vers le sud et abritée des
vents glacés venant du nord. Et les montagnes qui
l'entouraient étaient célébrées en ce temps-là, car
elles surpassaient en nombre, en majesté et en beauté
toutes celles qui existent aujourd'hui maintenant, et
on y trouvait des villages nombreux et populeux, des
fleuves, des lacs, des prairies fournissant la nourriture
nécessaire à tous les animaux, domestiques et sauvages, et des forêts qui, par la quantité comme par la
variété de leurs espèces, constituaient une source inépuisable pour l'ensemble des ouvrages et pour
chacun d'eux en particulier.

Voici comment, pendant longtemps, cette plaine
avait été travaillée par la nature comme par de nombreux rois **[118c]**. Elle formait à l'origine, comme je
l'ai dit, un quadrilatère dont les côtés étaient presque
rectilignes et dont la longueur surpassait la largeur ;
et ce qui manquait à cette forme avait été corrigé par
le moyen d'un fossé creusé tout autour. Pour ce qui

est de la profondeur, de la largeur et de la longueur de
ce fossé, elles étaient telles, sans compter les travaux
concomitants, que ce qu'on en dit est incroyable pour
un ouvrage dû à la main de l'homme ; mais il faut
bien répéter ce que nous avons entendu raconter. Le
fossé fut creusé à un plèthre de profondeur et sa largeur était partout d'un stade. Comme il était creusé
autour de la plaine tout entière, **[118d]** sa longueur
était de dix mille stades. Après avoir reçu les cours
d'eau qui descendaient des montagnes, il faisait le
tour de la plaine et d'un côté comme de l'autre il
rejoignait la cité pour aller à partir de là se vider dans
la mer. Depuis la partie haute du fossé, ils avaient
ouvert des canaux rectilignes, larges d'environ cent
pieds, qui coupaient la plaine pour rejoindre le fossé
près de la mer ; la distance entre chaque canal était
de cent stades. C'est par ce moyen qu'on apportait
jusqu'à la ville le bois venu des montagnes et qu'y
étaient transportés, par bateau, les divers produits
[118e] de saison, grâce à des chenaux navigables,
obliques les uns par rapport aux autres, ouverts à
partir des canaux dans la direction de la cité. Et deux
fois par année, on récoltait les produits de la terre, en
se servant des eaux de Zeus en hiver, et en été de
celles que donnait la terre, en dirigeant leurs cours
hors des canaux.

Pour ce qui est du nombre des hommes aptes à la
guerre, il avait été prescrit que chaque district dans la
plaine fournirait un chef d'armée. La **[119a]** grandeur du district était de dix stades sur dix, il y avait
en tout soixante mille districts. On raconte que le
nombre des hommes de la montagne et du reste du
territoire était incalculable ; selon les régions et les
villages, tous avaient été répartis entre ces districts,
sous l'autorité de leurs chefs. Il était prescrit à
chaque chef de fournir pour la guerre un sixième de
char de combat, pour arriver à dix mille chars, deux

chevaux et deux cavaliers ; **[119b]** en outre, un attelage dépourvu de char, avec un combattant descendu,
armé d'un petit bouclier, et un combattant monté
chargé de tenir les rênes des deux chevaux. Deux
hoplites, des archers et des frondeurs (deux de
chaque), des combattants légèrement armés, lanceurs
de pierres et lanceurs de javelots (trois de chaque),
quatre marins pour les équipages de mille deux cents
navires. Telle était donc l'organisation militaire de la
cité royale. Celle des neuf autres cités était disposée
autrement, mais il serait trop long de l'expliquer.
[119c]

Dès l'origine, les magistratures et les charges
publiques avaient été ordonnées de la manière
suivante : chacun des dix rois régnait sur les hommes
et sur la plupart des lois dans sa propre partie du territoire et dans sa cité, punissant et condamnant à
mort qui il voulait. Mais le pouvoir qu'ils avaient les
uns sur les autres et leur communauté étaient réglés
d'après les instructions de Poséidon, telles qu'elles
avaient été transmises par une loi, gravée par les premiers rois sur une colonne d'orichalque au centre de
l'île dans le sanctuaire de Poséidon. **[119d]** C'est là
que les rois se réunissaient tous les cinq ans puis tous
les six ans, faisant ainsi la part égale au pair et à
l'impair. Lorsqu'ils étaient réunis, ils délibéraient sur
les affaires communes, ils examinaient si tel d'entre
eux avait commis quelque infraction et ils rendaient
la justice. Et lorsqu'ils devaient rendre la justice, ils
se témoignaient d'abord une confiance réciproque de
la manière suivante. Des taureaux étaient libérés
dans l'enceinte du sanctuaire de Poséidon ; les dix
rois y étaient seuls, et priaient le dieu de capturer la
victime qui lui serait agréable ; **[119e]** sans armes de
fer, avec des épieux et des lacs, ils se mettaient en
chasse. Celui des taureaux qu'ils avaient capturé, ils
le conduisaient à la colonne et l'égorgeaient à son

sommet, contre l'inscription. Sur la colonne, outre les lois, figurait un serment qui prononçait de terribles imprécations contre ceux qui le trahiraient. Quand donc, après avoir sacrifié selon leurs lois, ils consacraient tous les membres **[120a]** du taureau, ils remplissaient de vin trempé un cratère, et lançaient un caillot de sang sur chacun d'eux. Le reste était porté au feu et la colonne était purifiée. Après quoi, puisant dans le cratère avec des coupes d'or, ils faisaient une libation sur le feu, ils prononçaient le serment de juger selon les lois de la colonne, de châtier quiconque d'entre eux les aurait transgressées antérieurement d'une quelconque façon, de ne contrevenir de leur plein gré à l'avenir sur aucun point aux ordres de la prescription, de ne commander et **[120b]** de n'obéir que conformément aux lois de leur père. Après avoir pris cet engagement pour lui-même en particulier et pour toute sa descendance, chaque roi buvait et remettait la coupe en ex-voto dans le sanctuaire du dieu, après quoi il s'occupait du repas et vaquait à ses obligations.

Quand l'obscurité était tombée et que le feu du sacrifice s'était éteint, tous, revêtus d'une très belle robe de couleur bleu sombre, s'asseyaient par terre dans les cendres qu'avait laissées le sacrifice offert pour sceller le serment. Alors, plongés dans la nuit, après que tous les feux autour du sanctuaire avaient été éteints, ils **[120c]** étaient jugés ou bien ils jugeaient, si l'un accusait un autre d'avoir commis une infraction. Lorsqu'ils avaient rendu la justice, il gravaient à la lumière du jour les jugements sur une tablette d'or qu'ils consacraient en souvenir avec leur robe. Il y avait encore de nombreuses autres lois sur les attributions propres à chacun des rois, dont les plus importantes étaient de ne jamais prendre les armes les uns contre les autres, de s'apporter tous une aide mutuelle dans le cas où quelqu'un entre-

prendrait dans une quelconque cité de renverser la
famille royale, de délibérer en commun, comme
leurs ancêtres, **[120d]** sur le parti à prendre concernant la guerre et les autres affaires, en laissant
l'hégémonie à la famille d'Atlas. Enfin, qu'un roi
n'était maître de donner la mort à aucun des
membres de sa famille, sauf s'il obtenait le consentement de plus de la moitié des dix rois.

Voilà quelle était l'ampleur et la nature de la puissance qui existait à cette époque dans ces régions, et
voici le motif pour lequel le dieu, d'après ce qu'on
raconte, l'assembla pour la diriger contre nos
contrées. Pendant de nombreuses générations, tant
que la nature du dieu **[120e]** domina en eux, les rois
restèrent dociles à la voix de leurs lois et gardèrent de
bonnes dispositions à l'égard de l'élément divin
auquel ils étaient apparentés. Leurs pensées étaient
vraies et grandioses en tout ; ils se comportaient avec
calme et sagesse aussi bien à l'égard des constantes
vicissitudes de la vie que les uns à l'égard des autres.
Aussi, dédaignant toutes choses à l'exception de la
vertu, ils n'estimaient guère leur prospérité et sup-
portaient facilement, comme un fardeau léger, **[121a]**
le poids de leur or et de leurs autres biens. Au
contraire, ils ne se laissaient pas griser par la mollesse qu'entraîne la richesse ni ne perdaient le
contrôle d'eux-mêmes : ils ne titubaient pas. Sobres,
ils voyaient clairement que tous ces avantages
s'accroissent par une amitié réciproque unie à la
vertu, tandis que leur poursuite et l'estime qu'on leur
porte les font perdre et la vertu avec eux. Voilà par
quel raisonnement et grâce à la présence de quelle
nature divine tous les biens que nous avons auparavant passés en revue s'accroissaient à leur avantage.

Mais, quand la part divine vint à s'étioler en eux,
pour avoir été mélangée maintes fois avec maint élément mortel, et quand le caractère humain l'emporta,

[121b] alors, incapables désormais de supporter le poids de leur condition, ils tombèrent dans l'indécence et, aux yeux de celui qui fait preuve de discernement, parce qu'ils avaient laissé se corrompre les plus beaux des biens les plus estimables, ils apparurent infâmes ; tandis qu'aux yeux de ceux qui sont incapables de discerner le genre de vie qui conduit véritablement au bonheur, ils semblaient alors parfaitement beaux et heureux, quand ils étaient rassasiés de leur injuste convoitise et de leur puissance. Le dieu des dieux, Zeus, lui qui règne par les lois, parce qu'il avait le pouvoir de percevoir ce genre de choses, comprit combien cette race douée de toutes les qualités était devenue misérable. Il voulut leur appliquer un châtiment afin de les faire réfléchir et de les ramener à plus de modération ; **[121c]** il réunit à cet effet tous les dieux, dans leur plus noble demeure qui se trouve au centre de l'univers et qui a vue sur tout ce qui participe au devenir. Et les ayant rassemblés, il dit…

[*Le dialogue s'interrompt ici, sans doute inachevé.*]

LES VERTUS CIVIQUES
SELON PROTAGORAS

Protagoras, 320b-322d
(traduction par L. Brisson) [5].

SOCRATE

Si donc tu es en mesure de nous démontrer avec
assez de clarté **[320c]** que la vertu est quelque chose
qui peut s'enseigner, ne fais pas preuve de réticence,
mais donne-nous cette démonstration.

PROTAGORAS

Eh bien, Socrate, je ne ferai pas preuve de réticence. Mais cette démonstration préférez-vous que je
vous la fasse, en vous racontant un mythe, en homme
âgé qui s'adresse à de plus jeune, ou en vous l'expo-
sant de façon détaillée en un discours argumenté ? Or
beaucoup parmi ceux qui étaient assis tout autour
prirent la parole pour lui dire de procéder de celle des
deux façons qu'il souhaitait. Alors, dit-il, il me
semble qu'il sera plus agréable que je vous raconte
un mythe.

C'était au temps, où les dieux existaient, mais où
les races mortelles n'existaient pas. Lorsque fut venu
[320d] le temps fixé par le destin pour leur généra-

tion, voici que les dieux les fabriquèrent à l'intérieur
de la terre, avec un mélange de terre et de feu et de
tout ce qui peut entrer dans un mélange avec du feu
et de la terre. Et lorsque vint le moment de les
amener à la lumière, les dieux prescrivirent à Prométhée et à Épiméthée de les pourvoir de facultés en
répartissant ces facultés entre chacune de ces races
comme il convient. Épiméthée demanda alors avec
insistance à Prométhée de lui laisser faire cette distribution. « Une fois la distribution faite par moi, dit-il,
tu viendras contrôler. » Ayant ainsi convaincu Prométhée, Épiméthée procéda à la distribution. Et dans
cette distribution, il donnait à certaines races la force
sans la vitesse et **[320e]** il dotait les plus faibles de
vitesse. Aux uns, il donnait des armes et à ceux qu'il
laissait sans armes il ménageait une faculté qui assure
leur salut. Aux races, en effet, qu'il revêtait de petite
taille, il distribuait une fuite ailée ou un habitat souterrain. À celles à qui il donnait une taille plus
grande, c'était par ce moyen **[321a]** même qu'il assurait leur survie ; et c'est en procédant de cette façon
dans sa distribution qu'il mettait les autres races sur
un pied d'égalité : il recourait à ces stratagèmes pour
éviter qu'aucune race ne soit anéantie. Mais une fois
qu'il leur eut donné le moyen d'échapper à une destruction mutuelle, il inventa une défense commode
contre les variations de températures dont Zeus est le
responsable, en les enveloppant d'une dense fourrure
ou d'une peau épaisse, propres à les protéger contre
le froid et capables d'en faire autant contre la chaleur, sans compter que, quand ils iraient se coucher,
cela servirait de couverture qui serait à eux et qui
ferait partie d'eux. Il chaussa les uns **[321b]** de
sabots et les autres de peaux épaisses et vides de
sang. Par la suite, il procura à chacun une nourriture
distincte, aux uns l'herbe qui pousse de la terre, aux
autres les fruits des arbres, aux autres encore les

racines ; il en est à qui il donna pour nourriture la
chair d'autres vivants. Aux uns, il accorda une progéniture peu nombreuse, tandis qu'à leurs proies il
accordait une progéniture très nombreuse, assurant
par là la survie de ses races.

Mais comme Épiméthée n'est pas très avisé il ne
se rendit pas compte qu'il avait dépensé toutes les
facultés au profit des vivants dépourvus de raison ;
malheureusement, il lui restait encore **[321c]** la race
humaine qui n'avait pas été dotée, et il était dans
l'embarras. Or, il était dans l'embarras, quand Prométhée arriva pour contrôler la distribution. Ce dernier constata que les autres vivants étaient convenablement pourvus sous tous les rapports, tandis que
l'homme était nu, sans chaussures, sans couverture et
sans armes. Or le jour fixé par le destin était déjà
arrivé, où il fallait que l'homme sortît de terre pour
venir à la lumière. Alors Prométhée, qui était dans
l'embarras parce qu'il ne savait pas quel moyen il
pourrait trouver pour assurer la survie de l'homme,
déroba à Héphaïstos et **[321d]** à Athéna le savoir
technique avec le feu, car sans feu il n'y a pas moyen
d'acquérir ce savoir ni de l'utiliser ; et cela fait il en
fit don à l'homme.

C'est donc de cette façon que l'homme acquit le
savoir nécessaire à la vie, mais il ne possédait pas le
savoir politique, car ce savoir se trouvait auprès de
Zeus. Il n'était plus permis à Prométhée de pénétrer
dans l'acropole où habite Zeus. De plus, il y avait les
gardiens de Zeus qui étaient redoutables. Mais il put
pénétrer sans être vu dans la demeure qu'Athéna et
Héphaïstos partageaient **[321e]** et où ils aimaient à
pratiquer leur technique ; et, après avoir volé la technique du feu qui est celle d'Héphaïstos, et le reste des
techniques qui est le domaine d'Athéna, il en fit don
à l'homme. C'est ainsi que l'homme se retrouva bien
pourvu en ce qui concerne la vie, et que par suite,

[322a] à cause d'Épiméthée, Prométhée, dit-on, fut accusé de vol. Puisque l'homme avait sa part de la dispensation divine, d'abord il fut le seul parmi les vivants à croire que des dieux existaient, et il entreprit d'ériger des autels et des statues de dieux. Ensuite, il ne tarda pas à articuler des sons et des mots ; en s'aidant de la technique, il découvrit comment produire des habitations, des vêtements, des chaussures, des couvertures et comment tirer de la nourriture de la terre. Équipés de la sorte, les hommes vivaient au début dans des habitats dispersés, **[322b]** et il n'y avait pas de cités. Aussi étaient-ils détruits par les bêtes sauvages, parce qu'ils étaient en tout plus faibles qu'elles. Et, même si la technique relative à la production était d'un secours suffisant pour assurer leur nourriture, elle s'avérait insuffisante pour faire la guerre aux bêtes sauvages. Ils ne possédaient pas encore la technique politique, dont la technique de la guerre est une partie. Ils cherchaient bien sûr à se rassembler pour assurer leur sauvegarde en fondant des cités. Mais chaque fois qu'ils étaient rassemblés ils se comportaient injustement les uns par rapport aux autres, parce qu'ils ne possédaient pas la technique politique, de sorte que de nouveau ils se dispersaient et qu'ils étaient détruits.

Alors Zeus, craignant **[322c]** que notre race ne fût détruite en sa totalité, envoya Hermès porter aux hommes la retenue et la justice, pour qu'ils soient les parures des cités et les liens de l'amitié qui rassemblent. Hermès demanda alors à Zeus comment s'y prendre pour donner aux hommes la retenue et la justice. « Dois-je les distribuer comme le furent les autres techniques ? C'est ainsi qu'elles furent distribuées : un seul homme qui maîtrise la technique médicale suffit pour un grand nombre de gens qui ne sont pas des spécialistes ; il en va de même pour les autres

démiurges. Est-ce ainsi que je dois établir la retenue
et la justice chez les hommes, ou dois-je les distribuer à tous ? **[322d]** Distribue-les à tous, répondit
Zeus, et que tous soient du nombre de ceux qui y ont
part. Car il ne pourrait y avoir de cité, si seul un petit
nombre d'hommes avaient part à la retenue et à la
justice, comme c'est le cas par ailleurs pour les techniques. Oui et de plus, institue en mon nom la loi
suivante : qu'on mette à mort, comme s'il constituait
une maladie, l'homme qui n'est pas capable d'avoir
part à la retenue et à la justice. »

DES VIES HUMAINES

LES AUTOCHTONES

Lois, II 663e-664b (traduction par L. Brisson et J.-F. Pradeau)
et *République*, III 414b-415e (traduction par G. Leroux) [1].

Lois, II 663e-664b

L'ÉTRANGER D'ATHÈNES

Bien. Qu'en est-il du mythe que l'on raconte sur
l'homme de Sidon ? Ne fut-il pas facile de le faire
admettre, alors même qu'il va contre la vraisemblance ? Et il en est de même pour beaucoup d'autres.

CLINIAS

Lesquels ?

L'ÉTRANGER D'ATHÈNES

Celui qui raconte qu'un jour des hommes en armes
surgirent de dents semées en terre. Voilà bien un bel
exemple pour le législateur du pouvoir qu'on a de
pouvoir persuader **[664a]** comme on l'entend les
âmes des jeunes gens, de sorte qu'il n'a besoin de
chercher à découvrir que ce dont il faut les persuader
afin de pouvoir procurer à la cité le plus grand bien.

En la matière, il lui faut découvrir tout moyen susceptible de faire que cette communauté tout entière s'exprime à ce propos et tout au long de sa vie, autant que possible, d'une seule et même voix dans ses chants, dans ses mythes et dans ses discours. Cela dit, si vous êtes d'un autre avis, je n'éprouve aucune réticence à en débattre. **[664b]**

CLINIAS

Non, sur ce point au moins, aucun de nous deux ne me semble en mesure de soulever des objections.

République, III 414b-415e

– Quel moyen serait alors à notre disposition, dis-je, dans le cas où se présente la nécessité de ces mensonges dont nous parlions tout à l'heure, pour persuader de la noblesse d'un certain mensonge d'abord les gouvernants eux-mêmes, et si ce n'est pas possible, le reste de la cité ? **[414c]**

– Quel mensonge ? demanda-t-il.

– Rien de nouveau, dis-je, seulement une affaire phénicienne, qui s'est passée autrefois déjà en maints endroits, comme l'ont dit et fait croire les poètes, mais qui n'est pas arrivée chez nous et qui, à ce que je sache, n'est pas susceptible de se reproduire et dont on ne se convaincra pas facilement.

– Tu me sembles, dit-il, avoir quelque difficulté à en parler.

– Tu verras bien, dis-je, quand j'aurai parlé, qu'il y a des raisons d'hésiter.

– Parle, dit-il, n'aie crainte.

– Je parlerai donc, **[414d]** et pourtant je ne sais trop comment j'en aurai l'audace, ni à quels arguments je pourrai recourir pour le faire. J'entreprendrai en premier lieu de persuader les gouvernants eux-mêmes et les hommes de guerre, ensuite le reste de la cité, que tout ce dont nous les avons nourris et formés, tout cela était pour ainsi dire comme des rêveries dont ils font l'expérience lorsqu'elles se présentent à eux. En réalité, ils étaient alors modelés dans le sein de la terre et élevés, eux, leurs armes, et tout leur équipement en cours de fabrication ; **[414e]** quand ils furent entièrement confectionnés, la terre qui est leur mère les a mis au monde, et maintenant ils doivent considérer cette contrée où ils se trouvent comme leur mère et leur nourrice et la défendre si on l'attaque, et réfléchir au fait que les autres citoyens sont comme leurs frères, sortis eux aussi du sein de la terre.

– Pas surprenant, dit-il, que tu aies eu longtemps scrupule à formuler ce mensonge.

– Il y avait, en effet, dis-je, **[415a]** de bonnes raisons. Mais écoute néanmoins la suite de l'histoire : « Vous qui faites partie de la cité, vous êtes tous frères, leur dirons-nous en poursuivant l'histoire, mais le dieu, en modelant ceux d'entre vous qui sont aptes à gouverner, a mêlé de l'or à leur genèse ; c'est la raison pour laquelle ils sont les plus précieux. Pour ceux qui sont aptes à devenir auxiliaires, il a mêlé de l'argent, et pour ceux qui seront le reste des cultivateurs et des artisans, il a mêlé du fer et du bronze. Dès lors, du fait que vous êtes tous parents, la plupart du temps votre progéniture sera semblable à vous, mais il pourra se produire des cas où **[415b]** de l'or naîtra un rejeton d'argent, et de l'argent un rejeton d'or, et ainsi pour toutes les filiations entre eux. Aussi le dieu prescrit-il d'abord et avant tout à ceux qui gouvernent d'être les excellents gardiens des rejetons comme de personne d'autre, et de ne rien protéger avec autant de soin qu'eux, en tenant compte de ces métaux qui ont été mélangés à leurs âmes : si leurs propres rejetons sont formés d'un alliage de bronze et de fer, qu'ils n'aient **[415c]** aucune forme de pitié à leur égard et qu'ils les assignent aux tâches des artisans et des cultivateurs, en respectant ce qui convient à leur nature ; si par ailleurs surgissent dans leur descendance quelques rejetons alliant l'or et l'argent, qu'ils respectent leur valeur et qu'ils les élèvent, les uns à la tâche de gardiens et les autres à la tâche d'auxiliaires, tenant compte de ce que l'oracle dit que la cité périra si son gardien est de fer ou si elle est gardée par l'homme de bronze. » À présent, disposes-tu de quelque moyen pour persuader de cette histoire ?

– Aucun, dit-il, **[415d]** s'il s'agit de ces hommes-là eux-mêmes. Mais dans le cas de leurs fils et de ceux qui viendront après eux, leurs descendants et leur postérité, oui.

– Et même cela, repris-je, renforcerait leur souci de la cité et de leurs relations mutuelles, car je suis près de comprendre ce que tu veux dire. Cette histoire suivra de toute façon le chemin où la conduira la tradition. Quant à nous, fourbissons les armes de ces fils de la terre et faisons-les avancer sous la conduite des gouvernants. Qu'ils se mettent en marche pour découvrir sur le territoire de la cité l'endroit le meilleur pour y établir leur campement, là où ils pourront le mieux contenir les habitants de l'intérieur, **[415e]** s'il s'en trouve qui ne veulent pas obéir aux lois, et résister aux attaques de l'extérieur, si l'ennemi attaque le troupeau comme un loup. Quand ils auront établi leur campement et offert les sacrifices qui sont requis, qu'ils dressent leurs tentes. Qu'en dis-tu ?

– Qu'ils fassent ainsi, dit-il.

LES ANDROGYNES D'ARISTOPHANE

Banquet, 189c-193d
(traduction par L. Brisson) [2].

ARISTOPHANE

Il est exact, Éryximaque, reprit Aristophane, que j'ai bien l'intention de parler autrement que vous l'avez fait, toi et Pausanias. À mon avis en effet, les êtres humains ne se rendent absolument pas compte du pouvoir d'Éros, car s'ils avaient vraiment conscience de l'importance de ce pouvoir, ils lui auraient élevé les temples les plus imposants, dressé des autels, et offert les sacrifices les plus somptueux ; ce ne serait pas comme aujourd'hui où aucun de ces hommages ne lui est rendu, alors que rien ne s'imposerait davantage. Parmi les dieux en effet, **[189d]** nul n'est mieux disposé à l'égard des humains : il vient à leur secours, il est leur médecin, les guérissant de maux dont la guérison constitue le bonheur le plus grand pour le genre humain. Je vais donc tenter de vous exposer quel est son pouvoir, et vous en instruirez les autres.

Mais d'abord il vous faut apprendre ce qu'était la nature de l'être humain et ce qui lui est arrivé. Au

temps jadis, notre nature n'était pas la même
qu'aujourd'hui, mais elle était d'un genre différent.

Oui, et premièrement il y avait trois catégories
d'êtres humains et non pas deux comme maintenant, à
savoir le mâle et la femelle. Mais il en existait encore
une [189e] troisième qui participait des deux autres,
dont le nom subsiste aujourd'hui, mais qui, elle, a disparu. En ce temps-là en effet il y avait l'androgyne, un
genre distinct qui, pour le nom comme pour la forme,
faisait la synthèse des deux autres, le mâle et la
femelle. Aujourd'hui, cette catégorie n'existe plus, et
il ne subsiste plus qu'un nom tenu pour infamant.

Deuxièmement, la forme de chaque être humain
était celle d'une boule, avec un dos et des flancs
arrondis. Chacun avait quatre mains, un nombre de
jambes égal à celui des mains, deux visages sur un
cou rond avec, [190a] au-dessus de ces deux visages
en tout point pareils et situés à l'opposé l'un de
l'autre, une tête unique pourvue de quatre oreilles. En
outre, chacun avait deux sexes et le reste à l'avenant,
comme on peut se le représenter à partir de ce qui
vient d'être dit. Ils se déplaçaient, en adoptant une
station droite comme maintenant, dans la direction
qu'ils désiraient ; et, quand ils se mettaient à courir
vite, ils faisaient comme les acrobates qui font la
culbute en soulevant leurs jambes du sol pour opérer
une révolution avant de les ramener à la verticale.

La raison qui explique pourquoi il y avait ces trois
catégories et pourquoi elles [190b] étaient telles que
je viens de le dire, c'est que, au point de départ, le
mâle était un rejeton du soleil, la femelle un rejeton
de la terre, et le genre qui participait de l'une et de
l'autre le rejeton de la lune. Et si justement eux-
mêmes et leur démarche avaient à voir avec le cercle,
c'est qu'ils ressemblaient à leur parent.

Cela dit, leur vigueur et leur force étaient redoutables, et leur orgueil était immense. Ils s'en prirent

aux dieux, et ce que Homère raconte au sujet d'Éphialte et d'Otos, à savoir qu'ils entreprirent **[190c]** l'escalade du ciel dans l'intention de s'en prendre aux dieux, c'est à ces êtres qu'il convient de le rapporter.

C'est alors que Zeus et les autres divinités délibérèrent pour savoir ce qu'il fallait en faire ; et ils étaient bien embarrassés. Ils ne pouvaient en effet ni les faire périr et détruire leur race comme ils l'avaient fait pour les Géants en les foudroyant – car c'eût été la disparition des honneurs et des offrandes qui leur venaient des hommes –, ni supporter plus longtemps leur impudence. Après s'être fatigué à réfléchir, Zeus déclara : « Il me semble, dit-il, que je tiens un moyen pour que, tout à la fois, les êtres humains continuent d'exister et que, devenus plus faibles, ils mettent un terme à leur conduite déplorable. En effet, dit-il, je vais sur-le-champ les couper chacun en deux ; en même temps **[190d]** qu'ils seront plus faibles, ils nous rapporteront davantage, puisque leur nombre sera plus grand. Et ils marcheront en position verticale sur deux jambes ; mais, s'ils font encore preuve d'impudence, et s'ils ne veulent pas rester tranquilles, alors, poursuivit-il, je les couperai en deux encore une fois, de sorte qu'ils déambuleront sur une seule jambe à cloche-pied. » Cela dit, il coupa les hommes en deux **[190e]**, ou comme on coupe les œufs avec un crin.

Quand il avait coupé un être humain, il demandait à Apollon de lui retourner du côté de la coupure le visage et la moitié du cou, pour que, ayant cette coupure sous les yeux, cet être humain devînt plus modeste ; il lui demandait aussi de soigner les autres blessures. **[191a]** Apollon retournait le visage et, ramenant de toutes parts la peau sur ce qu'on appelle à présent le ventre, procédant comme on le fait avec les bourses à cordons, il l'attachait fortement au

milieu du ventre en ne laissant qu'une cavité, ce que
précisément on appelle le « nombril ». Puis il effaçait
la plupart des autres plis en les lissant et il façonnait
la poitrine, en utilisant un outil analogue à celui
qu'utilisent les cordonniers pour lisser sur la forme
les plis du cuir. Il laissa pourtant subsister quelques
plis, ceux qui se trouvent dans la région du ventre,
c'est-à-dire du nombril, comme un souvenir de ce
qui était arrivé dans l'ancien temps.

Quand donc l'être humain primitif eut été dédoublé
par cette coupure, chaque morceau, regrettant sa
moitié, tentait de s'unir de nouveau à elle. Et, passant
leurs bras autour l'un de l'autre, ils s'enlaçaient mutuellement, parce qu'ils désiraient se confondre en un
même être, et ils finissaient par mourir de faim et
[191b] de l'inaction causée par leur refus de ne rien
faire l'un sans l'autre. Et, quand il arrivait que l'une des
moitiés était morte tandis que l'autre survivait, la moitié
qui survivait cherchait une autre moitié, et elle s'enla-
çait à elle, qu'elle rencontrât la moitié d'une femme
entière, ladite moitié étant bien sûr ce que maintenant
nous appelons une « femme », ou qu'elle trouvât la
moitié d'un « homme ». Ainsi l'espèce s'éteignait.

Mais, pris de pitié, Zeus s'avise d'un autre expédient : il transporte les organes sexuels sur le devant
du corps de ces êtres humains. Jusqu'alors en effet,
ils avaient ces organes eux aussi sur la face extérieure
de leur corps ; aussi ce n'est pas en s'unissant les uns
les autres, qu'ils s'engendraient et se reproduisaient
mais, à la façon des cigales, en surgissant **[191c]** de
la terre. Il transporta donc les organes sexuels à la
place où nous les voyons, sur le devant, et ce faisant
il rendit possible un engendrement mutuel, l'organe
mâle pouvant pénétrer dans l'organe femelle. Le but
de Zeus était le suivant. Si, dans l'accouplement, un
homme rencontrait une femme, il y aurait génération
et l'espèce se perpétuerait ; en revanche, si un

homme tombait sur un homme, les deux êtres trouve-
raient de toute façon la satiété dans leur rapport, ils
se calmeraient, ils se tourneraient vers l'action et ils
se préoccuperaient d'autre chose dans l'existence.

C'est donc d'une époque aussi lointaine que date
l'implantation dans les êtres humains **[191d]** de cet
amour, celui qui rassemble les parties de notre
antique nature, celui qui de deux êtres tente de n'en
faire qu'un seul pour ainsi guérir la nature humaine.
Chacun d'entre nous est donc la moitié complémen-
taire d'un être humain, puisqu'il a été coupé, à la
façon des soles, un seul être en produisant deux.
Aussi tous ceux des mâles qui sont une coupure de ce
composé qui était alors appelé « androgyne »,
recherchent-ils l'amour des femmes et c'est de cette
espèce que proviennent la plupart des maris qui
trompent leur femme **[191e]**, et toutes les femmes
qui recherchent l'amour des hommes et qui trompent
leur mari. En revanche, toutes les femmes qui sont
une coupure de femme ne prêtent pas la moindre
attention aux hommes ; au contraire, c'est plutôt vers
les femmes qu'elles sont tournées, et c'est de cette
espèce que proviennent les lesbiennes. Tous ceux
enfin qui sont une coupure de mâle, recherchent
aussi l'amour des mâles. Tout le temps qu'ils restent
de jeunes garçons, comme ce sont des petites
tranches de mâle, ils recherchent l'amour des mâles
et prennent plaisir à coucher avec des mâles et à
s'unir à eux. **[192a]** Parmi les garçons et les adolescents ceux-là sont les meilleurs, car ce sont eux qui,
par nature, sont au plus haut point des mâles. Certaines personnes bien sûr disent que ce sont des
impudiques, mais ils ont tort. Ce n'est pas par impu-
dicité qu'ils se comportent ainsi ; non c'est leur har-
diesse, leur virilité et leur allure mâle qui font qu'ils
recherchent avec empressement ce qui leur ressemble. En voici une preuve éclatante : les mâles de

cette espèce sont les seuls en effet qui, parvenus à maturité, s'engagent dans la politique. **[192b]** Lorsqu'ils sont devenus des hommes faits, ce sont de jeunes garçons qu'ils aiment et ils ne s'intéressent guère par nature au mariage et à la procréation d'enfants, mais la règle les y contraint ; ils trouvent plutôt leur compte dans le fait de passer leur vie côte à côte en y renonçant. Ainsi donc, de manière générale, un homme de ce genre cherche à trouver un jeune garçon pour amant et il chérit son amant, parce que dans tous les cas il cherche à s'attacher à ce qui lui est apparenté.

Chaque fois donc que le hasard met sur le chemin de chacun la partie qui est la moitié de lui-même, tout être humain, et pas seulement celui qui cherche un jeune garçon pour amant, est alors frappé par un extraordinaire sentiment **[192c]** d'affection, d'apparentement et d'amour ; l'un et l'autre refusent, pour ainsi dire, d'être séparés, ne fût-ce que pour un peu de temps.

Et ces hommes qui passent toute leur vie l'un avec l'autre ne sauraient même pas dire ce qu'ils attendent l'un de l'autre. Nul ne pourrait croire que ce soit la simple jouissance que procure l'union sexuelle, dans l'idée que c'est là, en fin de compte, le motif du plaisir et du grand empressement que chacun prend à vivre avec l'autre. **[192d]** C'est en définitive tout autre chose que souhaite l'âme, quelque chose qu'elle est incapable d'exprimer. Il n'en est pas moins vrai que ce qu'elle souhaite elle le devine et le laisse entendre. Supposons même que, au moment où ceux qui s'aiment reposent sur la même couche, Héphaïstos se dresse devant eux avec ses outils, et leur pose la question suivante : « Que désirez-vous, vous autres, qu'il vous arrive l'un à l'autre ? » Supposons encore que, les voyant dans l'embarras, il leur pose cette nouvelle question : « Votre souhait n'est-il pas de vous fondre le

plus possible l'un avec l'autre en un même être, de
façon à ne vous quitter l'un l'autre ni le jour ni la nuit ?
Si c'est bien cela que vous souhaitez, **[192e]** je consens
à vous fondre ensemble et à vous transformer en un
seul être, de façon à faire que de ces deux êtres que
vous êtes maintenant vous deveniez un seul, c'est-à-
dire pour que, durant toute votre vie, vous viviez l'un
avec l'autre une vie en commun comme si vous n'étiez
qu'un seul être, et que, après votre mort, là-bas chez
Hadès, au lieu d'être deux vous ne formiez qu'un seul
être, après avoir connu une mort commune. Allons !
voyez si c'est là ce que vous désirez et si ce sort vous
satisfait. » En entendant cette proposition, il ne se trou-
verait personne, nous le savons, pour dire non et pour
souhaiter autre chose. Au contraire, chacun estimerait
tout bonnement qu'il vient d'entendre exprimer un
souhait qu'il avait depuis longtemps : celui de s'unir
avec l'être aimé et se fondre en lui, de façon à ne faire
qu'un seul être au lieu de deux.

Ce souhait s'explique par le fait que la nature
humaine qui était la nôtre dans un passé reculé se
présentait ainsi, c'est-à-dire que nous étions d'une
seule pièce : aussi est-ce au souhait de retrouver cette
totalité, à sa recherche, que nous donnons le nom
d'« amour ». **[193a]** Oui, je le répète, avant l'intervention de Zeus, nous formions un seul être. Maintenant, en revanche, conséquence de notre conduite
injuste, nous avons été coupés en deux par le dieu,
tout comme les Arcadiens l'ont été par les Lacédémoniens. Il est donc à craindre que, si nous ne faisons pas preuve de respect à l'égard des dieux, nous
ne soyons une fois de plus fendus en deux, et que
nous nous ne déambulions pareils aux personnages
que sur les stèles nous voyons figurés en relief,
coupés en deux suivant la ligne du nez, devenus
pareils à des jetons qu'on a coupés par moitié. Voilà
bien pour quels motifs il faut recommander à tout

homme de faire preuve en toute chose de piété à
l'égard des dieux, **[193b]** pour éviter l'alternative qui
vient d'être évoquée, et pour parvenir, en prenant
Éros pour notre guide et pour notre chef, à réaliser la
première. Que nul ne fasse rien qui contrarie Éros et
c'est s'opposer à lui que de se rendre odieux à la
divinité. En effet, si nous vivons en entretenant des
relations d'amitié avec le dieu et en restant en paix
avec lui, nous découvrirons les bien-aimés qui sont
véritablement les nôtres et nous aurons commerce
avec eux.

Ah qu'Éryximaque, prêtant à mes propos une
intention comique, n'aille pas supposer que je parle
de Pausanias et d'Agathon. Sans doute, se trouvent-
ils être de ce nombre, et ont-ils l'un et l'autre une
nature de mâle. **[193c]** Quoi qu'il en soit, je parle,
moi, des hommes et des femmes dans leur ensemble,
pour dire que notre espèce peut connaître le bonheur,
si nous menons l'amour à son terme, c'est-à-dire si
chacun de nous rencontre le bien-aimé qui est le sien,
ce qui constitue un retour à notre ancienne nature. Si
cela est l'état le meilleur, il s'ensuit nécessairement
que, dans l'état actuel des choses, ce qui se rapproche le plus de cet état est le meilleur ; et cela,
c'est de rencontrer un bien-aimé dont la nature cor-
responde à notre dessein.

Si par nos hymnes nous souhaitons célébrer le
dieu qui est le responsable de ces biens, **[193d]** c'est
en toute justice Éros que nous devons célébrer, lui
qui à l'heure qu'il est nous rend les plus grands ser-
vices en nous conduisant vers ce qui nous est apparenté, et qui pour l'avenir, suscite les plus grands
espoirs, en nous promettant, si nous faisons preuve
de piété envers les dieux, de nous rétablir dans notre
ancienne nature, de nous guérir et ainsi de nous
donner félicité et bonheur.

LES MARIONNETTES

Lois, I 644d-645c, puis VII 803b-804c
(traduction par L. Brisson et J.-F. Pradeau) [3].

L'ÉTRANGER D'ATHÈNES

Eh bien, considérons le problème de la façon suivante. Prenons pour acquis que chacun de nous, les vivants, est une marionnette fabriquée par les dieux. Qu'elle ait été constituée pour leur servir de jouet ou dans un but sérieux, cela bien sûr nous ne pouvons vraiment pas le savoir ; **[644e]** mais ce que nous savons, c'est que ces affections dont je viens de parler, et qui sont en nous comme des tendons ou des ficelles, nous tirent et, comme elles sont antagonistes, elles nous conduisent à des actions opposées au long de la frontière qui sépare la vertu du vice. Car dans l'histoire que nous racontons, chacun, en obéissant toujours à une seule de ces tractions et en ne s'y opposant en aucune circonstance, doit résister à la traction des autres tendons. Et cette **[645a]** traction, c'est la commande d'or, la commande sacrée du raisonnement que l'on qualifie de « loi collective de la cité », tandis que les autres commandes sont raides et de fer : alors que la première est souple parce qu'elle est d'or, les autres se présentent sous des apparences diverses. Il faut donc toujours prêter son aide à la plus belle des tractions, celle de la loi. Parce que, en effet, la délibération rationnelle est belle, mais douce en ce qu'elle n'use pas de contrainte, elle a besoin pour opérer sa traction de serviteurs, afin d'assurer en nous la prédominance de l'or sur les autres substances. Voilà donc comment pourrait arriver à bon port ce mythe sur l'excellence qui nous représente **[645b]** comme des marionnettes, et voilà comment, d'une certaine manière, on pourrait apercevoir plus clairement ce que signifie « l'emporter sur soi-même et être vaincu par soi-même », et ce qui s'ensuit pour l'individu comme pour la cité, le premier devant se faire en lui-même une idée juste de ces tractions et régler sa vie là-dessus, quand la cité, qu'elle ait reçu cette idée d'un dieu ou bien d'un connaisseur, doit l'ériger en loi pour régler ses affaires intérieures et ses relations avec les autres cités. De cette façon aussi, la distinction entre le vice et la vertu pourrait nous apparaître avec plus **[645c]** de clarté. Et la lumière jetée sur cette question permettra peut-être d'y voir mieux en ce qui concerne l'éducation et les autres institutions, en particulier sur la question du temps passé à boire du vin, question triviale que l'on pourrait estimer traitée avec une abondance de discours démesurée, mais qui pourrait bien ne pas s'avérer indigne de cette abondance.

[...]

L'ÉTRANGER D'ATHÈNES

En vérité, si les affaires humaines ne méritent guère qu'on s'en occupe, il est toutefois nécessaire de s'en occuper ; voilà qui est infortuné. Mais, puisque nous en sommes là, si nous pouvions le faire par un moyen convenable, peut-être aurions-nous trouvé le bon ajustement. Mais ce que je veux dire ainsi, voilà sans aucun doute une question que l'on me poserait à bon droit.

CLINIAS

[803c] Oui, absolument.

L'ÉTRANGER D'ATHÈNES

Je veux dire qu'il faut s'appliquer sérieusement à ce qui est sérieux, et non à ce qui ne l'est pas ; que par nature la divinité mérite un attachement total dont le sérieux fasse notre bonheur, tandis que l'homme, comme je l'ai dit précédemment, a été fabriqué pour être un jouet pour la divinité, et que cela c'est véritablement ce qu'il y a de meilleur pour lui. Voilà donc à quel rôle tout au long de sa vie doit se conformer tout homme et toute femme, en se livrant aux plus beaux jeux qui soient, mais dans un état d'esprit qui est le contraire de celui qui est aujourd'hui le leur.

CLINIAS

[803d] Que veux-tu dire ?

L'ÉTRANGER D'ATHÈNES

Aujourd'hui on s'imagine sans doute que les activités sérieuses doivent être effectuées en vue des jeux : ainsi estime-t-on que les choses de la guerre, qui sont des choses sérieuses, doivent être bien conduites en vue de la paix. Or, nous le savons, ce qui se passe à la guerre n'est en réalité ni un jeu ni une éducation qui vaille la peine d'être considérée par nous, puisqu'elle n'est pas et ne sera jamais ce que nous affirmons être, à notre point de vue du moins, la chose la plus sérieuse. Aussi est-ce dans la paix que chacun doit passer la partie de son existence la plus longue et la meilleure. Où donc se trouve la rectitude ? Il faut passer **[803e]** sa vie en jouant, en jouant ces jeux en quoi consistent sacrifices, chants et danses, qui nous rendront capables et de gagner la faveur des dieux et de repousser nos ennemis, et de les vaincre au combat. Mais quelles sortes de chants et quelles sortes de danses nous permettraient d'atteindre l'un et l'autre de ces objectifs ? Nous en avons indiqué le modèle et, pour ainsi dire, nous avons ouvert les routes qu'il convenait d'emprunter en estimant que le poète avait raison de dire :

« Des paroles, Télémaque, il en est une partie que tu concevras dans ton cœur,

Et une autre partie que quelque bon génie te fournira, car tu n'as pu, je pense,

Ni naître ni grandir sans quelque bon vouloir des dieux [...] ».

Nos nourrissons doivent eux-mêmes penser la même chose et ils doivent juger que ce qui a été dit suffit, et que leur démon aussi bien que leur divinité leur suggéreront, en ce qui concerne les sacrifices **[804b]** et les danses, à quels dieux, à quels moments pour chaque dieu et dans chaque cas ils offriront leurs jeux en prémices tout en se les rendant propices, ils passeront leur vie pareils le plus souvent à des marionnettes, mais ayant quelque petite part de vérité. Ce faisant, ils mèneront une vie conforme à leur nature, puisqu'ils ne sont pour l'essentiel que des marionnettes, encore qu'il leur échoie un petit peu de vérité.

MÉGILLE

Tu ravales au plus bas, Étranger, le genre humain qui est le nôtre.

L'ÉTRANGER D'ATHÈNES

Ne t'en émerveille pas, Mégille, pardonne-moi plutôt. Car c'est parce que j'avais le regard fixé sur le dieu et l'esprit plein de lui que j'ai dit ce que je viens de dire. Mettons donc, si cela te fait plaisir, que le genre qui est le nôtre n'est pas sans valeur, et qu'il mérite d'être pris **[804c]** quelque peu au sérieux.

L'ANNEAU DE GYGÈS

République, II 358e-360d
(traduction par G. Leroux) [4].

*Alors que Socrate soutient devant ses interlocu-
teurs que le juste est préférable à l'injuste en toute
circonstance, Thrasymaque lui objecte l'exemple de
l'ancêtre de Gygès.*

– […] On répète, en effet, que commettre l'injustice est par nature un bien, et que le fait de subir
l'injustice est un mal ; on dit aussi que subir l'injustice représente un mal plus grand que le bien qui
consiste à la commettre. Par conséquent, lorsque les
hommes commettent des injustices les uns envers les
autres, et lorsqu'ils en subissent, et qu'ils font
l'expérience des deux, commettre et subir l'injustice,
ceux qui sont incapables de fuir le mal et **[359a]** de
choisir le bien jugent qu'il leur sera profitable de
passer un accord les uns avec les autres pour ne plus
commettre ni subir l'injustice. C'est dans cette situation qu'ils commencèrent à édicter leurs lois et leurs
conventions, et ils appelèrent la prescription instituée
par la loi « ce qui est légal » et « ce qui est juste ».

Telle est bien l'origine et l'essence de la justice : elle tient une position intermédiaire entre ce qui est le bien suprême, qui est d'être injuste sans qu'on puisse nous rendre justice, et ce qui est le pire, c'est-à-dire de subir l'injustice et d'être impuissant à venger l'honneur ainsi flétri. Le juste se trouve au milieu de ces deux extrêmes, il n'est pas aimé **[359b]** comme un bien, mais il est honoré seulement parce qu'on est impuissant à commettre l'injustice en toute impunité. Car celui qui est en mesure de commettre l'injustice et qui est réellement un homme ne s'engagerait jamais dans une convention pour empêcher de commettre l'injustice et de la subir. Il serait bien fou de le faire. Voilà donc, Socrate, la nature de la justice, ce qu'elle est et quelle elle est, et quelles sont par nature ses origines, comme on le dit.

Que ceux qui pratiquent la justice le fassent contre leur gré et par impuissance à commettre l'injustice, nous le saisirons très bien si nous nous représentons en pensée la situation suivante. **[359c]** Accordons à l'homme juste et à l'homme injuste un même pouvoir de faire ce qu'ils souhaitent ; ensuite, accompagnons-les et regardons où le désir de chacun va les guider. Nous trouverons l'homme juste s'engageant à découvert sur le même chemin que l'homme injuste, mû par son appétit du gain, cela même que toute la nature poursuit naturellement comme un bien, mais qui se voit ramené par la force de la loi au respect de l'équité. Pour que le pouvoir dont je parle soit porté à sa limite, il faudrait leur donner à tous les deux les capacités qui autrefois, selon ce qu'on rapporte, étaient échues **[359d]** à l'ancêtre de Gygès le Lydien. Celui-ci était un berger au service de celui qui régnait alors sur la Lydie. Après un gros orage et un tremblement de terre, le sol s'était fissuré et une crevasse s'était formée à l'endroit où il faisait paître son troupeau. Cette vue l'émerveilla et il y descendit

pour voir, entre autres merveilles qu'on rapporte, un
cheval d'airain creux, percé de petites ouvertures à
travers lesquelles, ayant glissé la tête, il aperçut un
cadavre, qui était apparemment celui d'un géant. Ce
mort n'avait rien sur lui, [359e] si ce n'est un anneau
d'or à la main, qu'il prit avant de remonter. À l'occasion de la réunion coutumière des bergers, au cours
de laquelle ils communiquaient au roi ce qui concernait le troupeau pour le mois courant, notre berger se
présenta portant au doigt son anneau. Ayant pris
place avec les autres, il tourna par hasard le chaton
de l'anneau vers la paume de sa main. Cela s'était à
peine produit qu'il devint [360a] invisible aux yeux
de ceux qui étaient rassemblés autour de lui et qui se
mirent à parler de lui, comme s'il avait quitté l'assem-
blée. Il en fut stupéfait et, manipulant l'anneau en
sens inverse, il tourna le chaton vers l'extérieur : ce
faisant, il redevint aussitôt visible. Prenant conscience de ce phénomène, il essaya de nouveau de
manier l'anneau pour vérifier qu'il avait bien ce pouvoir, et la chose se répéta de la même manière : s'il
tournait le chaton vers l'intérieur, il devenait invisible ; s'il le tournait vers l'extérieur, il devenait
visible. Fort de cette observation, il s'arrangea aussitôt pour faire partie des messagers délégués auprès
du roi [360b] et parvenu au palais, il séduisit la reine.
Avec sa complicité, il tua le roi et s'empara ce faisant
du pouvoir. Supposons à présent qu'il existe deux
anneaux de ce genre, l'un au doigt du juste, l'autre au
doigt de l'injuste : il n'y aurait personne, semble-t-il,
d'assez résistant pour se maintenir dans la justice et
avoir la force de ne pas attenter aux biens d'autrui et
de ne pas y toucher, alors qu'il aurait le pouvoir de
prendre impunément au marché ce dont il aurait
envie, de pénétrer dans [360c] les maisons pour
s'unir à qui lui plairait, et de tuer les uns, libérer les
autres de leurs chaînes selon son gré, et d'accomplir

ainsi dans la société humaine tout ce qu'il voudrait, à l'égal d'un dieu. S'il se comportait de la sorte, il ne ferait rien de différent de l'autre, et de fait les deux tendraient au même but. On pourrait alors affirmer qu'on tient là une preuve de poids que personne n'est juste de son plein gré, mais en y étant contraint, compte tenu du fait qu'on ne l'est pas personnellement en vue d'un bien : partout, en effet, où chacun croit possible pour lui de commettre l'injustice, il le fait. Car tout homme croit que l'injustice lui est **[360d]** beaucoup plus avantageuse individuellement que la justice, et c'est à juste titre que chacun le pense, comme le soutiendra celui qui expose un argument de ce genre. Si quelqu'un s'était approprié un tel pouvoir et qu'il ne consentît jamais à commettre l'injustice ni à toucher aux biens d'autrui, on le considérerait, parmi ceux qui en seraient avisés, comme le plus malheureux et le plus insensé des hommes. Ils n'en feraient pas moins son éloge en présence les uns des autres, se dupant mutuellement dans la crainte de subir eux-mêmes une injustice. Voilà comment se présentent les choses.

LA BEAUTÉ ET LES AMOURS

L'ENTHOUSIASME DU POÈTE

Ion, 533c-536d (traduction par J.-F. Pradeau)
et *Lois,* IV 719c-e (traduction par L. Brisson
et J.-F. Pradeau) [1].

Ion, 533c-536d

SOCRATE

Mais je le vois, Ion, et je vais te montrer de quoi il retourne à mon avis. Comme je le disais tout à l'heure, cette aptitude à bien parler d'Homère **[533d]** n'est pas chez toi une technique, mais une puissance divine qui te met en branle, comme c'est le cas de la pierre qu'Euripide a appelée « magnétique » et qu'on appelle communément pierre d'Héraclée. Cette pierre en effet n'attire pas seulement les anneaux de fer eux-mêmes, mais elle leur donne encore la puissance qui les rend capables à leur tour de produire le même effet que la pierre **[533e]** et d'attirer d'autres anneaux ; c'est ainsi qu'on voit parfois une longue chaîne d'anneaux de fer suspendus les uns aux autres, alors que cette puissance en chacun d'eux est suspendue en dernière instance à la pierre. De la même façon, c'est la Muse qui par elle-même rend certains hommes ins-

pirés et qui, à travers ces hommes inspirés, forme une
chaîne d'autres enthousiastes. Car ce n'est pas en
vertu de la technique, mais bien en vertu de l'inspiration et de la possession que tous les poètes épiques,
j'entends les bons poètes épiques, récitent tous ces
beaux poèmes. Et il en va de même pour tous les
poètes lyriques, les bons poètes lyriques ; **[534a]** tout
ceux qui sont pris du délire des Corybantes n'ont plus
leur raison lorsqu'ils dansent, les poètes lyriques
n'ont plus leur raison lorsqu'ils composent leurs
chants si beaux. Dès qu'ils sont entrés dans l'harmonie et le rythme, ils sont possédés par le transport
bachique, et ils sont comme les Bacchantes qui puisent aux fleuves le miel et le lait lorsqu'elles sont pos-
sédées et quand elles n'ont plus leur raison, exactement comme le fait l'âme des poètes lyriques, selon
leur propre aveu. Car c'est bien là ce que nous disent
ces poètes, **[534b]** que c'est à des sources de miel,
dans certains jardins et vallons des Muses, qu'ils puisent les chants pour nous les apporter à la façon des
abeilles, en volant comme elles. Et ce qu'ils disent est
vrai. Car le poète est une chose légère, ailée et sacrée,
qui ne peut composer avant d'être inspirée par un
dieu, avant de perdre sa raison, de se mettre hors
d'elle-même. Tant qu'un homme reste en possession
de son intellect, il est parfaitement incapable de faire
œuvre poétique et de chanter des oracles. Par conséquent, puisque ce n'est pas en vertu d'une technique
qu'ils composent **[534c]** tant de belles choses à
propos de leurs sujets, comme toi à propos d'Homère,
mais par l'effet d'une faveur divine, chacun d'eux
n'est capable de bien composer que dans le genre où
la Muse l'a poussé : l'un dans les dithyrambes, l'autre
dans les éloges, celui-ci dans les chants qui se dansent, celui-là dans les épopées, l'autre dans les
iambes ; et chacun d'eux est mauvais dans les autres
genres. Ce n'est donc pas en vertu d'une technique

qu'ils parlent ainsi, mais en vertu d'une puissance divine, puisque, s'ils savaient bien parler d'un sujet en vertu d'une technique, ils le sauraient aussi sur tous les autres sujets. C'est pourquoi le dieu, les ayant privés de leur intellect, les emploie comme ses serviteurs, **[534d]** au même titre que les prophètes et les devins divinement inspirés, afin que nous qui les écoutons sachions que ce n'est pas eux qui disent des choses si importantes, eux à qui l'intellect fait défaut, mais que c'est la divinité elle-même qui parle et s'adresse à nous à travers eux. La meilleure preuve de ce que j'affirme est donnée par Tynnichos de Chalcis : il n'a jamais composé de poème qui soit digne d'être retenu, à l'exception de ce péan que tout le monde chante et qui est peut-être le plus beau de tous les poèmes lyriques, **[534e]** une vraie « trouvaille des Muses » comme il le dit lui-même. Dans ce cas plus que dans tout autre, il me semble que la divinité nous démontre, afin que nous n'ayons plus de doute à ce sujet, que ces beaux poèmes ne sont pas des choses humaines, ni même l'œuvre des hommes, mais des choses divines et l'œuvre des dieux ; et que les poètes ne sont rien d'autre que les interprètes des dieux, chacun possédé par celui qui le possède. C'est pour le démontrer que le dieu a délibérément chanté le plus beau des poèmes lyriques **[535a]** par la bouche du plus mauvais poète. Ne crois-tu pas que je dis vrai, Ion ?

ION

Si, par Zeus, je le crois ! Je ne sais comment, tes paroles ont touché mon âme, Socrate, et je pense que c'est par une faveur divine que les bons poètes sont auprès de nous les interprètes des dieux.

SOCRATE

Vous autres, rhapsodes, n'interprétez-vous pas les œuvres des poètes ?

ION

Sur cela aussi, tu dis vrai.

SOCRATE

Vous êtes alors les interprètes d'interprètes ?

ION

C'est exactement cela.

SOCRATE

[535b] Attends un peu, Ion, et réponds-moi sans rien me cacher : quand tu récites bien des vers épiques et que tu fais aux spectateurs le plus grand effet, soit que tu chantes Ulysse, surgissant sur le seuil, en révélant alors son identité aux prétendants, et répandant les flèches à ses pieds ; soit Achille s'élançant sur Hector ; soit encore l'un des épisodes déchirants sur Andromaque, Hécube ou Priam, as-tu encore ta raison ? **[535c]** N'es-tu pas hors de toi et ton âme enthousiasmée ne se croit-elle pas trans-portée au beau milieu des événements dont tu parles, qu'ils aient lieu à Ithaque, à Troie ou dans quelque endroit que l'épopée les installe ?

ION

Quelle preuve saisissante tu viens de me donner là, Socrate ! Je ne te cacherai rien : quand moi je raconte un épisode déchirant, mes yeux sont remplis de larmes, et quand je raconte un épisode effrayant ou extraordinaire, mes cheveux se dressent de peur sur ma tête et mon cœur s'emporte.

SOCRATE

[535d] Mais alors, Ion, devons-nous dire qu'il a sa raison cet homme qui, paré d'un costume multico-lore et couronné d'une couronne d'or, se met à pleurer lors des sacrifices et des fêtes, alors qu'il n'a rien perdu de ses parures, ou se met à avoir peur alors qu'il est parmi plus de vingt mille personnes amicales et que personne ne le dépouille ni ne lui fait du tort ?

ION

Par Zeus, non, Socrate ! Pas du tout, à dire vrai.

SOCRATE

Et sais-tu que vous produisez aussi les mêmes effets sur la plupart des spectateurs ?

ION

[535e] Je le sais fort bien. Du haut de mon estrade, je les vois chaque fois qui pleurent, qui jettent des regards stupéfaits et qui sont saisis d'effroi à l'écoute de mes récits. C'est que je dois prendre bien garde à rester attentif à eux : si je les fais pleurer, c'est moi qui rirai en recevant leur argent ; mais si c'est eux qui rient, c'est moi qui pleurerai de l'avoir perdu.

SOCRATE

Et sais-tu que ce spectateur est le dernier des anneaux dont je parlais, ceux qui tirent les uns des autres leur puissance en vertu de la pierre d'Héraclée. L'anneau du milieu, **[536a]** c'est toi, le rhapsode et l'acteur ; et le premier, c'est le poète lui-même. Et le dieu, à travers eux tous, tire l'âme des hommes où il veut, car c'est sa puissance qui les rattache les uns aux autres par attraction successive. Et à ce dieu, comme à cette pierre-là, se trouve suspendue une immense chaîne de choreutes, de maîtres de chœurs et d'assistants rattachés sur les côtés des anneaux qui sont suspendus à la Muse. Tel poète est rattaché à telle Muse, tel autre à une autre ; nous exprimons la chose en disant qu'il est « possédé »,

[536b] ce qui est à peu près le cas, puisque la Muse le tient. À ces premiers anneaux, les poètes, d'autres sont suspendus à leur tour – certains à un poète et d'autres à un autre – et enthousiasmés. Certains le sont à Orphée, d'autres à Musée, mais la plupart sont possédés et tenus par Homère. Tu es l'un d'eux, Ion : tu es possédé par Homère. Quand quelqu'un chante une œuvre d'un autre poète, tu t'endors et tu es dans l'embarras de n'avoir rien à dire ; mais entend-on un seul chant d'Homère que tu es sur-le-champ réveillé, que ton âme danse et que tu as plein de choses à dire. [536c] Ce n'est donc pas en vertu d'une technique ou d'une science relative à Homère que tu t'exprimes comme tu le fais, mais en vertu d'une faveur divine et d'une possession ; il en va comme pour les gens pris du délire des Corybantes, qui ne perçoivent avec acuité que ce seul chant, celui du dieu qui les possède, et qui n'ont aucune difficulté à trouver les gestes et les mots qui accompagnent ce chant, sans se soucier des autres. Tu es comme eux, Ion : lorsque l'on parle d'Homère, tu es plein de ressources, mais tu restes dans l'embarras lorsqu'il s'agit des autres poètes. [536d] Tu me demandes la cause de cette ressource qui est la tienne à l'égard d'Homère mais qui te fait défaut pour les autres poètes ? C'est que tu dois cette habileté à louer Homère à une faveur divine, et non à une technique.

Lois, IV 719c-e

L'ÉTRANGER D'ATHÈNES

Mais, il n'y a pas si longtemps, ne t'avons-nous pas entendu dire que le législateur ne doit pas laisser les poètes faire ce qui leur plaît, car ils ne se rendraient pas compte du dommage qu'ils pourraient causer à la cité en tenant des propos contraires aux lois ?

CLINIAS

Oui, tu dis vrai.

L'ÉTRANGER D'ATHÈNES

Mais si nous prenions la place des poètes pour lui adresser les propos que voici, ces propos ne seraient-ils pas ceux qu'il convient de tenir ?

CLINIAS

Quels propos ?

L'ÉTRANGER D'ATHÈNES

Ceux que voici : « Il est, législateur, un vieux mythe, que nous ne cessons de raconter et qui obtient l'agrément de tous les autres hommes. Il veut que le poète, lorsqu'il est installé sur le trépied de la Muse, ne soit plus dans son bon sens, mais que, à la façon d'une source, il laisse couler sans contrainte tout ce qui afflue. Aussi, puisque sa technique est imitative, se trouve-t-il forcé de se contredire souvent lorsqu'il représente des hommes dont les dispositions s'opposent les unes aux autres, sans toutefois savoir ce qui est vrai de ce qui est dit d'un côté ou de l'autre. Au législateur qui établit une loi **[719d]**, il n'est pas permis de tenir sur un seul et même sujet deux discours ; bien au contraire, il doit toujours tenir un seul et même discours sur chaque sujet. Envisage ce que je dis en fonction des propos que tu viens tout juste de tenir. Il y a trois catégories de funérailles : somptueuses, indigentes et modérées ; et c'est l'une de ces catégories, celle qui tient le juste milieu, que tu as choisi de prescrire et à laquelle tu as décerné des éloges sans réserve. Moi, en revanche, si dans l'un de mes poèmes je faisais parler une femme extrêmement riche et qu'elle donnait des ordres pour sa sépulture, les funérailles somptueuses seraient celles **[719e]** dont je ferais l'éloge. Mais si, au contraire, je faisais parler un homme économe et pauvre, mes faveurs iraient à des funérailles indigentes, tandis qu'un homme dont la fortune serait mesurée et qui serait lui-même un homme mesuré ferait l'éloge de ce qui lui ressemble. Mais il ne t'est pas permis à toi de t'exprimer comme tu viens de le faire en utilisant le terme "mesuré". Non, il te faut expliquer en quoi consiste la juste mesure et quelles en sont les limites : sinon, ne cesse de te mettre en tête que pareil propos puisse un jour devenir une loi. »

CLINIAS

Rien de plus vrai que ce que tu viens de dire.

L'ENVOL DE L'ÂME
ET LA CONTEMPLATION DE L'INTELLIGIBLE

Phèdre, 246a-257c
(traduction par L. Brisson) [2].

Socrate explique à Phèdre ce que sont le beau et l'amour que l'âme lui porte.

SOCRATE

« [...] si ce qui se meut soi-même **[246a]** n'est autre chose que l'âme, il s'ensuit nécessairement que l'âme ne peut être ni quelque chose d'engendré ni quelque chose de mortel. Aussi bien, sur son immortalité, voilà qui suffit. Pour ce qui est de sa forme, voici ce qu'il faut dire. Pour dire quelle sorte de chose c'est, il faudrait un exposé en tout point divin et fort long ; mais dire de quoi elle a l'air, voilà qui n'excède pas les possibilités humaines. Aussi notre discours procédera-t-il de cette façon.

Il faut donc se représenter l'âme comme une puissance composée par nature d'un attelage ailé et d'un cocher. Cela étant, chez les dieux, les chevaux et les cochers sont tous bons et de bonne race, alors que pour le reste des vivants, **[246b]** il y a un mélange. Chez nous – premier point – celui qui commande est

le cocher d'un équipage apparié ; de ces deux chevaux, – second point – l'un est beau et bon pour celui
qui commande, et d'une race bonne et belle, alors
que l'autre est le contraire et d'une race contraire.
Dès lors, dans notre cas, c'est quelque chose de difficile et d'ingrat que d'être cocher.

Comment, dans ces conditions, se fait-il que l'être
vivant soit qualifié de mortel et d'immortel ? Voilà ce
qu'il faut tenter d'expliquer. Tout ce qui est âme a
charge de tout ce qui est inanimé ; or, l'âme circule à
travers la totalité du ciel, venant à y revêtir tantôt une
forme tantôt une autre. C'est ainsi que, quand elle est
parfaite **[246c]** et ailée, elle chemine dans les hauteurs et administre le monde entier ; quand, en
revanche, elle a perdu ses ailes, elle est entraînée
jusqu'à ce qu'elle se soit agrippée à quelque chose de
solide ; là, elle établit sa demeure, elle prend un
corps de terre qui semble se mouvoir de sa propre
initiative grâce à la puissance qui appartient à l'âme.
Ce que l'on appelle "vivant", c'est cet ensemble, une
âme et un corps fixé à elle, ensemble qui a reçu le
nom de "mortel". Quant au qualificatif "immortel", il
n'est aucun discours argumenté qui permette d'en
rendre compte rationnellement ; il n'en reste pas
moins que, sans en avoir une vision ou une connaissance suffisante, nous nous forgeons une représentation du divin : c'est un vivant immortel, **[246d]** qui a
une âme, qui a un corps, tous deux naturellement
unis pour toujours. Mais, sur ce point, qu'il en soit et
qu'on en parle comme il plaît à la divinité. Et maintenant, comprenons pourquoi l'âme a perdu ses ailes,
pourquoi elles sont tombées. Voici quelle peut être
cette raison.

La nature a donné à l'aile le pouvoir d'entraîner
vers le haut ce qui est pesant, en l'élevant dans les
hauteurs où la race des dieux a établi sa demeure ;
l'aile est, d'une certaine manière, la réalité corpo-

relle, qui participe le plus au divin. Or, le divin est beau, sage, bon **[246e]** et possède toutes les qualités de cet ordre : en tout cas, rien ne contribue davantage que ces qualités à nourrir et à développer ce que l'âme a d'ailé, tandis que la laideur, le mal et ce qui est le contraire des qualités précédentes dégrade et détruit ce qu'en elle il y a d'ailé.

Voici donc celui qui, dans le ciel, est l'illustre chef de file, Zeus ; conduisant son attelage ailé, il s'avance le premier, ordonnant toutes choses dans le détail et pourvoyant à tout. Le suit l'armée des dieux et des démons, rangée en onze sections **[247a]** car Hestia reste dans la demeure des dieux, toute seule. Quant aux autres, tous ceux qui, dans ce nombre de douze, ont été établis au rang de chefs de file, chacun tient le rang qui lui a été assigné. Cela étant, c'est un spectacle varié et béatifique qu'offrent les évolutions circulaires auxquelles se livre, dans le ciel, la race des dieux bienheureux, chacun accomplissant la tâche qui est la sienne, suivi par celui qui toujours le souhaite et le peut, car la jalousie n'a pas sa place dans le chœur des dieux. Or, chaque fois qu'ils se rendent à un festin, c'est-à-dire à un banquet, ils se mettent à monter **[247b]** vers la voûte qui constitue la limite intérieure du ciel ; dans cette montée, dès lors, les attelages des dieux, qui sont équilibrés et faciles à conduire, progressent facilement, alors que les autres ont de la peine à avancer, car le cheval en qui il y a de la malignité rend l'équipage pesant, le tirant vers la terre, et alourdissant la main de celui des cochers qui n'a pas su bien le dresser.

C'est là, sache-le bien, que l'épreuve et le combat suprêmes attendent l'âme. En effet, lorsqu'elles ont atteint la voûte du ciel, ces âmes qu'on dit immortelles passent à l'extérieur, s'établissent sur le dos du ciel, **[247c]** se laissent emporter par leur révolution

circulaire et contemplent les réalités qui se trouvent
hors du ciel.

Ce lieu qui se trouve au-dessus du ciel, aucun
poète, parmi ceux d'ici-bas, n'a encore chanté
d'hymne en son honneur, et aucun ne chantera en son
honneur un hymne qui en soit digne. Or, voici ce qui
en est : car, s'il se présente une occasion où l'on
doive dire la vérité, c'est bien lorsqu'on parle de la
vérité. Eh bien ! l'être qui est sans couleur, sans
figure, intangible, qui est réellement, l'être qui ne
peut être contemplé que par l'intellect – le pilote de
l'âme –, l'être qui est l'objet de la connaissance
vraie, c'est lui qui occupe **[247d]** ce lieu. Il s'ensuit
que la pensée d'un dieu, qui se nourrit d'intellection
et de connaissance sans mélange – et de même la
pensée de toute âme qui se soucie de recevoir l'ali-
ment qui lui convient –, se réjouit, lorsque, après un
long moment, elle aperçoit la réalité, et que, dans
cette contemplation de la vérité, elle trouve sa nourriture et son délice, jusqu'au moment où la révolution circulaire la ramène au point de départ. Or,
pendant qu'elle accomplit cette révolution, elle
contemple la justice en soi, elle contemple la
sagesse, elle contemple la science, non celle à
laquelle s'attache le devenir, ni non plus sans doute
celle qui change quand change une de ces choses
que, au cours de notre existence actuelle, **[247e]** nous
qualifions de réelles, mais celle qui s'applique à ce
qui est réellement la réalité. Et, quand elle a, de la
même façon, contemplé les autres réalités qui sont
réellement, quand elle s'en est régalée, elle pénètre
de nouveau à l'intérieur du ciel, et revient à sa
demeure. Lorsqu'elle est de retour, le cocher installe
les chevaux devant leur mangeoire, y verse
l'ambroisie, puis leur donne à boire le nectar.

Voilà quelle est la vie des dieux. Passons aux
autres âmes. **[248a]** Celle qui est la meilleure, parce

qu'elle suit le dieu et qu'elle cherche à lui ressembler, a dressé la tête de son cocher vers ce qui se
trouve en dehors du ciel et elle a été entraînée dans le
mouvement circulaire ; mais, troublée par le tumulte
de ses chevaux, elle a eu beaucoup de peine à porter
les yeux sur les réalités. Cette autre a tantôt levé,
tantôt baissé la tête, parce que ses chevaux la
gênaient ; elle a aperçu certaines réalités mais pas
d'autres. Quant au reste des âmes, comme elles aspi-
rent toutes à s'élever, elles cherchent à suivre, mais
impuissantes elles s'enfoncent au cours de leur
révolution ; elles se piétinent, se bousculent, **[248b]**
chacune essayant de devancer l'autre. Alors le
tumulte, la rivalité et l'effort violent sont à leur
comble ; et là, à cause de l'impéritie des cochers,
beaucoup d'âmes sont estropiées, beaucoup voient
leur plumage gravement endommagé. Mais toutes,
recrues de fatigues, s'éloignent sans avoir été initiées
à la contemplation de la réalité, et, lorsqu'elles se
sont éloignées, elles ont l'opinion pour nourriture.
Pourquoi faire un si grand effort pour voir où est la
"plaine de la vérité" ? Parce que la nourriture qui
convient à ce qu'il y a de meilleur dans l'âme se tire
de la prairie qui s'y trouve, et que **[248c]** l'aile, à
quoi l'âme doit sa légèreté, y prend ce qui la nourrit.

Voici maintenant le décret d'Adrastée. Toute âme
qui, faisant partie du cortège d'un dieu, a contemplé
quelque chose de la vérité, reste jusqu'à la révolution
suivante exempte d'épreuve, et, si elle en est toujours
capable, elle reste toujours exempte de dommage.
Mais, quand, incapable de suivre comme il faut, elle
n'a pas accédé à cette contemplation, quand, ayant
joué de malchance, gorgée d'oubli et de perversion,
elle s'est alourdie, et quand, entraînée par ce poids,
elle a perdu ses ailes et qu'elle est tombée sur terre,
alors, une loi interdit qu'elle aille **[248d]** s'implanter
dans une bête à la première génération ; cette loi sti-

pule par ailleurs que l'âme qui a eu la vision la plus
riche ira s'implanter dans une semence qui produira
un homme destiné à devenir quelqu'un qui aspire au
savoir, au beau, quelqu'un qu'inspirent les Muses et
Éros ; que la seconde (en ce domaine) ira s'implanter
dans une semence qui produira un roi qui obéit à la
loi, qui est doué pour la guerre et pour le commandement ; que la troisième ira s'implanter dans une
semence qui produira un homme politique, qui gère
son domaine, qui cherche à faire de l'argent ; que la
quatrième ira s'implanter dans une semence qui produira un homme qui aime l'effort physique, quelqu'un
qui entraîne le corps ou le soigne ; que la cinquième
ira s'implanter dans une semence qui produira un
homme qui aura une existence de devin ou de prati-
cien d'initiation ; à la sixième, **[248e]** correspondra un
poète ou tout autre homme qui s'adonne à l'imitation ;
à la septième, le démiurge et l'agriculteur ; à la huitième, le sophiste ou le démagogue ; à la neuvième, le
tyran.

Dans toutes ces incarnations, l'homme qui a mené
une vie juste reçoit un meilleur lot, alors que celui
qui a mené une vie injuste en reçoit un moins bon. En
effet, chaque âme ne revient à son point de départ
qu'au bout de dix mille ans. Car l'âme ne reçoit pas
d'ailes avant tout ce temps, **[249a]** exception faite
pour l'homme qui a aspiré loyalement au savoir ou
qui a aimé les jeunes gens pour les faire aspirer au
savoir. Lorsqu'elles ont accompli trois révolutions de
mille ans chacune, les âmes de cette sorte, si elles ont
choisi trois fois de suite ce genre de vie, se trouvent
pour cette raison pourvues d'ailes et, à la trois mil-
lième année, elles s'échappent. Les autres, elles, à la
fin de leur première vie, passent en jugement. Le
jugement rendu, les unes vont purger leur peine dans
les prisons qui se trouvent sous terre, tandis que les
autres, allégées par l'arrêt de la justice, vont en un

lieu céleste, où elles mènent une vie qui est digne de
la vie [249b] qu'elles ont menée, lorsqu'elles avaient
une forme humaine. Après mille ans, les unes et les
autres reviennent tirer au sort et choisir leur deuxième
vie : chacune choisit à son gré. À partir de là, l'âme
d'un homme peut aussi aller s'implanter dans le
corps d'une bête, et inversement celui qui fut un jour
un homme peut de bête redevenir homme. De toute
façon, l'âme qui n'a jamais vu la vérité ne peut
prendre l'aspect qui est le nôtre.

Il faut en effet que l'homme arrive à saisir ce
qu'on appelle "forme intelligible", en allant d'une
pluralité de sensations vers l'unité qu'on embrasse
au terme d'un raisonnement. [249c] Or, il s'agit là
d'une réminiscence des réalités jadis contemplées
par notre âme, quand elle accompagnait le dieu dans
son périple, quand elle regardait de haut ce que, à
présent, nous appelons "être" et qu'elle levait la tête
pour contempler ce qui est réellement. Aussi est-il
juste assurément que seule ait des ailes la pensée du
philosophe, car les réalités auxquelles elle ne cesse,
dans la mesure de ses forces, de s'attacher par le souvenir, ce sont justement celles qui, parce qu'il s'y
attache, font qu'un dieu est un dieu. Et, bien sûr,
l'homme qui fait un usage correct de ce genre de
remémoration, est le seul qui puisse, parce qu'il est
toujours initié aux mystères parfaits, devenir vraiment parfait. Mais, comme il s'est détaché [249d] de
ce à quoi tiennent les hommes et qu'il s'attache à ce
qui est divin, la foule le prend à partie en disant qu'il
a perdu la tête, alors qu'il est possédé par un dieu, ce
dont ne se rend pas compte la foule.

Voilà donc où en vient tout ce discours sur la quatrième forme de folie : dans ce cas, quand, en voyant
la beauté d'ici-bas et en se remémorant la vraie
(beauté), on prend des ailes et que, pourvu de ces
ailes, on éprouve un vif désir de s'envoler sans y

arriver, quand, comme l'oiseau, on porte son regard
vers le haut et qu'on néglige les choses d'ici-bas, on
a ce qu'il faut pour se faire accuser de folie. **[249e]**
Conclusion. De toutes les formes de possession
divine, la quatrième est la meilleure et résulte des
causes les meilleures, aussi bien pour celui qui
l'éprouve lui-même que pour celui qui y est associé ;
et c'est parce qu'il a part à cette forme de folie que
celui qui aime les beaux garçons est appelé "amoureux du beau".

Comme je l'ai dit en effet, toute âme humaine a,
par nature, contemplé l'être ; sinon elle ne serait pas
venue dans le vivant dont je parle. **[250a]** Or, se souvenir de ces réalités-là à partir de celles d'ici-bas
n'est chose facile pour aucune âme ; ce ne l'est ni
pour toutes celles qui n'ont eu qu'une brève vision
des choses de là-bas, ni pour celles qui, après leur
chute d'ici-bas, ont eu le malheur de se laisser
tourner vers l'injustice par on ne sait quelles fréquen-
tations et d'oublier les choses sacrées dont, en ce
temps-là, elles ont eu la vision. Il n'en reste donc
qu'un petit nombre chez qui le souvenir présente un
état suffisant. Or, quand il arrive qu'elles aperçoivent
quelque chose qui ressemble aux choses de là-bas,
ces âmes sont projetées hors d'elles-mêmes et elles
ne se possèdent plus. Elles ne savent pas à quoi s'en
tenir sur ce qu'elles éprouvent, faute d'en avoir une
perception satisfaisante.

[250b] Ce qu'il y a de sûr, c'est que la justice, la
sagesse et tout ce qu'il peut encore y avoir de précieux pour l'âme, tout cela perd son éclat, lorsque
perçu dans ce qui se trouve ici-bas en être l'image.
Voilà pourquoi seul un petit nombre d'êtres humains
arrivent, non sans difficulté, – car ils se servent
d'organes qui ne donnent pas des choses une représentation nette – à contempler à travers les images de
ces réalités, les "airs de famille" qui y subsistent. La

beauté, elle, était resplendissante à voir, en ce temps où, mêlés à un chœur bienheureux, – nous à la suite de Zeus et d'autres à la suite d'un autre dieu –, nous en avions une vision bienheureuse et divine, en ce temps où nous étions initiés à cette initiation dont il est permis de dire qu'elle mène à la béatitude suprême. **[250c]** Cette initiation, nous la célébrions dans l'intégrité de notre nature, à l'abri de tous les maux qui nous attendaient dans le temps à venir. Intègres, simples, immuables et bienheureuses étaient les apparitions dont nous étions comblés en tant que mystes et époptes, car, dans une lumière pure, nous étions purs ; nous ne portions pas la marque de ce tombeau que sous le nom de "corps" nous promenons à présent avec nous, attachés à lui comme l'huître à sa coquille.

Le souvenir mérite sans doute cet hommage, mais, en nous donnant le regret de ce passé, il vient de nous faire parler trop longuement. Revenons à la beauté. Comme nous l'avons dit, **[250d]** elle resplendissait au milieu de ces apparitions ; et c'est elle encore que, après être revenus ici-bas, nous saisissons avec celui de nos sens qui fournit les représentations les plus claires, brillant elle-même de la plus intense clarté. En effet, la vision est la plus aiguë des perceptions qui nous viennent par l'intermédiaire du corps, mais la pensée ne peut être perçue par la vue. Quelles terribles amours en effet ne susciterait pas la pensée, si elle donnait à voir d'elle-même une image sensible qui fût claire, et s'il en allait de même pour toutes les autres réalités qui suscitent l'amour. Mais non, seule la beauté a reçu pour lot le pouvoir d'être ce qui se manifeste avec le plus d'éclat et ce qui suscite le plus d'amour.

À la vérité, celui qui **[250e]** n'est pas un initié de fraîche date ou qui s'est laissé corrompre, celui-là n'est pas vif à se porter d'ici vers là-bas, c'est-à-dire

vers la beauté en soi, quand, dans ce monde-ci, il
contemple ce à quoi est attribuée cette appellation.
Aussi n'est-ce point avec vénération qu'il porte son
regard dans cette direction ; au contraire, s'abandonnant au plaisir, il se met en devoir, à la façon d'une
bête à quatre pattes, de saillir, d'éjaculer, et, se laissant aller à la démesure, **[251a]** il ne craint ni ne
rougit de poursuivre un plaisir contre-nature. En
revanche, celui qui est un initié de fraîche date, celui
qui a les yeux pleins des visions de jadis, celui-là,
quand il lui arrive de voir un visage d'aspect divin,
qui est une heureuse imitation de la beauté, ou la
forme d'un corps, commence par frissonner, car
quelque chose lui est revenu de ses angoisses de
jadis. Puis, il tourne son regard vers cet objet, il le
vénère à l'égal d'un dieu et, s'il ne craignait de
passer pour complètement fou, il offrirait au jeune
garçon des sacrifices comme à la statue d'un dieu,
comme à un dieu. Or, en l'apercevant, il frissonne, et
ce frisson, comme il est naturel, produit en lui une
réaction : il se couvre de sueur, car il éprouve **[251b]**
une chaleur inaccoutumée. En effet, lorsque, par les
yeux, il a reçu les effluves de la beauté, alors il
s'échauffe et son plumage s'en trouve vivifié ; et cet
échauffement fait fondre la matière dure qui, depuis
longtemps, bouchait l'orifice d'où sortent les ailes,
les empêchant de pousser. Par ailleurs, l'afflux d'ali-
ment a fait, à partir de la racine, gonfler et jaillir la
tige des plumes sous toute la surface de l'âme. En
effet, l'âme était jadis toute emplumée ; la voilà
donc, à présent, qui tout entière bouillonne, qui se
soulève et **[251c]** qui éprouve le genre de douleurs
que ressentent les enfants qui font leurs dents. Les
dents qui percent provoquent une démangeaison, une
irritation des gencives, et c'est bien le genre de douleurs que ressent l'âme de celui dont les ailes com-

mencent à pousser ; elle est en ébullition, elle est irritée, chatouillée pendant qu'elle fait ses ailes.

Chaque fois donc que, posant ses regards sur la beauté du jeune garçon et recevant de cet objet des particules qui s'en détachent pour venir vers elle – d'où l'expression "vague du désir" –, l'âme est vivifiée et réchauffée, elle se repose de sa souffrance **[251d]** et elle est toute joyeuse. Mais, quand elle se trouve seule et qu'elle se flétrit, les orifices des conduits par où jaillissent les plumes se dessèchent tous en même temps et, parce qu'ils sont fermés, bloquent la première pousse de la plume. Or, cette pousse emprisonnée avec le désir, palpite comme un pouls qui bat fort ; elle vient frapper contre ce qui obstrue les orifices, et cela orifice par orifice, si bien que l'âme, aiguillonnée de toutes parts, est transportée de douleur. Mais, parce que le souvenir de la beauté lui revient, elle est toute joyeuse. Le mélange de ces deux sentiments la tourmente ; elle enrage de se retrouver démunie devant cet état **[251e]** qui la déroute. Et, prise de folie, elle ne peut ni dormir la nuit ni rester en place le jour, mais, sous l'impulsion du désir, elle court là où, se figure-t-elle, elle pourra voir celui qui possède la beauté. Quand elle l'a aperçu, quand elle a laissé pénétrer en elle la vague du désir, elle dégage les issues naguères obstruées.

Elle a repris son souffle et, pour elle, c'en est fini des piqûres et des douleurs de l'enfantement : pour le moment, elle cueille **[252a]**, tout au contraire, le plaisir le plus délicieux. De cet état, elle ne sort pas de son plein gré ; elle ne met rien au-dessus de ce bel objet : mères, frères, camarades sont tous oubliés ; la fortune qu'elle perd par son incurie ne compte pour rien à ses yeux ; les usages et les bonnes manières qu'auparavant elle se faisait gloire d'observer, elle les dédaigne tous ; elle est prête à l'esclavage, elle est prête à dormir là où on la laissera dormir, pourvu que

ce soit le plus près de l'objet de son désir. Non
contente en effet de vénérer celui qui possède la
beauté, c'est en lui seul qu'elle a trouvé le médecin
de ses maux les plus grands.

Cet **[252b]** état-là, beau garçon à qui s'adresse ce
discours, les hommes l'appellent "Éros", tandis que
le nom que lui donnent les dieux, te fera à bon droit
rire quand je te l'aurai fait entendre, car tu es jeune.
Certains Homérides citent, je crois, ces vers sur Éros,
qu'ils tirent de leur réserve : le second de ces vers est
tout à fait irrévérencieux et ne respecte même pas la
métrique. Voici l'hymne qu'ils chantent :

> Les mortels l'appellent *Érōs*, le qualifiant de
> *potēnós* (celui qui vole),
> tandis que les immortels l'appellent *Ptérōs* (celui
> qui a des ailes) **[252c]**, car il donne forcément des
> ailes.

On peut bien croire cela, mais on peut aussi ne pas
le croire. En tout cas, pour ce qui est de la cause et de
l'effet, c'est bien ce dont font l'expérience ceux qui
aiment.

Poursuivons. Si celui qui s'est fait prendre fait
partie du cortège de Zeus, il est capable de supporter
avec la fermeté la plus grande le poids du dieu ailé.
Mais tous ceux qui furent les serviteur d'Arès et tous
ceux qui l'ont accompagné dans sa révolution, quand
Éros s'empare d'eux et qu'ils s'imaginent avoir été
injustement traités par leur bien-aimé, ceux-là ont le
goût de tuer et sont prêts à se sacrifier eux-mêmes
avec le jeune garçon. **[252d]** Et ainsi, chacun passe
sa vie à honorer et à imiter, autant qu'il le peut, le
dieu dont il a suivi le chœur. Aussi longtemps qu'il
n'est pas corrompu et qu'il en est à sa première génération ici-bas, c'est de cette manière qu'il se comporte et qu'il se conduit avec ses bien-aimés et avec

les autres. Ainsi donc, en ce qui concerne l'amour des beaux garçons, chacun choisit selon ses dispositions et, comme s'il s'en faisait un dieu, il lui élève une statue qu'il orne, pour l'honorer et célébrer son mystère. Ceux-là **[252e]** donc, dis-je, qui dépendent de Zeus cherchent, pour bien-aimé, quelqu'un dont l'âme serait celle d'un Zeus. Aussi examinent-ils si, par nature, il aspire au savoir et s'il a le goût du commandement ; et, quand, l'ayant trouvé, ils en sont épris, ils font tout pour qu'il soit conforme à ce modèle. Or, si c'est là une occupation dans laquelle ils ne se sont pas encore engagés, ils s'y appliquent, s'instruisent là où ils le peuvent et se mettent eux-mêmes en chasse ; et, lorsqu'ils sont sur la piste, ils arrivent à découvrir, par leur propre moyens, la nature du dieu qui est le leur, **[253a]** parce que c'est pour eux une nécessité de tenir leur regard tendu vers ce dieu. Puis, quand, par le souvenir, ils l'atteignent, ils sont possédés par le dieu et ils lui empruntent son comportement et son activité, pour autant qu'il est possible à un homme d'avoir part à la divinité. Ce résultat, bien entendu, c'est au bien-aimé qu'il en attribue le mérite, et ils l'en chérissent encore plus. S'ils puisent à la source de Zeus, pareils aux Bacchantes, ils reversent ce qu'ils y ont puisé sur l'âme de leur bien-aimé, et le rendent ainsi le plus possible semblable au dieu qui est le leur. Tous ceux, par ailleurs, qui suivaient le cortège **[253b]** d'Héra, cherchent un bien-aimé ayant le naturel d'un roi et, quand ils l'ont trouvé, ils agissent avec lui exactement de la même façon. Ceux qui relèvent d'Apollon et de chacun des autres dieux, règlent leur marche sur la sienne et cherchent un jeune garçon, dont le naturel lui soit assorti. Et, quand ils l'ont trouvé, imitant alors eux-même le dieu, ils conseillent et disciplinent leur bien-aimé, pour l'amener à se conformer à la conduite et à la nature du dieu, dans la mesure de ses

capacités. Nulle jalousie, nulle mesquinerie mal-
veillante non plus à l'égard du garçon qu'ils aiment ;
bien au contraire, ils font porter tous leurs efforts à
l'amener à ressembler le plus possible en tout et pour
tout à eux-mêmes et au [253c] dieu qu'ils honorent.

Concluons. L'aspiration des vrais amants et leur
initiation – si du moins ils arrivent à réaliser leurs
aspirations en pratiquant l'initiation dont je parle –,
présentent cette beauté-là, et apportent le bonheur à
celui qui est aimé par un amant qu'Éros rend fou, à
condition qu'il ait été conquis. Or, voici de quelle
manière se laisse prendre celui qui a été conquis.

Rappelons-nous. Au commencement de ce mythe,
nous avons, dans chaque âme, distingué trois
éléments : deux qui ont la forme d'un cheval, [253d]
et un troisième qui a l'aspect d'un cocher. Gardons
en tête cette image. Voici donc que, de ces chevaux,
l'un, disons-nous, est bon, et l'autre, non. Mais nous
n'avons pas expliqué en quoi consiste l'excellence
du bon ou le vice du mauvais : c'est ce qu'il faut dire
à présent. Eh bien, le premier des deux, celui qui
tient la meilleure place, a le port droit, il est bien
découplé, il a l'encolure haute, la ligne du naseau
légèrement recourbée ; sa robe est blanche, ses yeux
sont noirs, il aime l'honneur en même temps que la
sagesse et la pudeur, il est attaché à l'opinion vraie ;
nul besoin, pour le cocher, de le frapper pour le
conduire, l'encouragement et la parole suffisent. Le
second, au contraire, [253e] est de travers, massif,
bâti on ne sait comment ; il a l'encolure épaisse, sa
nuque est courte et sa face camarde ; sa couleur est
noire et ses yeux gris injectés de sang, il a le goût de
la démesure et de la vantardise ; ses oreilles sont
velues, il est sourd et c'est à peine s'il obéit au fouet
garni de pointes. Lors donc que le cocher, voyant
apparaître l'objet de son amour et sentant la chaleur
qui s'est répandue dans toute son âme, s'est laissé

envahir par le chatouillement et les aiguillons (du désir), **[254a]** alors celui des chevaux qui obéit au cocher, se contraint comme toujours à la pudeur et se retient de bondir sur l'aimé. Mais l'autre, qui ne se soucie plus ni de l'aiguillon du cocher ni des pointes du fouet, s'élance d'un bond violent, donnant toutes les peines du monde à son compagnon d'attelage et à son cocher, et il les contraint à se porter vers le garçon et à lui rappeler combien sont délicieux les plaisirs d'Aphrodite. Au début, tous deux résistent, et s'indignent qu'on les oblige à faire quelque chose de terrible et qui est contraire à la loi. **[254b]** Mais, à la fin, quand le mal ne connaît plus de borne, ils se laissent entraîner et consentent à faire ce à quoi on les invite.

Les voilà donc tout près de lui : ils contemplent le physique du garçon, qui resplendit comme un astre. À cette vue, la mémoire du cocher s'est portée vers la nature de la beauté ; il l'a revue, dressée à côté de la sagesse et debout sur son piédestal sacré. Cette vision l'a rempli de crainte et, de respect, il se renverse en arrière. Du coup, il a été forcé de tirer par-devers **[254c]** lui les rênes avec une vigueur telle qu'il fait s'abattre les deux chevaux sur leur croupe : l'un sans contrainte, parce qu'il ne résiste pas ; l'autre que submerge la démesure, en les contraignant durement. Tandis qu'ils s'éloignent tous les deux, l'un, de honte et d'effroi, mouille de sueur l'âme tout entière, alors que l'autre, une fois passé la douleur que lui ont causée le mors et la chute, n'a pas encore repris son souffle que, de colère, il se répand en invectives, abreuvant de reproches le cocher et son compagnon d'attelage, sous prétexte que, par lâcheté et par pusillanimité, ils ont abandonné **[254d]** leur poste et n'ont pas tenu parole. En dépit de leur refus, il veut les contraindre à revenir à la charge ; ils ont, en le suppliant, toutes les peines

du monde à obtenir de lui qu'on remette la chose à
une autre fois. Quand arrive le moment convenu,
comme ils font tous deux mine d'avoir oublié, il leur
rappelle la chose, les harcèle, hennit, tire et les force
à s'approcher de nouveau du bien-aimé pour lui faire
les mêmes propositions. Et, une fois qu'ils sont près
de lui, il avance la tête, il déploie sa queue, mord le
frein et tire sans vergogne. Mais le cocher, encore
plus ému cette fois-ci, se rejette en arrière, comme
s'il avait devant lui une corde, tire encore [254e] plus
violemment le frein du cheval emporté par la démesure, l'arrache de ses dents, fait saigner sa langue
injurieuse et ses mâchoires et, forçant ses jambes et
sa croupe à toucher terre, "il le livre aux douleurs".

Or, quand, traitée plusieurs fois de la même façon,
la bête vicieuse a renoncé à la démesure, elle suit
désormais, l'échine basse, la décision réfléchie du
cocher ; et, lorsqu'elle aperçoit le bel objet, elle
meurt d'effroi. Il en résulte que l'âme de l'amoureux
est, dès lors, remplie de réserve autant que de crainte,
lorsqu'elle suit le garçon. [255a] Voilà donc que ce
dernier devient, à l'égal d'un dieu, l'objet d'une
dévotion sans bornes : son amant ne simule pas, il est
véritablement épris, et l'aimé, de son côté, se prend
naturellement d'amitié pour celui qui est à sa dévotion. Supposons en outre qu'auparavant des camarades ou d'autres personnes l'aient circonvenu, en lui
disant qu'il est honteux d'approcher quelqu'un qui
est amoureux, et que, pour cette raison, il repousse
celui qui l'aime. Du temps a passé, et la force des
choses l'a amené, lui qui a pris de l'âge, à admettre
[255b] dans son entourage celui qui l'aime : jamais,
en effet, le destin n'a permis qu'un méchant fût l'ami
d'un méchant, et qu'un homme de bien ne pût être
l'ami d'un homme de bien. Or, une fois qu'il l'admet
près de lui, qu'il accepte de l'écouter et d'entretenir
des relations avec lui, la bienveillance de l'amant se

manifeste de plus près et trouble le bien-aimé, qui se rend compte que la part d'affection de tous les autres réunis, amis aussi bien que parents, lui dispensent n'est rien, si on la compare à celle que procure l'ami possédé par un dieu. Quand l'amoureux persévère dans cette conduite et qu'il approche le bien-aimé, en y ajoutant le contact physique que favorisent les gymnases et les autres [255c] lieux de réunion, le flot jaillissant dont j'ai parlé, et que Zeus appela "désir", quand il aimait Ganymède, se porte en abondance vers l'amoureux ; une part pénètre en lui et, lorsqu'il est rempli, le reste coule au-dehors. Et, de même qu'un souffle ou un son, renvoyés par des objets lisses et solides, reviennent à leur point de départ, ainsi le flot de la beauté revient vers le beau garçon en passant par ses yeux, lieu de passage naturel vers l'âme. Il y parvient, la remplit et dégage les passages par où jaillissent les ailes [255d], qu'il fait pousser ; et, c'est au tour de l'âme du bien-aimé d'être remplie d'amour.

Le voilà qui aime, mais il est bien en peine de dire quoi. Il ne comprend pas ce qu'il éprouve et il ne peut pas en rendre raison non plus. Comme quelqu'un qui a attrapé une ophtalmie de quelqu'un d'autre, il ne peut effectivement déterminer la cause de son émoi, et il oublie qu'il se voit lui même dans son amoureux comme dans un miroir. Et, lorsque l'autre est là, il cesse comme lui de souffrir ; mais, lorsque l'autre est absent, le regret qu'il ressent et celui qu'il inspire se confondent : il éprouve le "contre-amour", image réfléchie de l'amour. [255e] Mais il n'appelle pas cela "amour", et il ne s'imagine pas qu'il s'agit de cela ; il n'y voit qu'amitié. Il désire, à peu près comme l'autre, mais plus faiblement, voir, toucher, aimer et partager la même couche. Dès lors, il y a bien des chances pour qu'ils ne tardent pas à le faire. Tandis donc qu'ils sont

étendus côte à côte, le cheval de l'amoureux, qui est
indiscipliné, a quelque chose à dire à son cocher ; en
échange de toutes ces peines, il demande une petite
compensation. [256a] Pour sa part, celui du garçon
n'a rien à dire ; mais gonflé de désir et bien en peine
d'en comprendre la raison, il entoure de ses bras
celui qui est amoureux, au cas où ce dernier lui en
ferait la demande. Mais, d'un autre côté, son compagnon d'attelage se joint au cocher pour s'y opposer
au nom de la réserve et de la raison.

Supposons, pour l'instant, que l'emporte ce qu'il y
a de meilleur dans l'esprit, la tendance qui conduit à
un mode de vie réglée et qui aspire au savoir. Bienheureuse et [256b] harmonieuse est l'existence qu'ils
passent ici-bas, eux qui sont maîtres d'eux-mêmes et
réglés dans leur conduite, eux qui ont réduit en esclavage ce qui fait naître le vice dans l'âme et qui ont
libéré ce qui produit la vertu. À la fin de leur vie
donc, soulevés par leurs ailes et devenus légers, ils
sortent vainqueurs de l'une des trois manches de
cette sorte de lutte qui vaut bien celle qui compte
parmi les compétitions des jeux Olympiques, et ni la
sagesse humaine ni la folie divine ne peuvent procurer à un homme plus grand bien. Supposons maintenant qu'ils aient au contraire mené une vie grossière, qui aspirait non au savoir, mais aux honneurs
[256c] ; sans doute pourra-t-il arriver que, sous
l'effet de l'ivresse ou dans un autre moment
d'abandon, les chevaux indisciplinés des deux attelages s'entendent, parce qu'ils ont trouvé des âmes
qui ne sont pas sur leur garde, pour les conduire au
même but ; ils choisissent ainsi, au jugement du
grand nombre, la plus grande félicité et arrivent à
leurs fins. L'affaire consommée, ils y reviennent
encore, mais rarement, car cette pratique n'est pas
approuvée par l'esprit tout entier. Amis, ils le sont
sans aucun doute, eux aussi, moins pourtant que les

premiers. C'est l'un pour l'autre qu'ils vivent, aussi bien pendant la durée de leur amour qu'après en être sortis, **[256d]** convaincus d'avoir donné et reçu, l'un de l'autre, les gages de fidélité les plus grands, ceux qu'il n'est pas permis de renier pour en venir un jour à être ennemis. Or, au terme de leur vie, c'est sans ailes que, non sans avoir essayé de voler, ils abandonnent leur corps. Aussi n'est-il pas de mince valeur le prix qui récompense leur folie amoureuse. Ce n'est plus, en effet, vers les ténèbres ni pour le voyage qui se fait sous la terre que, comme le veut la loi, partent ceux qui ont déjà commencé le voyage qui se fait sous la voûte du ciel. La loi veut, au contraire, qu'ils mènent une existence lumineuse, qu'ils soient heureux de faire ce voyage l'un en compagnie de l'autre, **[256e]** et qu'ensemble, parce qu'ils s'aiment, ils reçoivent des ailes, quand celles-ci seront données.

Voilà, mon garçon, l'importance et l'exceptionnelle divinité des biens que te procurera l'amour d'un homme qui t'aime. Mais la liaison que propose un homme qui n'aime pas, liaison mêlée de sagesse mortelle et qui ne procure qu'avec parcimonie des biens mortels, n'enfantera dans l'âme de l'aimé qu'un esclavage, dont la foule fait l'éloge en la considérant comme une vertu, et la fera rouler pendant neuf mille ans, **[257a]** autour de la terre et sous la terre, privée de raison.

Voilà, cher Éros, la palinodie la meilleure et la plus belle que nous ayons pu t'offrir en expiation. "À tous égards et notamment pour le vocabulaire", l'éloquence en est d'un tour poétique, ce qui répond à l'exigence de Phèdre. Eh bien, pardonne à mon premier discours, accueille avec faveur celui-ci, sois bienveillant et propice. Cette science de l'amour que tu m'as accordée, ne me la retire pas, ne va pas, par colère, la rendre infirme. Accorde-moi plutôt d'être, plus encore que maintenant, prisé par les beaux garçons. **[257b]** Et si, dans le passé, nous avons, Phèdre et moi, tenu quelque propos trop dur sur toi, c'est Lysias, le père de ce sujet, que tu dois incriminer. Retiens-le de tenir de tels propos. Tourne-le plutôt vers la philosophie comme son frère Polémarque, afin que son amoureux, ici présent, ne soit plus, comme maintenant, déchiré entre deux parties, mais que, sans partage, il emploie son existence à rendre hommage à Éros en des propos qu'inspirent la philosophie. »

PHÈDRE

« J'unis ma prière à la tienne, Socrate, pour que ce vœu se réalise, si c'est notre avantage. **[257c]** […] »

ÉROS SELON DIOTIME

Banquet, 202c-204b
(traduction par L. Brisson) [3].

À la suite des discours prononcés sur Éros par les convives du Banquet, *Socrate rapporte les propos que Diotime lui a tenus sur ce « grand démon » qu'est Éros.*

DIOTIME

C'est tout simple, répondit-elle : « Dis-moi. Ne soutiens-tu pas que les dieux sont heureux et beaux ? Ou oserais-tu soutenir que parmi les dieux tel ou tel n'est ni beau ni heureux ?

SOCRATE

Je n'oserais pas, par Zeus.

DIOTIME

Oui, et ceux que tu déclares heureux, ce sont ceux qui possèdent les bonnes et les belles choses ?

SOCRATE

Oui, bien sûr.

DIOTIME

Il n'en reste pas moins vrai **[202d]** que tu as reconnu qu'Éros, parce qu'il est dépouvru des choses bonnes et des choses belles, a le désir de ces choses qui lui manquent.

SOCRATE

Oui, je l'ai reconnu.

DIOTIME

Comment dès lors pourrait-il être un dieu, si effectivement il est dépourvu des choses belles et des choses bonnes ?

SOCRATE

Apparemment, c'est bien impossible.

DIOTIME

Tu vois bien, reprit-elle, que toi non plus tu ne considères pas Éros comme un dieu.

SOCRATE

Dès lors, que pourrait bien être Éros, un mortel ?

DIOTIME

Certainement pas !

SOCRATE

Alors quoi ?

DIOTIME

Comme le montrent les exemples évoqués précédemment, reprit-elle, Éros est un intermédiaire entre le mortel et l'immortel.

SOCRATE

Que veux-tu dire, Diotime ?

DIOTIME

C'est un grand démon, Socrate. En effet, tout ce qui présente la nature d'un démon est **[202e]** intermédiaire entre le divin et le mortel.

SOCRATE

Quel pouvoir est le sien, demandai-je.

DIOTIME

Il interprète et il communique aux dieux ce qui vient des hommes, et aux hommes ce qui vient des dieux ; d'un côté les prières et les sacrifices, et de l'autre les réquisitions et les faveurs que les sacrifices permettent d'obtenir en échange. Et, comme il se trouve à mi-chemin entre les dieux et les hommes, il contribue à remplir l'intervalle, pour faire en sorte que chaque partie soit liée aux autres dans l'univers. De lui, procède la divination dans son ensemble, l'art des prêtres touchant les sacrifices, les initiations, les incantations, **[203a]** tout le domaine des oracles et de la magie. Le dieu n'entre pas en contact direct avec l'homme ; mais c'est par l'intermédiaire de ce démon que de toutes les manières possibles les dieux entrent en rapport avec les hommes et communiquent avec eux, à l'état de veille ou dans le sommeil. Celui qui est un expert en ce genre de choses est un être démonique, alors que celui, artisan ou travailleur manuel, qui est un expert dans un autre domaine, celui-là n'est qu'un homme de peine. Bien entendu, ces démons sont nombreux et variés, et l'un d'eux est Éros.

SOCRATE

Quel est son père, repris-je, et quelle est sa mère ?

DIOTIME

C'est une assez longue histoire, **[203b]** répondit-elle. Je vais pourtant te la raconter. Il faut savoir que,

le jour où naquit Aphrodite, les dieux festoyaient ;
parmi eux, se trouvait le fils de Mètis, Poros. Or,
quand le banquet fut terminé, arriva Pénia, qui était
venue mendier comme cela est naturel un jour de
bombance, et elle se tenait sur le pas de la porte. Or,
Poros, qui s'était enivré de nectar, car le vin n'existait pas encore à cette époque, se traîna dans le jardin
de Zeus et, appesanti par l'ivresse, s'y endormit.
Alors, Pénia, dans sa pénurie, eut le projet de se faire
faire un enfant par Poros ; **[203c]** elle s'étendit près
de lui et devint grosse d'Éros. Si Éros est devenu le
suivant d'Aphrodite et son servant, c'est bien parce
qu'il a été engendré lors des fêtes données en l'honneur de la naissance de la déesse ; et si en même
temps il est par nature amoureux du beau, c'est parce
qu'Aphrodite est belle.

Puis donc qu'il est le fils de Poros et de Pénia,
Éros se trouve dans la condition que voici. D'abord,
il est toujours pauvre, et il s'en faut de beaucoup
qu'il soit délicat et beau, comme le croient la plupart
des gens. Au contraire, il est rude, malpropre, va-nu-
pieds et **[203d]** il n'a pas de gîte, couchant toujours
par terre et à la dure, dormant à la belle étoile sur le
pas des portes et sur le bord des chemins, car,
puisqu'il tient de sa mère, c'est l'indigence qu'il a en
partage. À l'exemple de son père en revanche, il est
à l'affût de ce qui est beau et de ce qui est bon, il est
viril, résolu, ardent, c'est un chasseur redoutable ; il
ne cesse de tramer des ruses, il est passionné de
savoir et fertile en expédients, il passe tout son temps
à philosopher, c'est un sorcier redoutable, un magi-
cien et un expert. Il faut ajouter que par nature il
n'est ni immortel **[203e]** ni mortel. En l'espace d'une
même journée, tantôt il est en fleur, plein de vie,
tantôt il est mourant ; puis il revient à la vie quand
ses expédients réussissent en vertu de la nature qu'il
tient de son père ; mais ce que lui procure ses expé-

dients sans cesse lui échappe ; aussi Éros n'est-il jamais ni dans l'indigence ni dans l'opulence.

Par ailleurs, il se trouve à mi-chemin entre le savoir et l'ignorance. Voici en effet ce qu'il en est. Aucun dieu ne tend vers le savoir ni ne **[204a]** désire même devenir savant, car il l'est ; or, si on est savant, on n'a pas besoin de tendre vers le savoir. Les ignorants ne tendent pas davantage vers le savoir ni ne désirent devenir savants. Mais c'est justement ce qu'il y a de fâcheux dans l'ignorance : alors que l'on n'est ni beau ni bon ni savant, on croit l'être suffisamment. Non, celui qui ne s'imagine pas en être dépourvu ne désire pas ce dont il ne croit pas devoir être pourvu.

SOCRATE

Qui donc, Diotime, demandais-je, sont ceux qui tendent vers le savoir, si ce ne sont ni des savants ni des ignorants ?

DIOTIME

D'ores et déjà, répondit-elle, il est parfaitement clair **[204b]** même pour un enfant, que ce sont ceux qui se trouvent entre les deux, et qu'Éros doit être du nombre. Il va de soi que le savoir compte parmi les choses qui sont les plus belles ; or Éros est amour du beau. Par suite, Éros doit tendre vers le savoir, et, puisqu'il tend vers le savoir, il doit tenir le milieu entre celui qui sait et l'ignorant. Et ce qui en lui explique ces traits, c'est son origine : car il est né d'un père doté de savoir et plein de ressources, et d'une mère dépourvue de savoir et de ressources. Telle est bien, mon cher Socrate, la nature de ce démon.

LES MŒURS DÉPLORABLES
DE GANYMÈDE

Lois, I 636c-d
(traduction par L. Brisson et J.-F. Pradeau) [4].

Et que l'on s'en amuse ou que l'on prenne la chose
au sérieux, il faut considérer que, lorsque le sexe
féminin et le sexe masculin s'accouplent en vue
d'avoir un enfant, le plaisir qui en résulte semble leur
être accordé conformément à la nature, tandis que,
semble-t-il, l'accouplement d'hommes avec des
hommes ou de femmes avec des femmes est contre-
nature ; et c'est sans doute l'incapacité à résister au
plaisir qui donne aux premiers l'audace de s'y livrer.
Or, nous tous, ce sont bien les Crétois que nous accu-
sons d'avoir inventé l'histoire de Ganymède. Comme
[636d] on croyait que leurs lois venaient de Zeus, ils
ont mis cette histoire sur le compte de Zeus, afin justement de prétendre suivre l'exemple de Zeus,
lorsqu'ils cueilleraient eux aussi ce plaisir. Aussi bien,
disons au revoir à ce mythe. Il n'en reste pas moins
que, lorsque les hommes s'interrogent sur les lois,
toute leur enquête, ou peu s'en faut, porte sur les
mœurs relatives aux plaisirs et aux douleurs qu'éprouvent aussi bien les cités que les particuliers. Ce sont

là en effet les deux sources auxquelles la nature donne libre cours ; si l'on puise à ces sources où, quand et autant qu'il le faut, c'est le bonheur pour la cité comme pour le particulier et pour n'importe quel vivant, mais si on le fait de façon inintelligente et inopportunément, on connaît une existence contraire à la précédente.

LE BEL EXEMPLE DES AMAZONES

Lois, VII 804d-805a
(traduction par L. Brisson et J.-F. Pradeau) [5].

Les interlocuteurs se prononcent sur la meilleure éducation possible dans une cité, et ils expliquent que les filles doivent être éduquées au même titre que les garçons.

Laissez-moi insister en outre sur le fait que la loi qui est la mienne en dira pour les filles tout autant que pour les garçons, à savoir que les filles doivent **[804e]** s'entraîner d'égale façon. Et je le dirais sans me laisser effrayer le moins du monde par l'objection suivante : ni l'équitation ni la gymnastique, qui conviennent aux hommes, ne siéraient aux femmes. Le fait est certain, j'en suis non seulement persuadé par les mythes anciens que j'entends raconter, mais je sais encore pertinemment que, à l'heure actuelle, il y a pour ainsi dire des milliers et des milliers de femmes autour du Pont, celles du peuple qu'on appelle « Sauromates », pour qui non seulement le fait de monter à cheval, mais aussi le fait de manier **[805a]** l'arc et les autres armes est une obligation comme elle l'est pour les hommes, et fait l'objet d'un pareil exercice.

LA PROVIDENCE

Lois, X 902e-904e
(traduction par L. Brisson et J.-F. Pradeau) [6].

Dans le livre X des Lois, *l'Étranger d'Athènes réfute les athées et soutient que le monde est divinement, c'est-à-dire parfaitement ordonné.*

L'Étranger d'Athènes

Allons, gardons-nous de jamais prétendre que la divinité est moins capable que les artisans mortels qui, plus ils sont compétents dans le domaine dont ils sont spécialistes, plus ils font preuve d'exactitude et de perfection, en pratiquant une technique unique afin de réaliser ce qui est négligeable comme ce qui est considérable. Et la divinité, dont la sagesse est supérieure, qui souhaite et qui peut prendre soin de tout, ne prendrait absolument pas soin de ce dont il est le plus facile de prendre soin, les choses de petite importance **[903a]**, pour leur préférer les grandes à la façon d'un paresseux ou d'un lâche qui craint sa peine et qui travaille mal !

CLINIAS

Gardons-nous, Étranger, d'avoir cette opinion sur les dieux. La conception que nous nous en ferions ne serait en aucune façon une conception pieuse et vraie.

L'ÉTRANGER D'ATHÈNES

Voilà, me semble-t-il, une discussion bien assez longue avec ce querelleur qui accuse les dieux de négligence.

CLINIAS

Oui.

L'ÉTRANGER D'ATHÈNES

Mais dans la mesure, du moins, où elle le contraint à force d'arguments à admettre que son discours n'est pas **[903b]** juste. Il me semble toutefois qu'il faut encore y ajouter des mythes en guise d'incantations.

CLINIAS

Lesquels, mon bon ami ?

L'ÉTRANGER D'ATHÈNES

Que nos discours persuadent le jeune homme en question que celui qui prend soin de l'univers a tout disposé pour assurer le salut et l'excellence de l'ensemble, dont chaque partie, selon sa puissance, n'agit et ne pâtit que comme il convient. À toutes et à chacune sont préposés des gouvernants, qui surveillent dans le détail chacune des actions dont elles pâtissent ou qu'elles accomplissent, et qui poursuivent jusqu'au dernier degré la réalisation de l'œuvre. « Au nombre de ces parties, **[903c]** pauvre misérable, il faut te compter toi qui n'es qu'une partie dont l'effort, si minime qu'il soit, vise constamment l'univers ; et tu ne te rends pas compte que dans ce même univers rien ne naît sinon en vue de lui, afin que la réalité de la vie de l'univers soit heureuse, et que rien ne naît en vue de toi, toi qui naît en vue de lui. Car si n'importe quel médecin, comme tout artisan dans la technique qui lui est propre, produit au mieux chaque chose en vue du tout, c'est assurément la partie qui est faite pour le tout, et non le tout en vue de la partie. Et pourtant tu t'irrites, parce que tu ignores par quel biais ce qui est le meilleur pour toi l'est aussi pour l'univers, en vertu du devenir commun **[903d]**. Mais puisque l'âme assignée tantôt à tel corps tantôt à tel autre subit toujours toutes les espèces de changements, soit par elle-même soit par l'action d'une autre âme, il ne reste rien d'autre à faire au joueur de dames qu'à déplacer sur une meilleure position le caractère devenu meilleur, et sur une pire celui qui est devenu pire, selon ce qui convient à chacun et afin qu'il obtienne le sort qu'il mérite. »

CLINIAS

Comment dis-tu qu'il s'y prend ?

L'ÉTRANGER D'ATHÈNES

[903e] Mon explication, me semble-t-il, recourt au moyen même grâce auquel les dieux prennent aisément soin de toutes choses. Supposons en effet une divinité qui, oubliant de tenir son regard sans cesse fixé sur l'ensemble, façonnerait toutes choses en les transformant, faisant par exemple sortir du feu une eau très froide, et en ne passant pas de l'un au multiple et du multiple à l'un ; alors toutes choses, passant par une première, puis une deuxième, **[904a]** puis une troisième génération, connaîtraient des changements infinis par la multitude des mutations de leur arrangement. Mais, en réalité, la tâche est étonnamment facile pour la divinité qui prend soin de l'univers.

CLINIAS

Cette fois encore, comment l'entends-tu ?

L'ÉTRANGER D'ATHÈNES

Voici. Quand la divinité qui nous gouverne se fut rendu compte que toutes les actions procèdent d'une âme et contiennent beaucoup de vertu et beaucoup de vice, et que l'âme et le corps sont nés impérissables, quoique non éternels, tout comme les dieux que reconnaît la loi, car si l'une ou l'autre venait à périr, il n'y aurait plus jamais de génération d'êtres vivants. **[904b]** Et quand la divinité s'avisa que tout ce qu'il y a de bon dans l'âme a pour nature d'être toujours utile, et que tout ce qui est mauvais a pour nature d'être toujours nuisible, considérant tout cela d'un seul coup d'œil, elle prit ses dispositions pour que chaque partie occupât dans l'univers la place appropriée à la victoire de l'excellence et à la défaite du vice, de la façon la plus aisée et la meilleure qui soit. À coup sûr, c'est en fonction de ce dessein universel que la divinité a pris ses dispositions pour déterminer quelle est la place et quelles peuvent bien être les régions où doit successivement résider telle ou telle espèce d'âme, selon ce que chaque fois elle devient. Quant au devenir de ce caractère, elle en a laissé la responsabilité aux souhaits que **[904c]** chacun de nous peut avoir. C'est en effet selon le sens de son désir et selon la qualité de son âme que, dans chaque occasion, chacun de nous prend, la plupart du temps, telle ou telle voie et tel ou tel caractère.

CLINIAS

C'est en tout cas vraisemblable.

L'Étranger d'Athènes

Ainsi donc, tous ceux qui ont une âme en partage ont en eux-mêmes la cause de leur changement, et ce changement les emporte ainsi suivant l'ordre et la loi du destin. Ceux dont les mœurs n'éprouvent que des changements peu importants et peu nombreux ne se déplacent localement qu'en surface, tandis que, s'ils tombent plus souvent et plus profondément dans l'injustice **[904d]**, ils sont entraînés vers les lieux et les profondeurs dites infernales, qu'on appelle du nom d'Hadès ou de noms semblables, et qui les plongent dans la plus grande frayeur en leur donnant des cauchemars aussi bien lorsqu'ils sont en vie que lorsqu'ils sont séparés de leur corps. Quand enfin l'âme subit de plus profonds changements en vice ou en vertu, sous l'effet conjugué de son initiative et d'un commerce fortement établi, chaque fois que c'est avec l'excellence divine qu'elle s'est mêlée jusqu'à s'imprégner exceptionnellement de divin, elle passe dans un lieu exceptionnel, transportée qu'elle est par une route sainte **[904e]** vers un lieu nouveau et meilleur. En revanche, lorsque c'est le contraire, elle établit sa vie en un lieu contraire.

« Telle est la sentence des divinités de l'Olympe », ô toi garçon ou jeune homme qui t'imagines que tu es négligé par les dieux. Celui qui est devenu plus méchant ira rejoindre les âmes plus méchantes, alors que celui qui est devenu meilleur ira rejoindre les âmes meilleures ; aussi bien au cours de sa vie que dans ses morts successives, on subit ou l'on fait subir l'action naturelle du semblable sur le semblable.

LES ÂMES DES MORTS

AU MOMENT DE MOURIR

République, I 330a-331b et III 386a-387b
(traduction par G. Leroux) [1].

*Dans le premier texte, Socrate s'entretient avec
Céphale de la part que prennent les richesses dans la
vie heureuse. Dans le second, il expose à ses interlocuteurs la manière dont les poètes de la cité excellente devront se prononcer sur les dieux.*

République, I 330a-331b

– Dis-moi, Céphale, repris-je, le gros de ta fortune
te vient-il d'un héritage de famille, ou l'as-tu acquis
par toi-même ?

– Tu me demandes ce que j'ai acquis, **[330b]**
Socrate ? En ce qui concerne l'accroissement de ma
fortune, je tiens une position intermédiaire entre mon
père et mon grand-père. Mon grand-père, dont je
porte le nom, a hérité d'une fortune à peu près égale
à celle que je possède actuellement, et il la multiplia
plusieurs fois. Mon père, Lysanias, la ramena à un
niveau inférieur à ce qu'elle est maintenant. Quant à
moi, je me réjouis de léguer à mes enfants ici pré-

sents une fortune non pas moindre, mais un peu plus importante que celle que j'ai reçue en héritage.

– Si je t'ai interrogé là-dessus, repris-je, c'est que tu ne m'as pas semblé trouver un plaisir particulier **[330c]** dans la possession de la richesse ; c'est ainsi que se comportent en général ceux qui ne l'ont pas acquise par eux-mêmes. Ceux qui, au contraire, l'ont acquise par eux-mêmes y sont deux fois plus attachés que les autres. En effet, de même que les poètes se réjouissent de leurs poèmes, et les pères de leurs enfants, ainsi ceux qui se sont enrichis accordent beaucoup d'importance à leur fortune parce qu'elle est leur œuvre, et aussi bien sûr du fait de son utilité, comme tout le monde. C'est la raison pour laquelle ils sont pénibles à fréquenter : ils ne veulent parler de rien d'autre que de leur richesse.

– Tu dis vrai, dit-il.

– Tout à fait, **[330d]** dis-je, mais dis-moi encore autre chose : à ton avis, quel est le plus grand bien que tu as retiré de la possession d'une grande fortune ?

– Si je devais le dire, je ne serais sans doute pas capable, dit-il, de convaincre grand monde de sa valeur. En effet, sache bien ceci Socrate, reprit-il, que lorsque quelqu'un se rapproche de ce qu'il entrevoit comme sa fin, alors lui viennent des craintes et des angoisses relatives à des choses qui auparavant ne l'inquiétaient pas. Les récits qu'on raconte sur l'Hadès, et le fait qu'on doive là-bas rendre compte des injustices commises ici-bas, il s'en moquait jusque-là, mais désormais **[330e]** son âme est troublée à l'idée que ces récits soient véridiques. Et lui-même, soit parce qu'il est affaibli par la vieillesse, soit parce qu'il se rapproche désormais du monde de là-bas, il leur accorde une plus grande importance. L'anxiété donc et une réelle frayeur surgissent en lui, et il se met à réfléchir et à examiner s'il a commis quelque injustice envers quiconque. Celui qui découvre alors dans son existence plusieurs injustices et qui, comme les enfants, s'éveille au beau milieu de ses rêves, celui-là est rempli d'effroi, et il vit dans une horrible appréhension. **[331a]** Si au contraire sa conscience ne lui fait reproche d'aucune faute, une douce espérance l'accompagne sans cesse, cette « bonne nourrice du vieillard », selon l'expression de Pindare. Car, Socrate, ce grand poète a parlé avec grâce de celui qui conduit sa vie selon la justice et la piété, quand il dit :

« Douce, lui caressant le cœur
nourrice de la vieillesse, l'espérance l'accompagne
elle qui gouverne souverainement
l'opinion ballottée en tous sens des mortels. »

Oui, ce sont là des paroles admirables. Ayant ce poème en tête, je soutiens que la possession des richesses représente la valeur la plus élevée, mais pas pour **[331b]** n'importe quel homme, seulement pour l'homme de bien. Ne pas tromper ni mentir, même involontairement, n'avoir aucune dette, qu'il s'agisse de l'offrande d'un sacrifice à un dieu, ou d'une créance à quelqu'un, quand le moment est venu de partir là-bas sereinement, à tout cela la possession des richesses peut contribuer pour une large part. Elle présente également bien d'autres avantages, mais si on évalue les uns et les autres, je dirais pour ma part, Socrate, que la richesse n'est pas le moindre pour un homme réfléchi.

République, III 386a-387b

[386a]
– Voilà donc, repris-je, pour ce qui concerne les dieux, le genre de choses que nos gardiens devront et ne devront pas entendre, dès leur enfance, s'ils doi-

vent vénérer les dieux et leurs parents, et s'ils veulent donner une réelle valeur à leur amitié mutuelle.

– Et je pense, dit-il, que notre position est juste.

– Mais que faut-il faire s'ils doivent aussi être courageux ? Ne faut-il pas non seulement leur adresser ces récits, mais en composer qui soient susceptibles de leur faire craindre la mort le moins possible ? **[386b]** Ou alors crois-tu qu'on puisse devenir courageux tout en conservant au-dedans de soi-même cette terreur ?

– Par Zeus, dit-il, moi je ne le crois pas.

– Mais alors ? Quand on croit à l'existence de l'Hadès et qu'on pense qu'il s'agit de quelque chose de terrible, crois-tu qu'on puisse être dépourvu de crainte devant la mort et, dans les combats, la préférer à la défaite et à l'esclavage ?

– En aucune manière.

– Il faut donc apparemment que nous exercions un contrôle sur ceux qui entreprennent de composer sur ces sujets mythiques et que nous les priions de ne pas dénigrer de la sorte les choses de l'Hadès en les décrivant sans nuance, mais plutôt d'en faire l'éloge, compte tenu du fait qu'ils n'en parlent pas **[386c]** de manière véridique et que leurs histoires ne sont d'aucune utilité à ceux qui s'apprêtent à devenir des hommes de guerre.

– Il le faut assurément, dit-il.

– Nous effacerons donc, dis-je, en commençant par ce morceau épique, tous les passages du genre de celui-ci :

> « Je préférerais être un assistant aux labours, au service d'un autre homme, fût-il dépourvu de terre et menant une existence de rien, que de commander à tous les morts qui ont péri »

et celui-ci : **[386d]**

> « Il craignait qu'apparaisse aux mortels et aux immortels la demeure épouvantable, remplie

de ténèbres, celle qu'ont en horreur même les dieux »

et encore :

« Hélas ! il existe encore dans les demeures de l'Hadès une espèce d'âme, un simulacre, mais lui font défaut absolument les forces vitales »

et celui-ci :

« à lui seul appartient le sens et la raison, les autres sont des ombres qui s'envolent »

et :

« l'âme prenant son vol en quittant ses membres surgit chez Hadès lamentant son destin, abandonnant virilité et jeunesse »

[387a] et celui-ci :

« l'âme souterraine, pareille à une fumée, s'en est allée en poussant des cris perçants »

et :

« … comme lorsque des chauves-souris au fond d'un antre sacré voltigent avec des cris perçants, quand l'une d'elles est tombée de la grappe suspendue au rocher, où elles s'attachent les unes aux autres, ainsi elles s'en allaient ensemble en poussant des cris perçants. »

[387b] Pour ces passages, et tous ceux du même genre, nous prierons Homère et les autres poètes de ne pas s'irriter que nous les raturions. Non pas parce que ces passages ne seraient pas poétiques et agréables aux oreilles du grand nombre, mais parce que plus ils sont poétiques, moins ils conviennent aux oreilles des enfants et des hommes qui doivent être libres et redouter l'esclavage plus que la mort.

LA GÉOGRAPHIE TERRESTRE
ET LE JUGEMENT DES ÂMES APRÈS LA MORT

Phédon, 107c-114c
(traduction par M. Dixsaut) ².

À la fin de l'entretien qui a porté sur l'immortalité de l'âme, Socrate évoque la géographie terrestre souterraine où les âmes des défunts circulent.

– Mais voici un point, reprit Socrate, qui en toute justice mérite encore réflexion : si vraiment l'âme est immortelle, elle réclame certainement qu'on prenne soin d'elle non seulement pour ce temps que dure ce que nous appelons vivre, mais pour la totalité du temps, et il y aurait dès lors, semble-t-il, un risque terrible à ne pas prendre soin d'elle. Car si la mort nous séparait de tout, quelle bonne affaire ce serait pour les méchants ! Une fois morts, ils seraient à la fois séparés de leur corps et, avec leur âme, de la méchanceté qui est la leur. En réalité, puisque l'âme est manifestement immortelle, il ne peut y avoir **[107d]** pour elle d'autre moyen de fuir tout ce qui est mauvais ni d'autre salut que de devenir la meilleure et la plus sensée possible. Car lorsqu'elle se rend dans l'Hadès, l'âme n'emporte rien d'autre avec elle

que sa culture et ses goûts, qui sont, d'après ce qu'on
raconte, ce qui sert ou ce qui nuit le plus à un mort
dès le tout début du voyage qui le conduit là-bas.

La voici d'ailleurs, cette histoire : on raconte que
pour chacun, une fois mort, le démon qui, de son
vivant, l'avait reçu en partage, est chargé de le
conduire vers un lieu où ont été rassemblés ceux qui
doivent, une fois jugés, s'acheminer vers l'Hadès
[107e] sous la conduite de ce guide dont la mission
consiste justement à acheminer là-bas ceux qui viennent d'ici. Quand ils y ont obtenu le sort qu'ils
devaient obtenir, et qu'ils y sont demeurés le temps
assigné, un autre guide les ramène à nouveau par ici
– ce qui prend de nombreuses et longues révolutions
du temps. Car ce chemin n'est certes pas ce que prétend le Télèphe d'Eschyle : **[108a]** « simple, dit-il en
effet, est la route qui emporte vers l'Hadès ». Pour
moi, elle ne me paraît ni simple ni unique. Car on
n'aurait pas alors besoin de guides, et personne, sans
doute, ne pourrait s'égarer nulle part s'il n'y avait
qu'une route. En fait, elle comporte, selon toute vraisemblance, des bifurcations et des circuits en grand
nombre – je le dis d'après des indices fournis par les
rites religieux qui se pratiquent ici même. L'âme qui
est bien ordonnée et sensée se laisse guider, et elle
n'ignore pas la signification de ce qui lui advient à ce
moment. Celle au contraire dont les appétits ont le
corps pour objet – puisque, comme je l'ai dit auparavant, elle a pendant longtemps **[108b]** été remplie de
passion pour ce corps et pour ce lieu visible, – celle-
là commence par beaucoup résister et beaucoup
souffrir ; quand elle s'en va, c'est entraînée de force
et à grand-peine par le démon qui lui a été assigné.
Une fois parvenue là où sont les autres âmes, celle
qui ne s'est pas purifiée et qui s'est rendue coupable
d'avoir tué sans un juste motif, par exemple, ou
d'avoir commis d'autres crimes de ce genre (qui sont

LES ÂMES DES MORTS

de la même famille et sont l'œuvre d'âmes apparte-
nant à une même famille) – cette âme, tous la fuient
et l'évitent ; personne n'accepte de l'accompagner ni
de la guider. Elle **[108c]** erre, solitaire, dans le
désarroi le plus total jusqu'à ce que les temps soient
venus ; quand ils le sont, la nécessité l'emporte dans
la résidence appropriée. Mais l'âme qui a mené sa
vie avec pureté et mesure obtient des dieux pour
compagnons de route et pour guides et établit sa résidence dans le lieu qui convient à chacune en particulier. Ces lieux, la Terre en comporte beaucoup de
merveilleux et la Terre elle-même n'a ni la figure ni
l'étendue que se représentent ceux qui traitent habi-
tuellement de ces sujets. C'est du moins ce dont
quelqu'un a réussi à me convaincre. **[108d]**

Alors Simmias : « Que veux-tu dire par là,
Socrate ? demanda-t-il. Bien sûr, au sujet de la Terre,
j'ai entendu moi aussi pas mal de choses, mais pro-
bablement pas celles dont tu te dis convaincu. Je les
entendrais donc bien volontiers.

– En vérité, Simmias, je crois que, pour ce qui est
de les exposer, ce n'est vraiment pas sorcier, comme
on le dit à propos de Glaucos ! Mais quant à établir
quelle vérité il peut y avoir là-dedans, cela me paraît
beaucoup plus difficile que la sorcellerie du Glaucos
en question. Au demeurant, je n'en serais sans doute
pas capable. Et même si je l'étais, la vie – la mienne,
Simmias – ne me paraît pas être à la mesure de
l'ampleur d'une telle démonstration. Néanmoins, ce
qu'est, selon ma conviction, la forme de la Terre,
[108e] rien ne m'empêche de le dire et aussi d'en
décrire les différents lieux.

– Mais très bien, dit Simmias, cela me suffit
parfaitement !

– Pour ma part, dit Socrate, j'en suis arrivé à me
faire une conviction sur les points suivants. Tout
d'abord : si la Terre est au centre du ciel, et si elle est

ronde, elle n'a besoin, pour ne pas tomber, ni **[109a]**
d'air ni d'aucune résistance de ce genre. Mais le fait
que le ciel soit semblable à lui-même dans toutes les
directions indifféremment ainsi que l'état d'équilibre
de la Terre sont deux conditions suffisantes pour la
maintenir en place. Car si une chose bien équilibrée
est placée au centre d'un milieu en tout point semblable à lui-même, il n'y a aucune raison pour qu'elle
penche plus ou moins d'aucun côté ; en raison de ces
similitudes, elle ne peut que rester en place sans subir
d'inclinaison. Voilà donc, en premier lieu, ce dont je
suis convaincu.

– Et tu as bien raison de l'être, dit Simmias.

– En second lieu, dit-il, je suis convaincu que c'est
une chose très grande que la Terre ; que nous en
habitons une petite parcelle, nous qui séjournons
[109b] dans la région qui s'étend du fleuve Phase
jusqu'aux colonnes d'Hercule, habitant autour de la
mer comme des fourmis ou des grenouilles autour
d'un marécage ; et qu'ailleurs une multitude d'autres
gens habitent une multitude d'autres lieux semblables. Car sur toute la surface de la Terre il existe
un grand nombre de cavités, de toutes les formes et
dimensions possibles, où sont venus se déverser
ensemble l'eau, la vapeur et l'air. Mais la Terre, en
elle-même, est pure et située dans la partie pure du
ciel, celle même où sont les astres et que nomment
éther **[109c]** la plupart de ceux qui traitent habituel-
lement de ces questions. Eau, vapeur et air sont la lie
de cet éther et viennent se déverser sans cesse dans
les creux de la Terre. Et nous, nous habitons dans ces
creux sans nous en apercevoir : nous croyons habiter
en haut, à la surface. Nous ressemblons à un être qui,
séjournant au milieu des profondeurs de la haute
mer, croirait habiter à la surface des flots : voyant le
soleil et les astres à travers l'eau, il prendrait la surface de la mer pour un ciel ! Supposons que, **[109d]**

par paresse et par faiblesse, il n'ait jamais atteint les
cimes de la mer ; qu'il n'ait jamais vu non plus, une
fois émergé et la tête levée hors de cette mer et
tournée vers le lieu où nous sommes, à quel point ce
lieu se trouve être plus pur et plus beau que celui où
il vit avec les siens ; et qu'enfin, il ne l'ait pas davantage appris d'un autre qui, lui, l'aurait vu. Eh bien,
cette condition-là, c'est justement la nôtre. Nous
habitons je ne sais quel creux de la Terre, et nous
croyons habiter au plus haut ; l'air, nous l'appelons
ciel, comme si c'était à travers cet air, pris pour du
ciel, que se meuvent les astres. En fait, sur ce point
aussi, nous sommes pareils : **[109e]** le poids de notre
faiblesse et de notre paresse nous rend incapables de
traverser l'air jusqu'au bout. Car si l'un de nous par-
venait jusqu'aux cimes de l'air, ou si, pourvu subite-
ment d'ailes, il s'envolait, alors, de même que les
poissons d'ici voient les choses d'ici-bas en levant la
tête hors de la mer, il pourrait voir, en levant la tête,
les choses de là-bas. Et si sa nature était propre à soutenir cette vision, il saurait que c'est là le ciel véritable, la lumière véritable, **[110a]** et la Terre qui véritablement est Terre. Car la terre que voici, les roches
et le lieu d'ici-bas tout entier – tout est corrompu,
rongé de part en part comme l'est par le sel ce que
contient la mer. Dans la mer, rien ne pousse qui
mérite qu'on en parle, rien non plus n'a une forme –
comment dire ? – accomplie ; tout n'est que roche
creusée, sable, masse informe de vase impraticable,
et, dans les endroits où la terre se mêle à la mer,
bourbier ; rien donc qui, de près ou de loin, puisse se
comparer aux beautés de chez nous, mais la supériorité des choses de là-haut en regard des choses d'ici-
bas serait encore plus éclatante. **[110b]** Car – et en
supposant par conséquent que le récit d'un mythe
présente quelque valeur – cela vaut la peine, Sim-

mias, d'entendre ce que sont les réalités qui se trouvent à la surface de la Terre, sous le ciel.

– Mais certainement, Socrate, dit Simmias, nous serions très contents d'entendre ce mythe.

– Bien. Alors, fit-il, la tradition est la suivante, ami. Tout d'abord, voici comment on la verrait, cette Terre, si on la regardait d'en haut : elle serait bariolée comme ces ballons faits de douze pièces de cuir, aux couleurs nettement tranchées, dont les couleurs d'ici – celles qu'utilisent les peintres – sont comme une imitation. **[110c]** Mais là-bas, c'est la Terre tout entière qui est faite de telles couleurs, et même de couleurs encore plus éclatantes et plus pures. Là elle est pourpre et d'une beauté extraordinaire, là, elle est dorée ; ailleurs, elle est d'une blancheur plus blanche que craie ou que neige, et, de même, quand elle comporte d'autres couleurs, celles-ci sont plus variées et plus belles que toutes celles qu'il nous a été donné de voir. Car les creux de la Terre, remplis comme ils sont d'eau et d'air, **[110d]** présentent en eux-mêmes une sorte de coloration dont la brillance vient s'interposer devant la diversité des autres couleurs et fait que cette terre offre, dans ses teintes, l'aspect d'une variation uniforme et continue. Sur la Terre de là-bas, colorée comme je l'ai dit, tout ce qui pousse en proportion : arbres, fleurs, fruits aussi. De même pour les montagnes : toujours selon la même proportion, les roches y sont plus lisses, plus transparentes, et leurs couleurs sont plus belles. C'est d'elles, d'ailleurs, que proviennent les pierres que nous nommons ici-bas précieuses et qui en sont de petits fragments – sardoines, jaspe, émeraudes **[110e]** et autres ; là-bas, il n'est aucune pierre qui ne soit de cette sorte, et il y a plus beau encore. La cause en est que ces pierres-là sont pures ; qu'elles ne sont ni rongées ni corrompues comme celles d'ici par la putréfaction et le sel, du fait des substances qui se déver-

sent ensemble ici-bas ; car telle est l'origine de la
laideur et des maladies qui affectent les pierres, la
terre, ainsi que les animaux et les plantes. Mais cette
Terre de là-bas, elle, est parée de la beauté de toutes
ces pierreries, et, en plus, d'or, d'argent, **[111a]** et
autres splendeurs du même genre. Et tout cela se
déploie au grand jour dans l'évidence de sa nature,
avec luxuriance et magnificence en tous endroits de
cette Terre-là, si bien que la regarder est un spectacle
fait pour des spectateurs bienheureux.

À sa surface, il y a une grande variété et un grand
nombre de vivants, en particulier des hommes. Les
uns habitent l'intérieur des terres, d'autres vivent au
bord de l'air comme nous au bord de la mer, d'autres
enfin habitent des îles baignées par l'air et reposant
sur la terre ferme. En un mot, ce que sont pour nous
et à notre usage l'eau et la mer, c'est ce que **[111b]**
l'air est pour ceux de là-bas ; et ce que l'air est pour
nous, l'éther l'est pour eux. Les saisons propres à
cette Terre sont si bien tempérées que les vivants y
sont exempts de maladies et vivent beaucoup plus
longtemps que ceux d'ici. Pour ce qui est de la vue,
de l'ouïe, de la pensée et de toutes les facultés de cet
ordre, ils sont par rapport à nous à une distance exactement aussi grande que celle qui sépare l'air de
l'eau et l'éther de l'air sous le rapport de la pureté. Et
naturellement, pour leurs divinités, ils ont des bos-
quets sacrés et des sanctuaires que des dieux habitent
pour de bon ; oracles et prophéties sont pour eux
autant de perceptions directes des dieux – et c'est par
des contacts de ce genre qu'ils entrent en communication **[111c]** avec eux. Oui, le soleil, la lune, les
astres se donnent à voir à eux tels qu'ils sont réellement, et les autres aspects de leur bonheur en découlent.

Telle est donc la nature de la Terre dans son
ensemble et de ce qui l'environne. Quant aux lieux

qui sont à l'intérieur de la Terre, il y en a beaucoup et ils correspondent aux creux existant tout autour. Certains sont plus profonds et plus largement ouverts que celui où nous habitons ; d'autres sont plus profonds, mais leurs gouffres s'ouvrent avec moins de béance que notre **[111d]** lieu à nous ; il y en a enfin qui sont moins profonds que le nôtre, mais plus larges. Sous terre, tous ces lieux sont en maints endroits percés de trous – les uns plus étroits, les autres plus gros – ce qui forme autant de canaux grâce auxquels ces cavités communiquent. Il existe entre elles des voies de passage par où l'eau s'écoule en abondance d'une cavité dans l'autre comme en d'immenses jarres, et il se forme sous la terre des fleuves d'une longueur inimaginable, dont les eaux chaudes et froides sont intarissables ; il y a aussi d'amples coulées de feu, de grands fleuves de feu ; beaucoup de fleuves de boue liquide, tantôt plus pure, tantôt plus bourbeuse **[111e]** – comme coulent en Sicile ces torrents de boue venant avant la lave, puis coule la lave elle-même. Chaque région s'emplit tour à tour de ces fleuves, selon le sens que prend chaque fois le courant de chacun. Ce qui détermine tous ces mouvements de montée et de descente, c'est une sorte d'oscillation existant à l'intérieur de la Terre. Voici à peu près quelle en est la cause naturelle. Parmi ces gouffres de la Terre, il en est un **[112a]** – le plus profond d'ailleurs – qui traverse toute la Terre en la perçant de part en part. C'est celui dont Homère a parlé, disant : « Fort loin, là où sous la terre se trouve le gouffre le plus profond. » Lui-même en d'autres passages et beaucoup d'autres poètes appellent *Tartare* cet abîme. C'est vers lui que convergent tous les fleuves, et c'est de lui qu'ensuite ils resurgissent – chacun devenant ce qu'il est en fonction des propriétés de la terre qu'il traverse par la suite. La **[112b]** raison pour laquelle tous ces courants sortent de là et y entrent à nouveau, c'est que la masse de leurs eaux n'y trouve ni fond ni point d'appui : d'où l'oscillation et le gonflement d'une vague qui monte et qui descend. L'air et le souffle propre à cet air font le même mouvement car ils accompagnent celui de l'eau, aussi bien quand elle se précipite vers l'autre côté de la terre que lorsqu'elle revient de notre côté. C'est comme dans la respiration : on expire, on aspire, et le souffle ne cesse d'aller et venir. De même, là-bas aussi, le souffle de l'air oscillant avec la masse liquide produit des vents d'une violence incroyable, **[112c]** à son entrée comme à sa sortie. En conséquence, quand l'eau se retire vers ce lieu qu'on appelle le bas, elle afflue à travers la terre en suivant les trajets des courants souterrains et elle remplit ceux-ci tout à fait comme on irrigue un champ. Quand au contraire elle abandonne cette région-là et se précipite à nouveau de notre côté, ce sont les courants d'ici qu'elle remplit. Une fois remplis, ces courants s'écoulent à travers les conduits, traversent la terre, et chacun d'eux parvient aux lieux vers lesquels il se fraie un passage, produisant ainsi mers, lacs, fleuves, sources vives. De là, les courants s'enfoncent de nouveau **[112d]** sous la terre – certains décrivant des circuits plus longs et plus nombreux que d'autres – et ils vont se jeter de nouveau dans le Tartare. Cela se passe parfois en un point situé beaucoup plus bas que celui où l'eau s'était déversée, parfois c'est seulement un peu plus bas, mais toujours le courant revient à un niveau plus bas que celui d'où il était sorti. Dans certains cas, le point de retour est à l'opposé du point de départ, dans d'autres, il est du même côté. Il est même des courants qui parcourent la circonférence entière, s'enroulant comme des serpents une ou plusieurs fois autour de la Terre, et qui se jettent dans le Tartare en étant descendus aussi bas que possible.

[112e] Mais, dans un sens comme dans l'autre, la descente n'est possible que jusqu'au centre, et pas plus loin ; car, pour chacun de ces deux réseaux de fleuves, la portion de trajet qui appartient à l'autre moitié de la Terre constitue toujours pour chacun des deux une montée.

Bien sûr, il existe en fait une multitude de courants, d'une longueur et d'une variété considérables. Mais, dans ce nombre, il s'en trouve quatre plus importants, dont le plus grand – celui qui coule en décrivant le cercle le plus extérieur – est celui qu'on nomme *Océan*. Face à lui, et coulant en sens inverse, l'*Achéron*. Il traverse des lieux désertiques, **[113a]** et son cours souterrain le conduit en particulier au lac *Achérousias* ; c'est là qu'arrivent les âmes de la plupart des morts, et elles y demeurent le temps que la destinée leur a assigné (temps qui peut être plus long ou plus court selon les âmes), pour être renvoyées de nouveau vers de nouvelles naissances, sous la forme d'êtres vivants. Un troisième fleuve jaillit à mi-chemin entre les deux premiers, et, tout près de sa source, tombe dans un lieu très vaste et brûlé d'un feu intense en y produisant un lac plus grand que notre mer, tout bouillonnant d'eau et de boue. À partir de là, **[113b]** son cours trouble et boueux suit un trajet circulaire ; il s'enroule autour de la Terre en une spirale et arrive dans d'autres régions, à une extrémité du lac Achérousias justement, sans pourtant se mêler à ses eaux. Enfin, après s'être enroulé bon nombre de fois sous la Terre, il vient se jeter dans une partie encore plus basse du Tartare. C'est ce fleuve qu'on appelle *Pyriphlégéthon ;* en tous les points où elles rencontrent la Terre, ses laves crachent sur elle des fragments. Quant au quatrième, il fait face au précédent ; il débouche d'abord en une contrée d'une sauvagerie effroyable, à ce qu'on dit, et dont la couleur est partout **[113c]** sombre et

bleuâtre ; c'est le lieu qu'on appelle *Stygien*, et, en y
pénétrant, le fleuve forme un lac, le *Styx*. Une fois
qu'il s'y est jeté, et que ses eaux y ont acquis de
redoutables propriétés, il s'enfonce sous la Terre,
s'enroulant en sens inverse de celui du Pyriphlégéthon, et va à sa rencontre sur le bord opposé du lac
Achérousias – sans mêler non plus son eau à aucune
autre. Mais, décrivant lui aussi un parcours circulaire, il va se jeter dans le Tartare du côté opposé au
Pyriphlégéthon. Son nom, à ce que disent les poètes,
est *Cocyte*. **[113d]**

Voilà donc exposée la nature de ces différents
lieux. Quand les morts sont parvenus à l'endroit où
son propre démon conduit chacun d'entre eux,
d'abord, ils s'y font juger, aussi bien ceux qui ont
vécu une expérience pleine de décence et de piété
que ceux qui ont vécu tout autrement. Ceux dont on
juge que leur vie se situe dans la moyenne sont ache-
minés vers l'Achéron sur des barques prévues à leur
intention et, portées par elles, arrivent jusqu'au lac.
Là est leur séjour, c'est là qu'ils sont purifiés par des
châtiments appropriés et que chacun d'entre eux est
ainsi délivré de toutes les injustices qu'il a pu commettre, tout comme il est, **[113e]** en proportion de
son mérite, récompensé de ses bonnes actions. Mais
ceux qui sont jugés incurables en raison de l'énor-
mité de leurs fautes – qu'ils se soient, à maintes
reprises, livrés à de graves pillages dans des lieux
sacrés, qu'ils aient de nombreuses fois tué sans motif
et au mépris de toutes les lois, ou commis tout ce
qu'il peut y avoir d'abominations dans cet ordre –
ceux-là, le lot qui leur convient est d'être jetés au
Tartare, d'où jamais ils ne sortent. Pour d'autres, on
juge qu'ils se sont rendus coupables de fautes graves,
certes, mais non pas sans remède – il s'agit, par
exemple, de ceux que la colère a entraînés à commettre un acte de violence sur leur père ou leur mère

[114a] mais qui en ont eu du remords toute leur vie, ou encore d'hommes qui, dans des circonstances analogues, se sont rendus coupables d'un meurtre. Ceux-là doivent, de toute nécessité, être précipités dans le Tartare ; mais une fois qu'ils y sont tombés et qu'ils y sont restés un temps déterminé, le flot les rejette, les meurtriers au fil du Cocyte, ceux qui ont commis des actes de violence envers leur père ou leur mère au fil du Pyriphlégéthon. Quand, emportés par le courant, ils arrivent le long du lac Achérousias, ils appellent à grands cris, les uns, ceux qu'ils ont tués, les autres, ceux qui furent victimes de leur démesure ; après les avoir appelés ils se mettent à les supplier, **[114b]** ils les conjurent de les laisser sortir du fleuve pour aller vers le lac et de les y accueillir. S'ils réussissent à les persuader, ils quittent le fleuve, et c'est la fin de leurs malheurs. Sinon, ils sont à nouveau emportés vers le Tartare, puis de là renvoyés vers les fleuves, et ils subissent ce supplice jusqu'à ce qu'ils aient réussi à fléchir leurs victimes : tel est le châtiment institué pour eux par les juges. Mais, assurément, ceux dont on estime qu'ils ont vécu une vie exceptionnellement pieuse, ceux-là sont délivrés, arrachés à ces lieux souterrains comme à une prison, **[114c]** ils arrivent là-haut, dans un séjour pur, et s'établissent à la surface de la Terre. Parmi eux, ceux qui ont réussi à se purifier autant qu'il faut grâce à la philosophie vivent, pour tout le temps à venir, absolument sans corps ; ils atteignent des demeures plus belles encore, qu'il n'est pas très facile de décrire – et d'ailleurs, à présent, je ne pourrais pas y mettre le temps qu'il faudrait.

Concluons, Simmias : c'est exactement pour ces raisons (celles que je viens d'exposer) qu'il faut tout mettre en œuvre pour, en cette vie, participer à l'excellence et à la pensée : le prix à remporter est beau et l'espérance noble. »

LE JUGEMENT DES ÂMES APRÈS LA MORT

Gorgias, 523a-527e
(traduction par M. Canto) [3].

Au terme d'un long entretien avec Calliclès, Socrate entend défendre une dernière fois la nécessité d'une vie juste. Le jugement des âmes après la mort lui tient ainsi lieu d'ultime argument.

Socrate

Écoute donc, comme on dit, une fort belle histoire, dont tu penseras, je crois, que c'est un mythe, mais dont je pense que c'est une histoire vraie. Ainsi, je te raconterai tout ce qui va suivre comme s'il s'agissait de choses vraies.

Homère rappelle donc que Zeus, Poséidon, et Pluton, quand ils reçurent l'empire de leur père, le partagèrent entre eux. Or, la loi qui, en ce temps-là, régnait chez les hommes était la loi de Kronos, oui, la loi qui, depuis toujours, et encore maintenant, règne parmi les dieux. Voici quelle est cette loi : si un homme meurt après avoir vécu une vie de justice et de piété, qu'il se rende **[523b]** aux Îles des bienheureux et qu'il vive là-bas dans la plus grande félicité, à l'abri de tout malheur ; mais s'il a vécu sans justice ni respect des dieux, qu'il se dirige vers la prison où on paye sa faute, où on est puni – cette prison qu'on appelle le Tartare.

Or, au temps de Kronos, et même au commencement du règne de Zeus, les juges étaient des vivants, qui jugeaient d'autres vivants, et ils prononçaient leur jugement le jour même où les hommes devaient mourir. Dans de telles conditions, les jugements n'étaient pas bien rendus. En sorte que Pluton et ceux qui surveillaient les Îles des bienheureux reprochaient à Zeus de trouver, **[523c]** dans ces Îles comme dans le Tartare, des hommes qui n'avaient pas à y être. Zeus leur répondit donc : « Je vais mettre un terme à cette situation fâcheuse. En effet, maintenant, les jugements sont mal rendus. La raison en est, expliqua-t-il, que les hommes qu'on doit juger se présentent tous enveloppés de leurs vêtements, puisqu'ils sont jugés alors qu'ils sont encore vivants. Or, nombreux sont les hommes, reprit-il, dont l'âme est mauvaise, mais qui viennent au juge, tout enveloppés de la beauté de leur corps, des hommes qui font voir la noblesse de leur origine, leurs richesses, et qui font appel, quand l'heure du jugement est venue, à de nombreux témoins, lesquels parlent en leur faveur et déclarent qu'ils ont vécu une vie de justice. Donc, tout cela impressionne les juges, d'autant qu'ils sont eux aussi enveloppés **[523d]** des mêmes choses lorsqu'ils prononcent leurs jugements. Entre leur âme et celle de l'homme qu'ils jugent, ils ont des yeux, des oreilles et tout un corps, dont ils sont enveloppés. Or, c'est justement cela, tout ce qui enveloppe les juges et qui enveloppe les hommes qu'ils jugent, c'est cela qui fait obstacle. Il faut donc d'abord, ajouta Zeus, que les hommes cessent de connaître à l'avance l'heure de leur mort. Car maintenant ils savent d'avance qu'ils vont mourir.

Or, je viens justement de parler à Prométhée, pour
qu'il leur ôte cette connaissance. **[523e]** Ensuite, il
faut que les hommes soient jugés nus, dépouillés de
tout ce qu'ils ont. C'est pourquoi on doit les juger
morts. Et leur juge doit être également mort, rien
qu'une âme qui regarde une âme. Que, dès le
moment de sa mort, chacun soit séparé de tous ses
proches, qu'il laisse sur la terre tout ce décorum –
c'est le seul moyen pour que le jugement soit juste.
Je m'étais bien rendu compte de cela avant vous, j'ai
donc fait juger mes propres fils : deux d'entre eux,
Minos et Rhadamante, **[524a]** viennent d'Asie et
l'autre, Eaque, d'Europe. Quand ils seront morts, ils
s'installeront, pour rendre leurs jugements, dans la
plaine, au carrefour formé des deux routes qui
conduisent, l'une, aux Îles des bienheureux, et
l'autre, au Tartare. C'est Rhadamante qui jugera les
hommes en provenance d'Asie, tandis qu'Eaque sera
le juge de ceux qui viennent d'Europe. À Minos, je
donnerai la faculté de juger en dernière instance, au
cas où les deux autres juges ne savent pas que
décider, afin que ce jugement qui décide la route que
chacun doit prendre soit le plus juste possible. »

Voilà ce que j'ai entendu dire, Calliclès, et je crois
que c'est vrai. **[524b]** La conclusion que je tire de
cette histoire est la suivante. La mort n'est rien
d'autre, me semble-t-il, que la séparation de deux
choses, l'âme et le corps, qui se détachent l'une de
l'autre. Or, une fois que l'âme et le corps d'un
homme se sont séparés, ils n'en restent pas moins
dans l'état qui était le leur du vivant de cet homme.
Le corps garde sa nature propre, avec la marque évi-
dente de tous les traitements, de tous les accidents
qu'il a subis. Si c'était, par exemple, un homme qui,
de son vivant, possédait un grand corps, **[524c]** qu'il
l'ait eu par nature ou à cause de la façon dont il s'est
nourri dans la vie, son cadavre aussi, après sa mort,

sera grand ; si l'homme était gros de son vivant, son cadavre, après sa mort, sera également gros, et c'est pareil pour tous les autres traits physiques. Supposons maintenant qu'il ait eu les cheveux longs, son cadavre également aura les cheveux longs. Et si, derechef, il avait encore sur le corps les traces des étrivières qu'on lui avait mises ou s'il avait gardé les marques des coups de fouet, ou d'autres coups, qu'il avait reçus de son vivant, on pourra retrouver les mêmes traces sur son corps mort. Ou encore, s'il avait, quand il était en vie, un membre cassé ou déformé, à l'évidence, on verra la même chose sur son cadavre. **[524d]** Pour le dire en un mot, les signes distinctifs qui caractérisaient le corps vivant sont tous, ou presque tous, manifestes pendant un certain temps sur le corps mort. Eh bien, à mon avis, c'est le même phénomène qui se produit aussi dans l'âme. Dès qu'elle est dépouillée du corps, on peut voir tous ses traits naturels ainsi que les impressions qu'elle a reçues, impressions qui sont telles ou telles selon le mode de vie qu'a eu l'homme qui la possède et qu'en chaque circonstance il a éprouvées en son âme.

Donc, quand les morts se présentent devant leur juge, quand ceux d'Asie, par exemple, vont auprès de Rhadamante, Rhadamante **[524e]** les arrête et il sonde l'âme de chacun, sans savoir à qui cette âme appartient, mais il arrive souvent qu'il tombe sur l'âme du Grand Roi ou encore sur celle de n'importe quel autre roi ou chef, et qu'il considère qu'il n'y a rien de sain en cette âme, qu'elle est lacérée, ulcérée, pleine de tous les parjures et injustices **[525a]** que chaque action de sa vie a imprimés en elle, que tous ses fragments ont été nourris de mensonges, de vanité, que rien n'est droit en cette âme, parce qu'elle ne s'est jamais nourrie de la moindre vérité. Alors, il voit une âme qui, à cause de sa licence, de sa mollesse, de sa démesure, de son absence de maîtrise

dans l'action, est pleine de désordre et de laideur. Et
dès qu'il voit cette âme privée de toute dignité, il
l'envoie aussitôt dans la prison du Tartare, où elle est
destinée à endurer tous les maux qu'elle mérite.

Or, tout être qu'on punit et auquel on inflige le
châtiment qu'il faut **[525b]** mérite de s'améliorer et
de tirer profit de sa peine ; ou sinon, qu'il serve
d'exemple aux autres hommes, lesquels, en le voyant
subir les souffrances qu'il subit, prendront peur et
voudront devenir meilleurs. Les hommes auxquels la
punition est un service qu'on rend et qui sont donc
punis par la justice humaine et la justice divine sont
les hommes qui ont commis des méfaits, mais des
méfaits qu'on peut guérir. Malgré tout, les souffrances qu'ils subissent, ici et dans l'Hadès, leur sont
utiles, car, il n'est pas possible de les débarrasser de
l'injustice autrement que par la souffrance. **[525c]** En
revanche, les hommes qui ont commis les plus
extrêmes injustices et qui sont devenus de ce fait
incurables, sont des hommes qui servent d'exemples,
même si, en fait, ils ne peuvent, parce que incurables,
tirer le moindre profit de leur châtiment. Mais il y a
bien d'autres hommes qui tirent profit du fait de les
voir subir éternellement, en punition de leurs fautes,
les souffrances les plus graves, les plus douloureuses,
les plus effroyables. Car ces hommes qu'on voit là-
bas, dans l'Hadès, accrochés aux murs de leur
prison, sont, pour tout homme injuste qui arrive, un
effroyable exemple, à la fois un horrible spectacle et
un avertissement.

[525d] Archélaos, je l'affirme, sera traité comme
cela, si tout ce qu'a dit Polos est vrai, et c'est le cas
de tout autre homme qui aurait été un tyran comme
lui. D'ailleurs, je pense que presque tous les hommes
qui servent d'exemples dans l'Hadès, se trouvent
chez les tyrans, les rois, les chefs, et chez tous les
hommes qui ont eu une action politique. Ce sont eux,

en effet, qui commettent des méfaits, lesquels, à cause du pouvoir dont ces hommes disposent, ne peuvent être que des méfaits énormes et parfaitement impies. D'ailleurs, Homère en témoigne pour nous. Cet illustre poète a représenté des rois et des chefs qui sont, dans l'Hadès, [525e] éternellement punis : ce sont Tantale, Sisyphe, Tityos. En revanche, Thersite, et tout homme privé qui a été un scélérat comme lui, n'ont jamais été représentés en train de subir des souffrances aussi atroces que celles dont souffrent les incurables. En effet, ces criminels, étant des personnages privés, n'avaient pas, je pense, la même possibilité de mal faire que les criminels au pouvoir, c'est pourquoi ils ont eu, d'une certaine façon, plus de chance que ceux qui disposaient d'un tel pouvoir.

Car vois-tu, Calliclès, c'est surtout chez les puissants qu'on trouve de ces hommes qui peuvent devenir absolument mauvais [526a]. Mais par ailleurs, rien n'empêche qu'on trouve aussi, chez les puissants de ce monde, des hommes bons, et, s'il y en a, ils méritent vraiment qu'on les admire. Car, vivre une vie de justice, quand la possibilité d'agir sans justice est grande, est une chose difficile, Calliclès, et qui mérite bien des éloges. Peu nombreux sont les hommes qui le font. Car s'il y a eu, ici même et aussi bien ailleurs, des hommes qui ont su exécuter en toute justice [526b] les tâches que leur confiait la Cité, je pense qu'il y en aura encore. Or, il y en eut un, un homme tout à fait illustre, et honoré par tous les Grecs, c'était Aristide, fils de Lysimaque. Mais sinon, bien cher Calliclès, la plupart des hommes puissants sont des hommes mauvais.

Donc, comme je le disais, lorsque le grand Rhadamante reçoit un homme de ce genre, il ne sait rien de lui, ni qui il est, ni d'où il vient, rien, sinon qu'il est un scélérat. Or, dès qu'il voit cela, il envoie cet homme dans le Tartare, en le marquant d'un signe

spécial qui indique si, à son avis, on peut ou non le
guérir. **[526c]** Après cela, quand le coupable arrive
là-bas, il subit la peine qu'il mérite. Mais il se produit parfois que Rhadamante discerne une autre sorte
d'âme, qui a vécu une vie de piété et de vérité,
qu'elle soit l'âme d'un homme privé ou celle de
n'importe qui. Mais surtout s'il voit – eh oui, Calliclès, c'est moi qui te le dis –, s'il voit l'âme d'un philosophe, qui a œuvré toute sa vie pour accomplir la
tâche qui lui est propre, sans se disperser à faire ceci
et cela, eh bien, après avoir admiré cette âme, il
l'envoie vers les Îles des bienheureux. Et Eaque, lui
aussi, fait la même chose. Ces deux juges prononcent
leur jugement en tenant une baguette à la main.
Quant à Minos, qui surveille les jugements, il est
assis, seul ; il tient un sceptre d'or, comme Ulysse le
voit, chez Homère : **[526d]** « il tient un sceptre d'or
et il fait la justice chez les morts ».

Eh bien moi, Calliclès, j'ai été convaincu par cette
histoire, et je ne cesse de m'examiner, afin de faire
paraître devant le juge l'âme la plus saine qui soit. Je
laisse donc tomber les honneurs que chérissent
presque tous les hommes, je m'habitue à être sincère,
et je vais vraiment essayer d'être aussi bon dans la
vie que dans la mort – quand je serai mort. **[526e]**
J'engage, autant que je le peux, tous les autres
hommes, et surtout toi, à faire de même ; oui, je
t'engage à faire le contraire de ce que tu dis, à te
diriger vers la vie dont je parle et à entrer dans ce
combat, dont je prétends qu'il est préférable à tous
les combats qui se livrent ici. Et je te blâme de ce que
tu seras incapable de te porter secours à toi-même,
quand sonnera pour toi l'heure de la justice, l'heure
du jugement que je viens de te raconter. Au contraire,
quand tu te présenteras devant le juge, devant le terrible fils d'Égine, oui, au moment où il viendra se
saisir de toi, tu resteras muet **[527a]**, tu auras le ver-

tige, tu éprouveras là-bas ce que j'éprouve ici, et
c'est là-bas, peut-être, qu'on te frappera sur la tête
d'une façon indigne de toi, c'est là-bas, peut-être,
que tu te sentiras absolument outragé. Mais, tout ce
qu'on vient de raconter te paraît sans doute être un
mythe, une histoire de bonne femme, et tu n'as que
mépris pour cela. Bien sûr, il n'y aurait rien d'étonnant à mépriser ce genre d'histoire, si, en cherchant
par-ci, par-là, nous pouvions trouver quelque chose
de mieux que cette histoire et de plus vrai. Mais en
réalité, tu vois bien qu'à vous trois, qui êtes les plus
sages des Grecs d'aujourd'hui, oui, toi, Polos et Gorgias, **[527b]** vous n'avez pas pu démontrer qu'on
doit vivre une autre vie que celle dont j'ai parlé, vie
qui nous sera de plus fort utile quand nous arriverons
dans le monde des morts. En fait, c'est tout le
contraire qui s'est produit. Tout au long de la discussion, déjà si abondante, que nous avons eue, toutes
les autres conclusions ont été réfutées, et la seule qui
reste sur pied est la suivante : il faut faire bien attention à ne pas commettre d'injustices plutôt qu'à en
subir ; tout homme doit s'appliquer, non pas à avoir
l'air d'être bon, mais plutôt à l'être vraiment, en
privé comme en public ; et si un homme s'est rendu
coupable en quelque chose, il faut le punir. Tel est le
bien qui vient en second après le fait d'être juste :
c'est de le devenir et de payer sa faute en étant puni.
[527c] Que toute flatterie, à l'égard de soi-même
comme à l'égard des autres – que ces autres forment
une foule ou qu'ils soient peu nombreux –, soit
évitée et qu'on se serve de la rhétorique en cherchant
toujours à rétablir le droit, comme on le fait
d'ailleurs en toute autre forme d'action.

Allons, laisse-toi convaincre par moi, et tiens-moi
compagnie vers ce lieu où, dès ton arrivée, tu seras
bienheureux dans la vie comme dans la mort – ainsi
que notre raisonnement l'indique. Aussi, laisse faire

si on te méprise comme si tu étais un insensé, si on t'outrage comme on veut, eh oui, par Zeus, garde toute ta confiance quand on te frappe de ce coup indigne ! [527d] Car il ne t'arrivera rien de terrible si tu es vraiment un homme de bien et si tu pratiques la vertu.

Alors, par la suite, quand toi et moi nous aurons bien pratiqué la vertu en commun, si, à ce moment-là, tu penses qu'il le faut, nous nous consacrerons aux affaires politiques, ou bien à autre chose, si tu penses qu'on le doit. Oui, à ce moment-là, nous tiendrons conseil pour savoir comment être meilleur que nous le sommes aujourd'hui. Il est laid, en effet, de se trouver dans la situation qui semble être la nôtre maintenant, puis de faire les jeunes fanfarons comme si nous étions des gens sérieux, nous qui n'avons jamais la même opinion sur les mêmes questions, alors qu'il s'agit des questions les plus fondamentales. [527e] Tant est grande l'absence d'éducation et de culture où nous en sommes venus ! Nous nous laisserons donc guider par le raisonnement qui vient de nous apparaître, puisqu'il nous indique quelle est la meilleure façon de vivre et de pratiquer la justice et toute autre vertu, dans la vie comme dans la mort. Nous suivrons donc cet argument, nous en engagerons d'autres à faire comme nous, mais nous n'aurons aucun égard pour le raisonnement auquel tu as donné ta foi et que tu m'engages à suivre. Car ce raisonnement, Calliclès, est sans aucune valeur.

LA PUNITION DES CRIMINELS

Lois, IX 872c-873a
(traduction par L. Brisson et J.-F. Pradeau) [4].

L'entretien porte sur la législation relative aux crimes, et ici aux crimes les plus graves.

Il y a aussi bien sûr des crimes à propos desquels légiférer est une chose terrible et particulièrement désagréable, mais sur lesquels il est impossible de ne pas légiférer : ce sont, qu'ils soient commis de main propre ou **[872d]** par complot, les meurtres de parents, meurtres commis de plein gré et contre toute justice, qui dans la plupart des cas se produisent dans les cités où le régime politique et l'éducation sont de mauvaise qualité, mais qui, je suppose, pourraient être perpétrés aussi sur un territoire où on ne les eût pas attendus. Et force est de reprendre l'histoire que nous venons tout juste de raconter, dans l'espoir que, en nous prêtant l'oreille, on devienne capable à un plus haut degré de s'abstenir de plein gré pour des raisons de cet ordre de meurtres qui à tous égards constituent le sommet de l'impiété. Ce mythe en effet ou plutôt cette histoire, ou quelque autre nom qu'il faille lui donner, nous enseigne clairement, par la bouche de prêtres du temps jadis, **[872e]** que la Justice qui veille pour venger le sang des gens de la famille a recours à la loi que nous venons d'édicter et a effectivement décrété que l'auteur de pareil crime subirait inévitablement les mêmes violences qu'il aurait infligées. S'il arrive que quelqu'un a tué son père, il doit supporter d'être un jour à son tour victime de la même violence de la part de ses enfants. Si quelqu'un a tué sa mère, il devra forcément devenir une femme et devenu femme perdre la vie sous les coups de ceux qu'elle a enfantés dans les temps à venir. C'est que pour la souillure qui a contaminé le sang qui est commun aux uns et aux autres il n'y a pas d'autre purification, et que la souillure n'arrive pas à être lavée chez le coupable **[873a]** avant que son âme n'ait, pour un meurtre pareil, payé le prix d'un meurtre pareil et qu'elle n'ait, en l'apaisant, endormi le ressentiment de toute la lignée familiale. Voilà certes pourquoi la crainte de pareilles vengeances divines devrait retenir quelqu'un de commettre ce genre de crimes.

LE REGARD DES DIEUX

Lois, XI 926e-927c
(traduction par L. Brisson et J.-F. Pradeau) [5].

De fait, ce n'est pas sans quelque opportunité, semble-t-il, que nous avons tenu nos précédents propos : les âmes de ceux qui sont morts, disions-nous, **[927a]** exercent encore, une fois trépassées, une certaine activité, à la faveur de laquelle elles prennent soin des affaires humaines. Les récits qui véhiculent ces croyances sont vrais, mais ils sont longs. Aussi devons-nous faire confiance aux autres traditions relatives à ces choses, traditions dont le nombre est si grand et l'ancienneté si importante ; nous devons enfin faire confiance aux législateurs qui disent qu'il en est bien ainsi, à moins de les prendre pour de parfaits insensés. Mais s'il en est ainsi par nature, ce sont en premier lieu les dieux d'en haut qu'il faut redouter, eux qui sont émus par l'abandon où sont laissés les orphelins. **[927b]** En deuxième lieu, ce sont les âmes des défunts, qui tout naturelle- ment portent à leurs propres enfants un intérêt excep- tionnel et qui se montrent bienveillantes envers les gens qui ont des égards pour leurs enfants et malveillantes envers ceux qui ne les respectent pas. Enfin, ce sont les âmes de ceux qui sont encore vivants, mais qui sont parvenus à la vieillesse et sont entourés de la plus grande vénération, car dans toute cité à qui de bonnes lois assurent le bonheur, les fils de leurs fils ont plaisir à vivre en les chérissant. Or, en la matière, les dieux, les défunts et les vieillards ont l'oreille fine et le regard perçant : **[927c]** bienveillants à l'égard de ceux qui à cet égard font preuve de justice, ils sont au contraire pleins d'une juste colère contre ceux qui font preuve d'insolence à l'égard de ces orphelins privés de tout secours, en qui ils voient le dépôt le plus précieux et le plus sacré.

LE TÉMOIGNAGE D'ER

République, X 613e-621d
(traduction par G. Leroux) [6].

*À la fin de l'entretien, qui portait sur la justice,
Socrate veut montrer quel sort attendent les âmes des
défunts, selon qu'ils ont été justes ou non leur vie
durant.*

– Tels sont donc, repris-je, provenant des dieux et
des hommes, les prix, les récompenses et les présents
qui échoient au juste au cours de son existence,
[614a] et cela s'ajoute à ces autres biens que lui procure la justice par elle-même. Voilà ce qu'ils seraient
dans l'ensemble.

– Il s'agit pour sûr de récompenses magnifiques et
substantielles.

– Eh bien, repris-je, ces récompenses ne sont rien,
ni en nombre ni en importance, en comparaison de ce
qui attend chacun, le juste et l'injuste, après la mort.
Et il faut entendre ces choses afin que l'un et l'autre,
l'ayant entendu, aient entièrement reçu ce que la discussion pouvait lui fournir d'utile.

– Consentirais-tu à les dire ? dit-il. Il n'y a pas

beaucoup de choses que j'aurais plus plaisir **[614b]** à écouter.

– Il ne s'agit certes pas, dis-je, d'un de ces récits pour Alkinoos que je me propose de te raconter, mais du récit d'un homme vaillant, dont le nom était Er, fils d'Armenios, originaire de Pamphylie. Il se trouve qu'il mourut au combat. Dix jours avaient passé quand on vint ramasser les cadavres déjà putréfiés, mais quand on le releva, lui, il était bien conservé. On le porta chez les siens pour les funérailles, mais le douzième jour, alors qu'on l'avait placé sur le bûcher funéraire, il revint à la vie, et une fois revenu à la vie, il raconta ce qu'il avait vu là-bas. Aussitôt qu'elle se fut détachée de lui, dit-il, son âme s'était mise en chemin en compagnie de plusieurs autres. **[614c]** Elles étaient parvenues dans un endroit prodigieux, où il y avait dans la terre deux ouvertures contiguës, et dans les hauteurs du ciel, deux autres ouvertures situées juste en face. Des juges siégeaient dans l'espace intermédiaire entre ces ouvertures. Ceux-ci, quand ils avaient prononcé leur jugement, ordonnaient aux justes de prendre le chemin qui vers la droite montait pour entrer au ciel, leur ayant attaché sur le devant des indications concernant l'objet de leur jugement. Aux injustes, ils ordonnaient de prendre le chemin qui vers la gauche va vers la région inférieure, et ceux-là **[614d]** avaient dans le dos des indications concernant tout ce qu'ils avaient fait. Comme il s'approchait à son tour, on lui dit qu'il lui fallait devenir le messager auprès des hommes de ce qui se passait dans ce lieu, et les juges lui prescrivirent d'écouter et d'observer tout ce qui se passait dans cet endroit. Or il vit là les âmes qui s'en allaient, en passant par l'une ou l'autre des ouvertures du ciel et de la terre, après que le jugement eut été rendu pour chacune d'elles ; par les deux autres ouvertures, il observa pour l'une, remontant de sous la terre, des âmes couvertes d'immondices et de poussières, et pour l'autre, d'autres âmes qui descendaient du ciel et qui étaient pures. Et ces âmes **[614e]** qui ne cessaient d'arriver semblaient pour ainsi dire parvenir au terme d'un long voyage, et elles se dirigeaient, joyeuses, vers la plaine pour y établir leur campement, comme lors d'une fête civique. Celles qui se connaissaient se saluaient les unes les autres affectueusement, et celles qui provenaient de la terre s'enquéraient auprès des autres des choses de là-haut, tandis que celles qui provenaient du ciel s'enquéraient auprès de celles-ci des choses d'ici-bas. Et elles se racontaient leur histoire les unes aux autres, les unes en pleurant et en gémissant au souvenir **[615a]** des maux de toutes sortes qu'elles avaient endurés et dont elles avaient été témoins dans leur pérégrination souterraine – un voyage qui avait duré mille ans – tandis que les autres, celles qui venaient du ciel, racontaient leurs expériences heureuses et les visions d'une prodigieuse splendeur qu'elles avaient contemplées. Raconter ces nombreuses histoires, Glaucon, exigerait beaucoup de temps, mais la chose principale, déclara-t-il, était la suivante : que pour toutes les injustices commises dans le passé par chacune des âmes, et pour chacun de ceux que ces injustices avaient atteint, justice était rendue pour toutes ces injustices considérées une par une, et pour chacune la peine était décuplée – il s'agissait chaque fois d'une peine d'une durée de cent années, **[615b]** ce qui correspond en gros à la durée d'une vie humaine – afin qu'elles aient à payer, au regard de l'injustice commise, un châtiment dix fois plus grand. Par exemple, ceux qui avaient été responsables de la mort d'un grand nombre de personnes, ou ceux qui avaient trahi leur cité ou leur armée et les avaient conduites à l'esclavage, ou ceux qui avaient collaboré à quelque autre entreprise funeste, pour chacun de ces méfaits, ils étaient rétribués par des souf-frances dix fois plus grandes. Ceux qui au contraire s'étaient répandus en actions bénéfiques, qui avaient été justes et pieux, ils en recevaient le prix selon la même proportion. **[615c]** Pour ces enfants qui mou-raient à la naissance ou qui avaient vécu peu de temps, il racontait encore autre chose qui ne mérite guère d'être rapporté. En ce qui concerne l'impiété ou la piété envers les dieux et les parents, et le meurtre commis de ses propres mains, il faisait état de rétributions encore plus grandes.

Er rapportait en effet le cas d'un homme qui s'était vu demander par un autre où se trouvait le grand Ardiaios. Or cet Ardiaios avait été tyran dans une cité de Pamphylie, mille ans déjà avant le moment de leur entretien. Il avait assassiné son vieux père, et **[615d]** son frère aîné, et il avait été, disait-on, l'auteur de nombreux autres actes abominables. L'homme ainsi questionné avait répondu, c'est Er qui le rapporte : « Il n'est pas venu, il ne saurait venir ici. Nous avons pu voir, en effet, entre autres spectacles terrifiants, celui-ci. Comme nous étions près de l'embouchure et sur le point de remonter à la surface, et que nous avions enduré tout le reste, soudain nous avons aperçu cet Ardiaios avec d'autres. Il s'agissait pour la plupart de tyrans, mais il y avait également quelques individus particuliers qui avaient été coupables de grandes fautes. Alors qu'ils s'apprêtaient **[615e]** à entreprendre la remontée, l'embouchure les bloqua : elle mugissait chaque fois que l'un de ces individus, dont la disposition au crime était incurable ou que n'avait pas suffisamment amendé le châtiment qu'on leur avait infligé, amorçait la remontée. C'est alors, rapportait-il, qu'il vit des hommes sauvages et cou-verts de flammes qui se tenaient tout près et qui, pre-nant conscience du mugissement, se saisirent de cer-tains d'entre eux pour les emmener ; mais pour

Ardiaios et pour quelques autres, ils leur lièrent les mains, les pieds **[616a]** et la tête, ils les jetèrent à terre et les écorchèrent, ils les traînèrent de côté sur le bord du chemin et les frottèrent sur des buissons d'épines. À tous ceux qui ne cessaient de défiler, ils expliquaient pour quels actes on les traitait de la sorte et qu'on irait les précipiter dans le Tartare. » Dans cette situation, rapportait Er, ils avaient éprouvé bien des frayeurs, et de toute sorte, mais la peur que ce mugissement ne se fasse entendre lorsqu'ils remonteraient était la peur qui dominait, et ce fut pour eux un soulagement que la bouche soit demeurée silencieuse quand ils remontèrent. Tels étaient donc en gros les jugements qui avaient été rendus et les peines infligées, et tels étaient à l'opposé les bienfaits qui leur correspondaient.

[616b] Mais quand pour chaque groupe qui se trouvait dans la prairie sept jours s'étaient écoulés, ils étaient forcés de lever le camp et de reprendre la route le huitième jour, pour parvenir, quatre jours plus tard, à un endroit d'où on peut embrasser du regard une lumière qui se répand d'en haut à travers toute la voûte céleste et sur la terre, droite comme une colonne, et rappelant tout à fait l'arc-en ciel, mais plus brillante et plus pure. Ils parvinrent jusqu'à elle au bout d'une journée de marche, et là précisément, au milieu de **[616c]** cette lumière, ils virent les extrémités des liens qui provenant du ciel se rattachaient à lui. Cette lumière constituait en effet le lien qui tient ensemble le ciel ; comme ces cordages qui lient les trières, de la même manière elle contient toute la révolution céleste. Aux extrémités de ces liens était rattaché le fuseau de Nécessité, par l'intermédiaire duquel tous les mouvements circulaires poursuivent leurs révolutions. La tige de ce fuseau et le crochet étaient faits d'acier, et le peson d'un mélange d'acier et d'autres matériaux. Voici quelle

était la nature du peson **[616d]** : son apparence extérieure était semblable à celle qu'on voit dans notre
monde, mais il faut se représenter les éléments dont
il était composé, d'après ce que rapportait Er, comme
si dans un grand peson creux et qu'on aurait évidé
complètement, on en trouvait un autre semblable,
mais plus petit et enchâssé selon un ajustement parfait, sur le modèle de ces récipients qu'on encastre
les uns dans les autres. Un troisième s'enchâssait de
la même manière, puis un quatrième, et puis quatre
autres. On comptait en effet huit pesons en tout,
insérés les uns dans les autres et montrant, quand on
les regardait d'en haut, leurs rebords circulaires,
[616e] mais autour de la tige, ils formaient l'enveloppe d'un seul peson. Cette tige traversait de part en
part, en son centre, le huitième peson. Or le premier
peson, celui qui était le plus à l'extérieur avait le
rebord circulaire le plus large, le rebord du sixième
était le deuxième en largeur, celui du quatrième était
le troisième, celui du huitième était le quatrième,
celui du septième était le cinquième, celui du cinquième était le sixième, celui du troisième était le
septième, et enfin celui du deuxième le huitième. Et
le rebord circulaire du plus grand était constellé
d'étoiles, celui du septième était le plus brillant, celui
du huitième recevait sa couleur du septième **[617a]**
qui l'illuminait, celui du deuxième et celui du cinquième présentaient une apparence similaire, ils
étaient plus pâles que les précédents, le troisième
avait l'éclat le plus blanc, le quatrième était rou-
geoyant, le deuxième arrivait en second pour la blancheur. Le fuseau tout entier était entraîné dans un
mouvement circulaire qui le faisait tourner sur lui-
même, mais au sein de la rotation de l'ensemble, les
sept cercles qui se trouvaient à l'intérieur tournaient
lentement et en sens contraire au mouvement de
l'ensemble. Parmi les sept, le plus rapide était le hui-

tième, puis venaient le sixième et le cinquième, **[617b]** dont la révolution était simultanée. Le quatrième, engagé dans cette rotation en sens inverse, leur semblait occuper le troisième rang pour ce qui est de la vitesse, alors que le troisième occupait le troisième rang, et le deuxième, le cinquième rang.

Le fuseau lui-même tournait sur les genoux de Nécessité. Sur la partie supérieure de chaque cercle se tenait une Sirène, qui était engagée dans le mouvement circulaire avec chacun et qui émettait une sonorité unique, une tonalité unique, et de l'ensemble de ces huit voix résonnait une harmonie unique. Il y avait aussi d'autres femmes qui siégeaient, au nombre de trois, placées en cercle à égale distance, chacune **[616c]** sur un trône : elles étaient les filles de Nécessité, les Moires, vêtues de blanc, la tête couronnée de bandelettes, Lachésis, Clotho et Atropos. Elles chantaient des hymnes qui ajoutaient à l'harmonie du chant des sirènes, Lachésis célébrant le passé, Clotho le présent, Atropos l'avenir. De plus, Clotho, la main droite posée sur le fuseau, aidait, en s'interrompant de temps à autre, à la révolution du cercle extérieur, alors qu'Atropos faisait tourner de la même manière de la main gauche les cercles intérieurs. Lachésis, elle, **[617d]** posait tout à tour l'une de ses mains sur chacun des cercles.

Quant à eux, lorsqu'ils furent arrivés, il leur fallut se rendre aussitôt auprès de Lachésis. En premier lieu, un proclamateur les plaça dans un certain ordre, puis, prenant sur les genoux de Lachésis des sorts et des modèles de vie, il gravit les gradins d'une tribune élevée et déclara : « Parole de la vierge Lachésis, fille de Nécessité. Âmes éphémères, voici le commencement d'un nouveau cycle qui pour une race mortelle sera porteur de mort. Ce n'est pas un démon qui vous **[617e]** tirera au sort, mais c'est vous qui choisirez un démon. Que le premier à être tiré au sort choisisse le premier la vie à laquelle il sera lié par la nécessité. De la vertu, personne n'est le maître, chacun, selon qu'il l'honorera ou la méprisera, en recevra une part plus ou moins grande. La responsabilité appartient à celui qui choisit. Le dieu, quant à lui, n'est pas responsable. »

Sur ces mots, il jeta les sorts sur eux tous, et chacun ramassa celui qui était tombé près de lui, sauf Er lui-même, à qui on ne le permit pas. Et quand chacun eut ramassé son sort, il sut clairement le rang qui lui était échu pour choisir. **[618a]** Après cela, il poursuivit en plaçant devant eux, étalés sur le sol, les modèles de vie, le nombre en était de beaucoup supérieur à celui des âmes présentes. Il y en avait de toutes sortes. On y trouvait en effet les vies de tous les animaux et la totalité des existences humaines. On trouvait parmi les vies humaines des vies de tyran, certaines dans leur entièreté, d'autres interrompues au milieu et s'achevant dans la pauvreté, l'exil, la mendicité. Il y avait aussi des vies d'hommes renommés, soit pour leur aspect physique, leur beauté ou leur force et **[618b]** leur combativité, soit pour leurs origines et les vertus de leurs ancêtres. Il y avait également des vies d'hommes obscurs à tous égards, et il en allait de même pour les vies de femmes. L'arrangement particulier de l'âme n'y figurait cependant pas, du fait que celle-ci allait nécessairement devenir différente selon le choix qu'elle ferait. Mais les autres caractéristiques de la vie étaient mélangées les unes aux autres, avec la richesse et la pauvreté, la maladie et la santé, et il y avait aussi des conditions qui occupaient une position médiane entre ces extrêmes.

C'est là, semble-t-il, mon cher Glaucon, que réside tout l'enjeu pour l'être humain, et c'est au premier chef pour cette raison qu'il faut s'appliquer, chacun **[618c]** de nous, à cette étude, en laissant de côté les autres, c'est elle qu'il faut rechercher et qu'il faut cultiver ; il s'agit en effet de savoir si on est en mesure de connaître et de découvrir celui qui nous donnera la capacité et le savoir requis pour discerner l'existence bénéfique et l'existence misérable, et de toujours et en tout lieu choisir l'existence la meilleure au sein de celles qui sont disponibles. Celui qui fait le compte de toutes les caractéristiques de l'existence qu'on vient à l'instant de rappeler, en considérant comment elles se combinent les unes aux autres et comment elles se distinguent dans leur rapport à l'excellence de la vie, celui-là sait ce qu'il en est du mélange de la beauté avec la misère et la richesse, **[618d]** et quel mal ou quel bien est accompli par telle disposition particulière de l'âme, et quelles conséquences résulteront du mélange de l'origine illustre ou roturière, de la vie privée et des responsabilités publiques, de la vigueur ou de la faiblesse, des aptitudes intellectuelles ou des handicaps, et de toutes les qualités de ce genre qui affectent l'âme, qu'il s'agisse de qualités naturelles ou de qualités acquises. Il s'ensuivra, sur la base de la conclusion qu'il en tirera, qu'il sera capable, le regard orienté vers la nature de l'âme, de choisir entre une vie mauvaise et une vie excellente : **[618e]** il considérera comme mauvaise celle qui conduirait l'âme à une condition dans laquelle elle deviendrait plus injuste, et excellente celle qui la rendrait plus juste. Tout le reste, il aura la liberté de s'en éloigner. Nous avons vu en effet que pendant la vie et après la mort, c'est ce choix qui s'impose. **[619a]** Il faut donc, en maintenant cette conviction avec la rigidité de l'acier, s'acheminer vers Hadès, de manière à ne pas se laisser éblouir là-bas aussi par les richesses et les maux de cette nature, de ne pas se jeter sur des vies tyranniques ou d'autres activités de ce genre qui causeraient des maux innombrables et irréparables, chacun de nous en endurerait de plus grands encore, mais plutôt de manière à savoir choisir la vie qui tient le milieu entre ces extrêmes, et fuir les débordements dans les deux sens, à la fois dans l'existence présente, autant que possible, et dans chacune des vies qui viendra ensuite. Car c'est de cette manière que l'être humain atteint le bonheur suprême. **[619b]**

Et alors notre messager du monde de là-bas nous rapporta que le proclamateur parla de la manière suivante : « Même pour celui qui arrive en dernier, il existe une vie satisfaisante plutôt qu'une vie médiocre, pour peu qu'il en fasse le choix de manière réfléchie et qu'il la vive en y mettant tous ses efforts. Dès lors, que le premier à choisir ne se montre pas désinvolte dans son choix, et que le dernier à choisir ne se décourage pas. »

Il rapporta ensuite que lorsque le proclamateur eut terminé, le premier à s'avancer pour faire son choix choisit la plus extrême tyrannie. Dans sa folie, son avidité le conduisit à choisir la tyrannie sans prendre le soin d'en faire l'examen sous tous ses aspects. **[619c]** Il ne réalisa pas qu'au nombre des maux qui l'accompagnaient, il aurait pour destin de manger ses propres enfants. Quand il put prendre le temps de l'examiner cependant, il se frappa la poitrine et gémit sur le choix qu'il venait de faire. Oublieux des paroles du proclamateur, qui l'en avaient averti, il ne voulut pas reconnaître qu'il était lui-même responsable de ces maux, et il en blâma le hasard, les démons et tout sauf lui-même. Il faisait partie du groupe de ceux qui étaient descendus du ciel, ayant vécu sa vie antérieure dans une constitution politique bien ordonnée, où il avait pu participer à une vie vertueuse par la force de l'habitude, mais sans philosophie. **[619d]** Pour le dire en un mot, la plupart de ceux qui se laissaient prendre par le choix de ces situations étaient de ceux qui descendaient du ciel, du fait qu'ils n'avaient pas été habitués à une vie de souffrances. Au contraire, ceux qui émergeaient de la terre, parce qu'ils avaient souffert eux-mêmes et qu'ils avaient vu les autres souffrir, pour la plupart ils ne se précipitaient pas pour faire leur choix. Pour cette raison et aussi à cause du hasard de la distribution des sorts, il y avait pour la majorité des âmes une permutation des vies bonnes et des vies mauvaises. Mais en dépit de tout cela, si quelqu'un poursuit la vie philosophique d'une manière disciplinée quand il vit sa vie ici sur terre, **[619e]** et si le choix des sorts ne lui attribue pas la dernière place dans le choix des vies, alors, si on se fie à ce qu'Er a rapporté du monde de l'au-delà, on peut affirmer que non seulement il mènera ici-bas une vie heureuse, mais que le voyage qui le conduira là-bas et ensuite le ramènera ici-bas ne se fera pas à travers le souterrain rempli d'aspérités, mais au contraire sur la voie douce du chemin céleste.

Er dit aussi que ce choix des vies par chaque âme individuelle constituait un spectacle qui méritait d'être vu. **[620a]** C'était en effet à la fois pitoyable, drôle et surprenant. Dans la plupart des cas, le choix découlait des habitudes de vie de leur existence antérieure. Il avait vu par exemple l'âme qui avait autrefois appartenu à Orphée choisir la vie d'un cygne, parce qu'il haïssait le sexe féminin qui avait été l'instrument de sa propre mort et qu'il voulait éviter d'avoir à s'unir à une femme pour engendrer. Il avait vu aussi l'âme de Thamyras choisir la vie d'un rossignol. Il avait vu encore un cygne choisir de se transformer pour vivre une existence humaine, de même que plusieurs animaux doués pour la musique faire le même choix. **[620b]** L'âme qui vint au vingtième rang choisit la vie d'un lion. C'était l'âme d'Ajax, fils de Télamon. Il prit soin d'éviter la vie humaine, se souvenant du jugement concernant l'armure.

L'âme qui venait ensuite était celle d'Agamemnon,
ses souffrances lui avaient aussi fait haïr l'espèce
humaine et il choisit la vie d'un aigle. L'âme d'Ata-
lante avait eu en partage une place située vers le
milieu, et quand elle vit que de grands honneurs
étaient conférés à un athlète masculin, elle fit le
choix de cette vie-là, incapable de résister à ces honneurs. Après elle, **[620c]** il vit l'âme d'Épéios, le fils
de Panopeus, revêtir la condition d'une femme arti-
sane. Arrivé presque au terme du choix, il vit l'âme
de cet imbécile de Thersite, prenant la forme d'un
singe. Le hasard avait voulu que l'âme d'Ulysse soit
la dernière du lot à faire son choix. Le souvenir de
ses souffrances passées l'avait guérie du désir des
honneurs et elle circula ici et là pendant un long
moment, à la recherche de la vie d'un homme
simple, voué à son travail. Non sans mal, elle finit par
en trouver une qui gisait par terre, négligée de toutes
les autres. **[620d]** Elle la choisit joyeusement et
déclara qu'elle aurait fait le même choix si elle avait
été placée en premier pour choisir. C'est d'une
manière semblable que les âmes des autres animaux
transitaient vers des existences humaines ou qu'elles
changeaient entre elles de vies animales. Les âmes
des animaux injustes changeaient pour des vies de
bêtes sauvages, les âmes justes choisissaient des vies
d'animaux dociles, et on était témoin de toutes sortes
de croisements.

Après que toutes les âmes eurent choisi leur vie,
elles s'avancèrent vers Lachésis en suivant le rang
qu'elles occupaient pour choisir. La déesse leur
assigna à chacune un démon, celui-là même que
l'âme avait choisi comme gardien **[620e]** de sa vie et
qui allait veiller à l'accomplissement de leurs choix.
Ce démon conduisit l'âme d'abord auprès de Clotho,
en la plaçant sous sa main alors qu'elle faisait
tourner le fuseau engagé dans sa rotation, afin de

sceller le destin que chacune avait choisi tout en l'ayant tiré au sort. Après que chacune l'eut touchée, le démon la conduisit au filage d'Atropos, pour rendre irréversible ce qui venait d'être filé. À ce moment, sans pouvoir revenir sur ses pas, **[621a]** elle progressait de cet endroit pour passer sous le trône de Nécessité et traverser de l'autre côté. Lorsque toutes les autres eurent traversé, elles se mirent en route vers la plaine du Léthé, par une chaleur terrible et étouffante. Il n'y avait en effet aucun arbre, rien de ce que fait pousser la terre. Et là, au bord de ce fleuve Amélès, dont aucun récipient ne peut contenir l'eau, elles établirent leur campement, car la nuit approchait. Toutes devaient boire une certaine quantité de cette eau, mais celles qui n'étaient pas protégées par l'exercice de la raison réfléchie, en buvaient plus que la mesure prescrite. Celle qui buvait, à chaque fois oubliait **[621b]** tout le passé. Lorsqu'elles se furent couchées, sur le coup de minuit, il y eut un coup de tonnerre et un tremblement de terre et elles furent en un éclair transportées hors de cet endroit, chacune s'élevant vers le lieu de sa naissance, comme des étoiles fusant de toutes parts. Il avait été interdit à Er de boire de cette eau et lui-même rapporta qu'il ne savait pas comment ni par quel chemin il avait été ramené dans son corps, si ce n'est qu'en se réveillant brusquement, il eut conscience de se trouver là, à l'aube, étendu sur le bûcher funéraire.

Et voilà comment, Glaucon, cette histoire ne s'est pas perdue, mais a été préservée. Elle pourrait aussi nous sauver **[621c]** nous-mêmes, si nous nous en persuadons, car nous accomplirions alors une traversée heureuse du fleuve du Léthé, et nos âmes ne subiraient aucune souillure. Car si nous sommes convaincus par mon discours, nous croirons que l'âme est immortelle et qu'elle est capable d'affronter tous les maux, capable aussi d'accueillir tous les biens, et nous nous attacherons toujours au chemin qui monte là-haut, et nous nous appliquerons à mettre en œuvre la justice de toutes les manières avec le secours de la raison. Ainsi, nous serons des amis pour nous-mêmes et aussi pour les dieux, durant notre séjour terrestre autant qu'après, lorsque le temps sera venu de récolter **[621d]** les trophées de la justice, à l'instar de ces athlètes victorieux qui défilent au stade. C'est ainsi que durant cette vie et au cours de ce voyage de mille ans que nous avons décrit, nous trouverons bonheur et succès dans notre vie.

NOTES

AUX ORIGINES DES CITÉS

Les révolutions du monde : *Politique*, 268d-274e

1. Le mythe du *Politique* est commenté par L. Brisson « Interprétation du mythe du *Politique* » (1995), modifié et repris dans *Lectures de Platon*, Paris, Vrin, 2000, p. 169-205.

Pour étayer sa propre fiction, Platon mêle ici trois mythes connus des Grecs, en suggérant qu'ils ne sont que trois bribes d'un seul et même récit cosmologique. Le premier mythe est celui qui rapporte que le monde a changé de cours, le deuxième celui qui évoque le règne de Kronos, le troisième celui des hommes « nés de la terre ». Chacune de ces légendes grecques ne témoigne toutefois que partiellement de l'histoire des bouleversements du monde et de ce qu'il advint des hommes en son sein, et l'Étranger prétend ici restituer la continuité historique de ces bouleversements.

Le monde est une sphère, emportée par une révolution circulaire qui n'est pas toujours orientée dans le même sens, mais qui connaît au contraire des inversions brutales. Le monde est un vivant forgé par un dieu artisan (un « démiurge ») qui a ordonné sa nature primitive corporelle et désordonnée de façon à en faire un vivant doué de réflexion. Constitué à partir d'un matériau instable, le monde conserve une part de sa nature primitive et se trouve ainsi soumis au conflit apparemment irréductible qui se manifeste en lui sous la forme d'une contrariété entre la réflexion que lui a conférée le démiurge et le désir qui est le propre de sa nature corporelle. C'est la raison pour laquelle, explique l'Étranger, le monde peine puis échoue à se rappeler, pour les suivre, les instructions de son divin fabricant ; et c'est aussi bien le moteur du récit cosmologique du mythe du *Politique*, qui décrit successivement une période durant laquelle le dieu veille sur son ouvrage (il s'agit du « règne de Kronos », qui est présenté à la manière d'un âge d'or irénique), puis une période durant laquelle le monde oublieux, laissé à lui-même par le dieu, sombre et menace de disparaître, et enfin une dernière période qui, à la faveur de l'intervention du dieu puis du secours des dieux, est celle d'un équilibre et d'un ordre retrouvés.

L'hypothèse selon laquelle le monde change régulièrement de cours s'inscrit spontanément dans la représentation cyclique de la temporalité que partagent les anciens Grecs. Ces derniers acceptent communément le caractère répétitif et cyclique des cataclysmes cosmiques ou terrestres, tout comme ils accordent que l'histoire humaine est soumise à des répétitions cycliques (l'historien Thucydide le répète dès le début de son ouvrage : I 22, 4). Platon n'innove sans doute pas davantage en proposant cette alternance cosmique, puisqu'on trouve de semblables modèles du mouvement du monde dans les cosmologies de ses prédécesseurs, avant tout dans celle d'Empédocle, qui soutenait que toutes choses alternaient entre des périodes de repos ou de mouvement, mais aussi d'unité et de multiplicité. De tels renversements nourrissent par ailleurs les récits qui évoquent une réversion du temps. L'exemple le plus fameux, ici rappelé, en est celui d'Atrée et du trône de Mycènes. Ce dernier devait expliquer la présence d'un agneau à la toison d'or comme un signe divin, envoyé par Zeus qui prouvait ainsi la légitimité de la prise du pouvoir par Atrée. L'agneau ayant été offert à son rival Thyeste, Zeus n'hésita pas à faire rebrousser chemin aux astres, de sorte que le temps régresse et que l'agneau rejoigne son troupeau, au bénéfice d'Atrée. La légende est partiellement rapportée par Euripide, dans son *Oreste*, 994-1012. Platon ne s'attarde pas sur la querelle dynastique qui opposait Atrée à Thyeste, et il ne retient donc que l'indication, connue de ses lecteurs, de l'inversion de la course des astres par Zeus. Hérodote avait imputé une semblable hypothèse d'un mouvement céleste inversé aux Égyptiens, dans le livre II 143 de son *Enquête*. Platon, en écartant ainsi l'épisode dynastique au profit de l'explication astronomique, fait de cette dernière la cause véritable de la fiction mythique, en soutenant que le phénomène astronomique a suscité ces légendes qui, toutes fallacieuses qu'elles soient, n'en sont pas moins fondées sur des phénomènes explicables. Il en fait de même dans le *Timée* 36c-d, en présentant cette fois le mythe de Phaéton comme une conséquence mythique d'un phénomène astronomique particulier. Sur ces textes, voir L. Brisson, « L'Égypte de Platon » (1987), modifié et repris dans *Lectures de Platon*, Paris, Vrin, 2000, p. 151-167. Il n'est pas exclu (voir, à ce propos, les p. 247-248) que cette alternance cyclique des mouvements du monde soit inspirée par la cosmogonie cyclique d'Empédocle (voir D. O'Brien, « L'Empédocle de Platon », *Revue des études grecques*, 110, 1997, p. 381-398).

Le deuxième élément mythique est la description du règne de Kronos, que les Grecs concevaient à la manière d'un âge d'or, dont Platon va rappeler qu'il est désormais révolu. Il est probable que Platon s'appuie sur la version du récit qu'on trouve chez Hésiode, *Les Travaux et les Jours*, v. 111-122. La note 3, p. 244-245, *infra*, revient sur ce mythe.

Le troisième élément mythique est l'allusion aux autochtones, et plus exactement ici à l'existence d'une première population humaine qui serait née de la terre (les « nés de la terre », *gēgeneîs*). Voir cette fois, *infra*, la note 1, p. 246-247.

La naissance des cités : *Lois*, III 676a-684a

2. Dans cette histoire des cités, la frontière entre la légende que l'on relate et les faits historiques peu ou prou consignés par les historiens apparaît on ne peut plus fragile. Platon joue du reste de la relative indistinction du discours historique et des récits légendaires sans chercher à les délier. Ces pages sont commentées avec précision par R. Weil, *L'« Archéologie » de Platon*, Paris, Klincksieck, 1959.

Quatre séquences narratives se succèdent dans cette description de la naissance des cités : l'évocation des déluges anciens, celle des premiers grands inventeurs humains, les rappels homériques de la vie des cyclopes et de la fondation de Troie, puis enfin le récit de la fondation des cités doriennes.

La mention des déluges permet d'expliquer comment l'humanité, de façon cyclique, est appelée à recommencer son histoire. Platon fait allusion au déluge de Deucalion, que le récit atlante du *Timée* (22a, puis 23c-e et 25c-d) et du *Critias* (112a) avait daté à près de neuf mille ans avant Solon, tout en rappelant également que les déluges, avant celui de Deucalion, furent nombreux (selon le *Timée* ; le *Critias* en évoque trois). Platon s'accommode de cette imprécision historique en suggérant que, vraisemblablement, les communautés humaines suivront toujours un développement semblable après les déluges. Ces derniers, à la faveur de cycles, sont appelés à se reproduire (mêmes remarques dans le *Timée*, 22d et dans le *Critias*, 109d).

Les personnages légendaires dont le souvenir est rappelé sont les premiers inventeurs humains, c'est-à-dire les premiers à tirer un excellent profit des dons divins. À Dédale, on attribuait la fabrication des premières statues qui étaient à ce point réussies qu'elles donnaient l'impression d'être en vie (*Hippias majeur* 282a ; *Ion* 533a-b, *Euthyphron* 11c ; *Ménon* 97d) ; à Orphée, la poésie et le chant avec la cithare ; à Palamède, le jeu de dames ou « trictrac » (mais encore le nombre ou les lettres ; voir *Apologie de Socrate* 41b, *République* VII 522d, *Phèdre* 261b) ; à Marsyas et Olympos (élève de Marsyas), le jeu de la flûte (voir *Banquet* 215a-c) ; à Amphion, celui de la lyre (il est mentionné, mais non à ce titre, dans le *Gorgias* 485e et 506b). Épiménide, Crétois, avait été présenté comme l'ancêtre de Clinias (I 642d-643a). Il passait pour avoir inventé un breuvage qui supprimait la faim et la soif, dans la composition duquel entraient la mauve et l'asphodèle (Hésiode, *Les Travaux et les Jours* : « Pauvres sots ! Ils ne savent pas combien la moitié vaut plus que le tout, ni quelle richesse il y a dans la mauve et l'asphodèle » (v. 40-41, trad. de P. Mazon).

Entre le rappel des déluges anciens et l'histoire plus récente de la fondation des cités doriennes, Platon donne au témoignage homérique une valeur proprement historique, en affirmant que les communautés de Cyclopes sont une forme d'organisation familiale du pouvoir encore élémentaire et insatisfaisante. Platon cite alors l'*Odyssée* IX 112-115. Puis

il s'en remet de nouveau à Homère pour évoquer la fondation et la destruction de Troie (Platon semble encore s'appuyer sur l'*Agamemnon*
d'Eschyle).

4°   Les éléments plus récents de l'histoire grecque sont les légendes de
fondation que rapportent les historiens ou les écrivains du vᵉ et du
ivᵉ siècle. On trouve ainsi mentionnés le sort des Héraclides, les descendants d'Héraclès, qui furent chassés d'Argos et émigrèrent en Doride,
avant de revenir victorieux, quatre-vingts ans après la fin de la guerre de
Troie (Thucydide le note au début de son ouvrage, I, 9). On dit de
Dorieus, qui donna son nom aux siens, qu'il rassembla tous les Héraclides exilés. Ses descendants conquirent le Péloponnèse (comme le rappelle Hérodote IX, 26). Le recours aux généalogies et aux épisodes fondateurs permet ainsi de lier les épisodes mythiques à la chronique
historique des cités, le temps héroïque à l'histoire civique récente. Mais
il n'y a là matière à distinction que pour nous : seul un lecteur contemporain pourrait vouloir distinguer ici entre « mythe » et « histoire »,
quand aucun des historiens anciens (Hérodote, Thucydide), et pas davantage Platon, n'aurait admis une telle rupture.

Le règne de Kronos : *Lois*, IV 711c-714b

3. Le mythe de Kronos occupe également le *Politique* (voir, *supra*, la
note 1, p. 241-243), quand le *Gorgias* fait pour sa part allusion à Kronos
(523b-e). Les informations littéraires et bibliographiques sont regrou-
pées, avec des interprétations différentes du texte platonicien, dans les
études de L. Brisson, « Interprétation du mythe du *Politique* » (1995),
modifié et repris dans *Lectures de Platon*, Paris, Vrin, 2000, p. 169-205,
et de F. L. Lisi, « La pensée historique de Platon dans les *Lois* », *Cahiers
Glotz*, 11, 2000, p. 9-23.

« Le dieu aux pensers fourbes », Kronos, est le fils de la terre et du
ciel, de Gaia et d'Ouranos ; il s'empare du pouvoir de son père en le châ-
trant et s'unit à Rhéia avec qui il enfante des rejetons qu'il avale aussitôt
nés, pour ne pas que des héritiers lui contestent son trône. Zeus trompe
sa vigilance et s'empare à son tour du pouvoir. C'est ici, notamment dans
les *Travaux et les Jours* d'Hésiode auxquels Platon semble renvoyer son
lecteur, que la légende de Kronos reçoit son deuxième visage. Elle est en
effet double, puisque la divinité despotique qui dévore ses propres
enfants se transforme, une fois dépossédée de son trône, en un patriarche
idyllique. Chassé de l'Olympe, Kronos part régner sur les Îles des Bienheureux où des héros vivent dans la félicité. Dans le mythe hésiodique
des races, sous le premier règne de Kronos cette fois, les premiers
hommes vivaient déjà un âge d'or (*Les Travaux et les Jours*, v. 109-126).
Dans le texte de Platon, c'est bien ce second aspect de la légende qui est
privilégié, pour peindre un état du monde et des êtres vivants de parfaite
félicité, d'abondance et de satisfaction naturelle de tous les besoins. La
version qu'en donne le *Politique* peut certes paraître ambiguë, puisque
les hommes y sont apparentés à de simples bêtes vivant en troupeau et
peu soucieuses de réflexion ou de science ; les *Lois* font du récit un usage
plus favorable, en présentant le règne de Kronos à la fois comme une ori-

gine historique et comme un modèle de perfection historique. Platon choisit ainsi de lier l'excellence politique à une forme de perfection divine : il n'y aura de salut pour les cités humaines qu'à la condition qu'elles imitent la perfection divine dont témoignent les anciens récits.

Le mythe de l'Atlantide : *Timée*, 17a-27a et *Critias*

4. Le récit de Platon est distribué entre deux dialogues et il est inachevé : le début du *Timée* l'annonce et le résume, quand le *Critias* entreprend de le relater mais sans parvenir à son terme. L'affrontement entre les deux puissances est annoncé, mais il n'est jamais décrit, et le *Critias* ne nous donne qu'une description de l'Athènes archaïque et de l'Atlantide. Ce récit est commenté dans J.-F. Pradeau, *Le Monde de la politique. Sur le récit atlante de Platon, Timée (17a-27b) et Critias*, Sankt Augustin, Academia, 1997.

Il semble bien que Platon ait inventé ce que l'on appellera à l'âge moderne « le mythe de l'Atlantide » et dont la postérité sera considérable, à la mesure de toutes les hypothèses qui seront faites sur l'emplacement que pouvait bien occuper cette île avant que d'être engloutie par les flots. Avant Platon, on ne trouve aucune mention de l'île Atlantide, ni non plus du conflit avec l'ancienne Athènes. En revanche, il est patent que Platon a trouvé une partie du matériau de sa fiction dans les ouvrages de ses prédécesseurs, et notamment dans le deuxième livre de *L'Enquête* d'Hérodote, dont il s'inspire pour composer la description de la cité atlante, de son plan territorial et de son urbanisme. La fiction platonicienne s'inscrit dans le genre des récits traditionnels en lui empruntant sa forme et en insistant considérablement sur les modalités de sa transmission (au début du *Timée*), de façon à justifier la véracité du récit. Ce dernier est pour l'essentiel une description, qui a pour particularité d'être rédigée en des termes probables, c'est-à-dire à l'aide du vocabulaire qu'employaient les « historiens » et les « géographes » contemporains de Platon. Ainsi Platon décrit-il en des termes courants ou savants les différentes caractéristiques (topographique, constitutionnelle, économique) des deux puissances, mais aussi les principaux traits de leurs populations, de leurs habitats ou encore de leurs armées, et il les présente selon les critères qui sont les siens, tels qu'il a pu les exposer dans ses écrits politiques et notamment dans sa *République* à laquelle fait allusion le début du *Timée*. Les cités que décrit Platon sont alors décrites comme des cités existantes, de façon à ce que le lecteur comprenne pourquoi la puissance atlante, démesurée et déséquilibrée était vouée à la destruction. Et de façon à ce qu'il comprenne encore que l'empire maritime atlante est une projection fictive de l'Athènes contemporaine, que Platon dénonce comme une thalassocratie impérialiste. Le mythe sert donc une critique politique, dirigée contre Athènes, en opposant une Athènes archaïque et vertueuse à l'Athènes contemporaine dépeinte sous les traits de l'Atlantide.

Les vertus civiques selon Protagoras : *Protagoras*, 320b-322d

5. Ce mythe est commenté par L. Brisson, « Le mythe de *Protagoras*. Essai d'analyse structurale », *Quaderni urbinati di cultura classica*, 20, 1975, p. 10-37, puis, du même auteur, dans « Le mythe de *Protagoras* et la question des vertus », repris dans *Lectures de Platon*, Paris, Vrin, 2000, p. 113-133.

Dans l'ensemble des dialogues, il s'agit là du plus long des récits placés dans la bouche d'un sophiste, c'est-à-dire d'un adversaire de Platon. Protagoras donne ici une version démocratique du mythe prométhéen, pour justifier la naturalité du régime où tous sont égaux et tous peuvent faire valoir une égale aptitude à gouverner la cité. Le mythe prométhéen est parfaitement répandu, et si les variantes en sont nombreuses, aucune ne propose, comme le fait ici Protagoras, que les dieux pourvoient les hommes en justice et en pudeur à la suite de la punition de Prométhée. Ce petit ajout fait la particularité du récit de Protagoras, qui entend montrer que la démocratie athénienne est l'expression adéquate de la nature humaine.

Épiméthée et Prométhée sont des Titans ; fils de Japet, le frère de Kronos, et de Clymène, ils sont de la génération de Zeus, le fils de Kronos. D'Épiméthée, « celui qui comprend après coup », il est dit qu'« il n'est pas particulièrement avisé » (321b7) ; ce trait de caractère s'accorde bien avec le fait qu'il s'occupe des bêtes « dépourvues de raison ». En revanche, Prométhée, « celui qui réfléchit à l'avance » (321c1), est un personnage plein de ressources ; ce qui s'accorde cette fois avec le fait qu'il est toujours présenté, dans toutes les versions du mythe, comme un personnage pourvu d'intelligence et d'habileté, de *mètis*. Voir le récit d'Hésiode, *Théogonie* v. 507-617. Puis Pindare, *Olympiques* IX v. 68, et Eschyle dans sa pièce éponyme, le *Prométhée enchaîné*.

DES VIES HUMAINES

Les autochtones : *Lois*, II 663e-664b et *République*, III 414b-415e

1. Le mythe des autochtones, humains nés de la terre, est fréquemment mentionné dans les dialogues. On l'a rencontré dans le mythe de l'Atlantide (*Timée* 23e, puis *Critias* 109c) puis dans celui du *Politique* (qui évoquait les « nés de la terre »), et il est encore présent dans le *Banquet* 190b (voir, *infra*, p. 247-248) puis dans le *Ménexène* 237b (qui rappelle l'origine « autochtone » des Athéniens) ou encore dans le *Sophiste* 248c (où les êtres « sortis de la terre » sont des géants, matérialistes, violents et bornés). (littéralement, les « nés de la terre ») ou le *Protagoras* (320b).

Le mythe autochtone est un mythe profondément athénien, qui jouait un rôle idéologique majeur dans la manière dont la cité se représentait à la fois son inscription dans son territoire, mais aussi et encore son origine divine, sur un mode absolument civique : la cité et ses citoyens naissent ensemble sur un même territoire, c'est l'unité de la communauté civique qui est ainsi fondée. On trouve mention de ce mythe dans la tragédie

(Eschyle, *Les Sept contre Thèbes*, 16-20 ; Euripide, *Ion*, 589-592), et il est présenté par N. Loraux, *L'Invention d'Athènes*, Paris, Payot, 1993.

Platon associe le mythe autochtone à deux autres mythes dont la mission civique est semblable et qu'on trouve également associés chez d'autres auteurs : le mythe hésiodique des races, puis le mythe de la fondation de Thèbes par Cadmos.

Le mythe des races est emprunté à Hésiode, *Les Travaux et les Jours*, v. 109-201, qui décrivait la génération (et de fait la décadence) de cinq races humaines successives (d'or, d'argent, de bronze, une génération de héros, puis enfin de fer). Platon s'appuie sur le mythe hésiodique pour dépeindre l'âge d'or du règne de Kronos (celui de la première génération humaine), ou pour justifier, comme c'est le cas dans la *République* et dans les *Lois*, une double exigence politique qui pourrait paraître contradictoire : défendre l'unité de la cité (en la fondant là encore dans une unique et commune origine), tout en défendant l'opportunité de distinguer entre les hommes selon leur valeur, et justifier alors une hiérarchie sociale.

Le mythe de la fondation de Thèbes est celui qui évoque le sort de Cadmos, fils d'Agénor, roi de Tyr (ville de Phénicie ; d'où sa désignation comme « l'homme de Sidon », autre ville de Phénicie). Cadmos affronte et tue un dragon sacré, avant de semer ses dents dans la terre de la future Thèbes. Des soldats sortent en armes de la terre, pour s'entretuer : il en restera cinq, les fondateurs de Thèbes.

Les androgynes d'Aristophane : *Banquet*, 189c-193d

2. Le mythe d'Aristophane est commenté par L. Brisson, dans *Le Sexe incertain : androgynie et hermaphrodisme dans l'Antiquité gréco-romaine*, Paris, Les Belles Lettres, 1997.

Aristophane mêle dans son récit des éléments de la « gigantomachie » traditionnelle et un certain nombre de lieux communs sur la sexualité. Les « Géants » sont avec les « Titans » les divinités que Zeus et les dieux de l'Olympe durent affronter pour asseoir définitivement leur pouvoir. En 190b-c, Aristophane s'amuse en corrigeant Homère et en demandant que l'on attribue à ses propres créatures androgynes les actions dont le poète disait qu'elles avaient été accomplies par les jumeaux Éphialte et Otos : ces deux Géants terrestres, qui réagissaient ainsi à la capture des Titans par les dieux olympiens, avaient emprisonné le dieu Arès durant une année (*Iliade* V, 385-390) Ils avaient par ailleurs l'intention de s'en prendre aux autres dieux et de monter au ciel en empilant le mont Ossa sur l'Olympe et le Pélion sur le mont Ossa (*Odyssée* XI, 307-320). Dans la plupart des versions du mythe, sous différents prétextes ou à la suite de différentes ruses, les deux jumeaux finissent par s'entretuer, et l'ensemble des Géants tombent sous la foudre de Zeus.

Les androgynes d'Aristophane sont une réponse à une question, celle de l'origine de l'humanité comme de ses apparences originelles, qui a donné lieu à de nombreux récits. Le choix de la dualité androgyne, s'il n'est pas attesté sous cette forme, semble toutefois puiser à deux sources. D'une part, la mention des figures sphériques ou ovoïdes pourrait laisser

penser que Platon fait allusion aux récits « orphiques » qui décrivaient la
naissance d'Éros. Selon ces récits, qui étaient des théogonies, Éros naît
d'un œuf que la nuit a engendré. Il n'est pas exclu que les androgynes
sphériques y fassent ainsi allusion, et c'est peut-être ce que suggère
Platon en mettant ce récit dans la bouche du comédien Aristophane : en
414 av. J.-C., ce dernier avait créé une pièce, les *Oiseaux*, dans laquelle
on trouve un témoignage parodique sur la naissance d'Éros (v. 676-800 ;
voir également, ci-dessous, le mythe de Diotime et la note 3, p. 251).
D'autre part et toujours à titre allusif, il est possible que la dualité androgyne soit de nouveau un écho, sinon une version amusée de ce que le philosophe Empédocle avait conçu en évoquant, à une époque où le monde
était sous le joug du principe qu'est la haine, l'existence de créatures aux
membres multiples et de membres disjoints à la recherche les uns des
autres (voir, dans le recueil de H. Diels, les fragments B 47 à 62).

Le récit platonicien rend compte à sa façon de différentes formes de
sexualité. Il est intéressant à ce titre, car on a là l'une des rares, sinon
peut-être la seule mention explicite de l'homosexualité féminine. La
manière dont Platon décrit la recherche de la moitié aura une postérité littéraire et philosophique considérable. Aussi est-ce dès la génération suivante qu'Aristote range le récit de Platon parmi les textes qui font autorité sur l'amour (*Politique* II 4, 6, 1262b13).

Les marionnettes : *Lois*, I 644d-645c, et VII 803b-804c

3. Parmi les études récemment consacrées à ce récit, voir C. Gaudin,
« Humanisation de la marionnette. Plato Leg. I 644c-645d ; VII 803c-
804c », *Elenchos*, 23, 2002, p. 271-295.

Ainsi convoqué à deux reprises dans les *Lois*, ce mythe est destiné à
défendre une thèse anthropologique équivoque : l'homme est à la fois
méprisable par rapport aux dieux dont il n'est qu'un instrument, mais ce
titre même, qui fait de lui un jouet du dieu, le rend également estimable :
il est, ne fût-ce que son jouet, quelque chose du divin, il est lié aux dieux.
Comme le montrent notamment le portrait du poète dans l'*Ion* (voir,
infra, note 1, p. 249-250) ou encore la fin du *Politique* (309a-c), Platon a
plusieurs fois recours à l'image de la traction, qui voit l'homme suspendu
au dieu. Le thème est du reste fréquent dans les traditions indo-euro-
péennes, si l'on en croit M. Eliade, « Mythes et symboles de la corde »,
Eranos-Jahrbuch, 29, 1960, p. 109-137.

L'anneau de Gygès : *République*, II 358e-360d

4. Ce récit est prononcé par Thrasymaque, qui propose une apologie
de l'injustice de type sophistique.

La source la plus explicite du récit se trouve dans *L'Enquête* d'Hérodote, I, 8-14, avec une variante distincte, puisque dans le récit d'Hérodote le Lydien Gygès, garde du corps du roi Candaule, tue ce dernier et
s'empare de son trône, mais sans l'artifice de l'anneau et avec l'aide en
revanche de l'épouse de Candaule. Platon paraît prendre la mesure de
l'écart, puisqu'il souligne que son récit concerne « l'ancêtre de Gygès ».

LA BEAUTÉ ET LES AMOURS

L'enthousiasme du poète : *Ion*, 533c-536d et *Lois*, IV 719c-e

1. On trouvera des indications bibliographiques et des précisions dans Platon, *Ion*, traduction par J.-F. Pradeau, Paris, Ellipses, 2001.

Le poète est un enthousiaste, c'est-à-dire selon l'*Ion* un ignorant animé par le dieu. On doit prendre la mesure du caractère profondément novateur de la définition du poète enthousiaste. C'est la première fois dans l'histoire de la littérature ancienne que le motif de l'enthousiasme sert ainsi à la définition du poète « possédé ». Si le thème de l'inspiration divine du poète comme celui de la possession de l'homme par le dieu ne sont pas des nouveautés platoniciennes, tel est bien le cas, en revanche, de l'affirmation selon laquelle l'inspiration du poète n'est que l'effet d'une possession divine. La confusion des deux motifs, qui est le ressort de l'argument majeur du *Ion* et que l'on retrouve dans les *Lois*, est parfaitement originale. L'inspiration divine du poète est un thème ancien, dont attestent volontiers en leur nom propre les poètes ou tragédiens grecs qui déclarent tenir à la fois leur talent et l'objet de leur œuvre d'un don reçu des dieux. Ainsi les invocations courantes aux Muses sont-elles le signe que la divinité est bien à l'origine de l'œuvre et qu'elle confère au poète son talent. Comme le dit Hésiode lui-même, « ce sont elles qui, jadis, à Hésiode enseignèrent un beau chant » (*Théogonie*, v. 22, traduction de A. Bonnafé, Paris, Rivages, 1993). Hésiode ajoute encore, à propos des Muses : « elles m'inspirèrent des accents divins, pour que je glorifie ce qui sera et ce qui fut », v. 32. On trouve cette même prétention à l'inspiration divine chez Homère, dans l'*Iliade*, II, 484-492. Si le poète est bien un herméneute, c'est-à-dire celui qui traduit aux hommes le message des dieux, l'origine ou même la nature divine qu'on reconnaît à l'œuvre poétique ne se manifestent toutefois qu'à la condition que le don reçu par le poète soit convenablement employé. Élève des Muses, le poète doit à son propre talent la beauté de son œuvre ; c'est la raison pour laquelle, au moins depuis Homère, les Grecs lui reconnaissent un savoir et une aptitude technique qui font de son œuvre le résultat d'une production, d'une *poíēsis* spécifique. C'est à cette représentation de l'inspiration poétique et de la compétence du poète que s'en prend Platon. La critique socratique est effectivement expéditive en la matière, puisqu'elle choisit, plutôt que de mettre à l'examen l'inspiration poétique, de la transformer en une possession littérale, de telle sorte que l'initiative ou le talent du poète s'en trouvent parfaitement anéantis. Platon subvertit ainsi la représentation traditionnelle du talent poétique, en donnant à l'inspiration la forme extrême d'une possession qui rend le dieu désormais responsable de l'ensemble du processus de la création poétique (comme l'illustre cet enchaînement magnétique que décrit Socrate, en *Ion* 533d-e puis 535a-536c). Transformant l'inspiration en possession, Platon prive le poète de la part d'interprétation, d'explication ou de traduction du langage divin, dont on estimait qu'elle était la spécificité de son œuvre. Désormais, le poète n'est plus qu'un ventriloque ; la puissance qui rend possible l'œuvre poétique n'est pas celle du poète ou du récitant, mais toujours celle du dieu.

L'envol de l'âme et la contemplation de l'intelligible : *Phèdre*, 246a-257c

2. Outre les indications de la traduction de L. Brisson, dans cette collection, voir les explications de G. J. Vries, *A Commentary on the* Phaedrus *of Plato*, Amsterdam, Hakkert, 1969.

L'intérêt de ce mythe est d'abord, comme c'est aussi la vocation des mythes qu'on trouve à la fin du *Gorgias*, du *Phédon* ou de la *République*, de proposer une description de la vie de l'âme indépendamment du corps. Platon donne ici des précisions sur le compte de la durée des « cycles » de réincorporation de dix mille ans (cette périodicité paraît pouvoir recouper celle que donnent la *République* X 615a, voir, *infra*, note 6, p. 256 et le *Timée* 23d-e et 39d). On trouve ensuite ici une représentation cosmologique de l'économie de l'âme dont le principal intérêt est qu'elle souligne à la fois la communauté avec les dieux (qui sont également des vivants, et donc des êtres animés), en même temps qu'elle rappelle au lecteur que l'univers tout entier est ainsi animé par la présence des âmes divines comme des âmes des défunts. L'âme elle-même, dans sa composition triple, est ici représentée sous la forme d'un attelage qui permet à Platon de rappeler qu'elle rassemble des facultés distinctes, dont l'accord n'a rien de spontané : aussi la raison (ici, le conducteur du char) doit-elle contraindre les deux autres facultés à lui obéir. Le mythe sert de la sorte une analyse psychologique qui est aussi l'occasion de remarques éthiques, puisque l'attelage n'est divin et bon que s'il peut contempler les réalités véritables. Ici, Platon choisit de fonder rien moins que sa thèse éthique majeure, selon laquelle le savoir (et la contemplation de la réalité intelligible) est au principe de la valeur morale de la conduite. Le recours à l'attelage a en la matière ceci de précieux qu'il illustre par le parcours du monde la nécessité pour l'âme humaine d'accomplir un parcours, celui de la connaissance, vers les réalités véritables. Sous cette forme, la comparaison de l'âme et de l'attelage n'apparaît pas dans la littérature antérieure à Platon. Le mythe platonicien présente toutefois des similitudes étonnantes avec le début du *Poème* de Parménide, auquel Platon choisit peut-être de faire allusion. G. Dumézil a consacré une étude à la ressemblance que ce mythe entretient avec le mythe indien de la déesse aurore, dans *Déesses latines et mythes védiques*, Bruxelles, Latomus, 1956.

Le mythe de l'attelage est d'autant plus remarquable que cet attelage ne donne pas seulement une représentation de l'âme, des principes de sa conduite et de sa constitution, mais également des réalités intelligibles et de la manière dont ces réalités véritables sont, littéralement, en dehors du monde, au-delà des réalités sensibles, et perceptibles seulement par l'âme. Via l'expérience amoureuse, l'intelligible trouve toutefois à se manifester dans les âmes des amants, comme le décrit cette fois la fin du mythe. Ce qui est dit alors du « flux » qui s'écoule d'une âme à une autre suggère une forme de « circulation » séminale entre les âmes des amants,

mais surtout, depuis la réalité intelligible. Il n'est pas exclu que le vocabulaire employé soit emprunté à Empédocle et à sa doctrine de l'effluve
ou de l'écoulement (voir Aristote, *De la sensation* 2, 437b10-17).

Éros selon Diotime : *Banquet*, 202c-204b

3. Outre les indications de L. Brisson dans sa traduction du dialogue,
voir l'ouvrage de D. Halperin, *Cent ans d'homosexualité. Et autres
essais sur l'amour grec*, trad. de l'anglais par I. Châtelet, Paris, EPEL,
2000.

Le récit de Diotime obéit avant tout au projet d'une définition du philosophe, dont la vie et la pensée s'inscrivent dans l'équilibre précaire et
intermédiaire de l'espace qui sépare l'humanité de la divinité. Voilà pourquoi le dieu Amour (Éros) reçoit ici le statut intermédiaire de « démon »,
ni dépourvu comme un homme, ni éternellement savant comme un dieu.
Chez les poètes, le « démon » (*daímōn*) est souvent synonyme de celui
de « dieu » (*theós*, *Iliade* I 222). Hésiode désigne du nom de « démons »
les esprits des individus de la « race d'or » qui parcourent la terre en
jouant le rôle de gardiens bénéfiques. Dans l'*Apologie* (27b-e), les
démons sont définis d'après la tradition comme « des enfants de dieux,
des bâtards nés de Nymphes ou d'autres personnages » (27d). Voir
encore, dans ce recueil, les mythes du *Politique* et des *Lois* (p. 39 à 79),
qui attribuent à des démons un rôle politique, celui de gouverner les communautés humaines.

La généalogie d'Éros que présente Diotime est aussi originale que
l'est le statut « démonique » qu'elle lui réserve. Voir, *supra*, note 2,
p. 247-248, les références déjà indiquées sur la tradition orphique et à
l'œuvre d'Aristophane. Cette généalogie ne recoupe pas celles qu'on
trouve sous la plume d'Hésiode (*Théogonie* v. 120, où Éros, « le plus
beau d'entre les dieux immortels », naît en même temps que Chaos et
Gaia) ou des tragiques (Eschyle, *Suppliantes* v. 1039 ; Sophocle, *Trachi-
niennes* v. 354 et surtout *Antigone* v. 781, où le chœur chante les crimes
auxquels Éros pousse les hommes). Éros est inconnu dans l'œuvre
d'Homère.

Les mœurs déplorables de Ganymède : *Lois*, I 636c-d

4. Il semble que les récits relatifs à Ganymède aient évolué, pour
écorner de plus en plus sa réputation. Dans la version qu'en donne
l'épopée homérique, Zeus enlève le jeune prince troyen pour en faire
l'échanson des dieux sur l'Olympe (*Iliade* XX v. 231-235, et également
V v. 265). C'est parce que sa beauté est extraordinaire que le jeune prince
est conduit sur l'Olympe. D'autres versions montrent un Zeus plus
attentif encore à la beauté de Ganymède, au point de faire de ce dernier
son amant. Dans les versions ultérieures, c'est du reste cette relation
amoureuse entre le dieu et le jeune homme qui est décrite (par exemple
dans l'hymne homérique à Aphrodite I v. 199-217, puis surtout, beaucoup plus tard, chez Ovide, *Métamorphoses* X v. 155-161). Ganymède
donne ainsi à l'homosexualité sa figure divine : les beaux adolescents

sont aimés des dieux, et la relation pédéraste, telle que les Grecs la cultivaient, est également justifiée (l'homme mur s'empare de l'adolescent). C'est à cet aspect du mythe que s'en prend Platon, lui qui condamne la pédérastie (voir *Gorgias* 494d-495b, *Phèdre* 250e-251a et *Philèbe* 45e), mais c'est également celui auquel il a recours lorsqu'il veut donner un exemple de jouissance sexuelle (dans le *Phèdre*, en 255c). S'il fait allusion en mauvaise part au récit de Ganymède, c'est parce que ce dernier attribue aux dieux des mœurs dépravées qu'on ne rencontre malheureusement que chez les hommes. On notera encore que ce texte est l'un des très rares, non seulement sous la plume de Platon mais dans l'ensemble de la littérature grecque ancienne, qui mentionne explicitement l'homosexualité féminine (voir N. Ernout, « L'homosexualité féminine chez Platon », *Revue française de psychanalyse*, 1994, p. 207-217). Voir enfin Euripide, *Troyennes* v. 822.

Le bel exemple des Amazones : *Lois*, VII 804d-805a

5. Les « Sauromates » sont une peuplade de Scythie (au nord du Pont-Euxin). Selon le témoignage d'Hérodote, IV, 110-117, les Sauromates sont les héritiers des Amazones et des Scythes. De leurs libres et belliqueuses ancêtres, les femmes Sauromates ont conservé l'habitude du maniement des armes (elles ne se marient pas avant d'avoir tué un ennemi, souligne Hérodote) et celle d'un habillement identique à celui des hommes. Sur la figure des Amazones, voir S. Andres, *Le Amazoni nell' immaginario occidentale. Il mito e la storia attraverso la letteratura*, Pise, ETS, 2001.

La providence : *Lois*, X 902e-904e

6. Sur la critique de l'athéisme et la mention de cette providence, voir L. Brisson, « Une comparaison entre le livre X des *Lois* et le *Timée* », *Le Temps philosophique* (Université de Paris X-Nanterre), 1, 1995, p. 115-130.

La description d'un monde parfaitement ordonné, fabriqué et gouverné par les dieux et lui-même divin est courante dans le dialogues : voir notamment les pages déjà extraites des *Lois* IV (le mythe du règne de Kronos, note 3, p. 244-245), mais aussi le *Timée* ou encore et entre autres *Politique* 271d-e, *Phédon* 107d, *Phèdre* 247a et *République* X 620d-e. Ces pages du livre X ont pour intérêt de proposer un argument providentiel qui aura une postérité considérable et qui trouve ici son expression platonicienne la plus simple. Cet argument est appuyé sur un récit eschatologique et sur l'autorité des poètes (notamment autour de la citation d'Homère, *Odyssée* XIX 23), qui établit donc que chaque partie du monde, si infime soit-elle, contribue à l'excellence du tout, mais aussi que tout dans l'univers est soumis à l'autorité des « chefs » que sont les divinités, qu'il s'agisse des dieux « pasteurs » déjà nommés en 902b, ou bien des démons qu'évoquent IV 717b ou V 747e. T. J. Saunders commente ce récit avec précision dans *Plato's Penal Code. Tradition, Controversy and Reform in Greek Penology*, Oxford, Oxford University

Press, 1991, p. 202-207. L'eschatologie est traduite en termes locaux et
géographiques, comme c'est le cas notamment dans le mythe final du
Phédon (*infra*, note 2) ou dans les dernières pages du *Timée* 91e-92c. Le
principe en est que les âmes les meilleures se tiennent dans le ciel puis à
la surface de la terre, quand celles que leur vie ignorante ou vicieuse
accable sont plongées dans les profondeurs de la terre. La descente dans
les profondeurs est la mesure directe de la bassesse des vies.

LES ÂMES DES MORTS

Au moment de mourir : *République*, I 330a-331b et III 386a-387b

1. On trouve ici deux évocations de l'Hadès, des Enfers, qui sont
appuyées sur le poème homérique, cité à plusieurs reprises, et qui entreprennent également de le corriger. Le second texte a ceci de particulier
qu'il donne quelques exemples de ce que pourrait être une « poétique »
platonicienne du mythe, qui montrerait selon quelles règles et quelles
modalités les récits peuvent être à la fois forgés et transmis. Comme le
montreront les mythes eschatologiques que nous citons après ces pages
de la *République*, Platon entend faire usage des récits relatifs au jugement des âmes après la mort à des fins éducatives et persuasives : il faut
que les hommes craignent la sanction que recevra inéluctablement le criminel. De sorte que Platon, comme c'est manifeste ici, entend accomplir
deux gestes distincts : la révision critique du poème d'Homère, qui se
prononce de façon erronée sur l'Hadès et les dieux, et en même temps, il
doit conserver l'Hadès, et revisiter à son tour, pour la redessiner à son
goût, la géographie des Enfers.

La géographie terrestre et le jugement des âmes après la mort : *Phédon*, 107c-114c

2. Le mythe (et plus particulièrement la géographie terrestre qu'il
décrit) est commenté dans J.-F. Pradeau, « Le monde terrestre. Le
modèle cosmologique du mythe final du *Phédon* », *Revue philosophique
de la France et de l'étranger*, 1996/1, p. 75-106.

Ce mythe a pour particularité de mêler deux types de discours et deux
objets distincts : la géographie terrestre, et particulièrement souterraine,
est l'objet d'un discours de type naturaliste, sinon « géographique »,
mais il est ici étroitement lié à un récit eschatologique et à une autre géographie, celle surnaturelle ou plutôt infranaturelle des « enfers ». Le récit
eschatologique du *Phédon* est parent de ceux qu'on trouve à la fin de la
République (le mythe d'Er, qui mentionne également le Tartare ; voir,
infra, note 6, p. 256), à la fin du *Gorgias* (voir note 3, p. 254-255) et surtout dans le *Phèdre* (note 2, p. 250-251). On retrouve en effet un même
schéma d'élévation dans le *Phèdre* et le *Phédon* les demeures divines
sont situées en haut, dans le ciel, quand les êtres humains vivent en bas.
On découvre donc ici la région souterraine, qui elle aussi est habitée par
des dieux, du moins pour les besoins eschatologiques du jugement puis

éventuellement du châtiment des âmes. La géographie divine, céleste puis souterraine, figure bien l'objet du mythe, tel que Platon le conçoit : il s'agit de se prononcer sur ce qui échappe à la connaissance humaine, de son vivant du moins. Mais on voit bien, ici, que le récit, ne se nourrit pas moins de la connaissance physique, puisque le récit inclut une description de la nature de la terre et de sa constitution élémentaire dont les prétentions savantes sont réelles. Platon se prononce, à l'encontre de certains de ses prédécesseurs, en faveur de la sphéricité de la terre comme des autres astres et du monde dans son ensemble (et c'est là l'un des aspects de la cosmologie qu'il expose avec précision dans le *Timée*). Aussi est-ce au titre d'une contribution savante à la connaissance de la terre qu'Aristote pourra citer ce passage du *Phédon* dans son propre traité *Sur le ciel* (*De caelo*, I 13).

Le mythe mêle ainsi trois types d'éléments : une description de la terre qui relève de la science de la nature, un récit eschatologique sur le sort des âmes et enfin une description plus strictement géographique de la surface terrestre. Cette description joue un rôle éminent et Platon adopte ici le plan des exposés que livraient les géographes anciens en donnant d'abord une description d'ensemble de la terre, de sa situation astronomique et de sa figure d'ensemble, puis ensuite de la place qu'occupe le « monde habité » (l'*oikoumenê*) à sa surface, et qui décrivaient enfin les différentes régions humaines, en présentant leurs climats et leurs diverses ressources (voir C. Jacob, *Géographie et ethnographie en Grèce ancienne*, Paris, Armand Colin, 1991).

Le récit tire un argument eschatologique de la géographie terrestre : en distinguant différentes régions, le récit suggère qu'elles restent toutes des portions d'un même territoire, qui pourrait être entièrement parcouru si les hommes étaient plus vertueux, plus courageux et plus savants qu'ils ne le sont.

La géographie souterraine décrit un réseau fluvial composé de quatre fleuves qui sont nommés par Homère (*Odyssée* X, v. 505-547, où Circé annonce à Ulysse qu'il devra aller chez Hadès pour interroger l'âme de Tirésias), mais sans que le poète les dispose comme le fait Platon. Le réseau fluvial du *Phédon* est parfaitement original.

Le jugement des âmes après la mort : *Gorgias*, 523a-527

3. Comme dans les autres récits de ce même groupe, cette fiction eschatologique entend donner une représentation vraisemblable de ce qui attend l'âme après la mort, c'est-à-dire après sa séparation d'avec le corps. L'âme est en effet immortelle, et elle sera jugée par des juges divins. Ceux-ci jugeront l'âme selon les critères dont Socrate a cherché à prouver la pertinence durant l'entretien. De sorte que le mythe vient donner une démonstration fictive de la thèse générale du dialogue, selon laquelle il faut se conduire avec justice en toutes circonstances, et selon laquelle il vaut mieux subir l'injustice que la commettre. La raison en est donnée par le récit : si une action injuste peut échapper à la vigilance des hommes, elle n'échappera pas à celle des dieux. La description du jugement souterrain et de l'île des Bienheureux est empruntée à la représen-

tation grecque la plus commune du jugement des âmes et de la géographie divine. La géographie souterraine est homérique (voir le mythe précédent, dans le *Phédon*), quand l'évocation de l'île des Bienheureux n'apparaît qu'à partir d'Hésiode, *Les Travaux et les Jours*, v. 170-171. Les sources homériques sont diverses et sans doute d'époques différentes, puisque les « voyages chez les morts » attribués à Homère ne sont sans doute pas tous de rédaction contemporaine, et Platon, lorsqu'il fait allusion aux figures des juges ou des âmes suppliciées (Tantale) mêle des textes d'époques différentes, qui sont pour certains conservés dans le chant XI de l'*Odyssée* (qui évoque la visite d'Ulysse chez Hadès). Mais tous les éléments du mythe platonicien n'ont pas une source homérique ou hésiodique. Ainsi le nom des juges (Minos, Rhadamante, Éaque) n'est-il pas attesté chez les Poètes. Platon les mentionne par ailleurs, certains ou tous les trois (*Apologie de Socrate* 41a, puis *Lois* I 624d-e, et XII, 848b). Minos et Rhadamante sont les fils de Zeus et d'Europe (Homère, *Iliade* XIV, 322). Ils ont tous deux régné sur la Crète, et la légende dit encore que Rhadamante fut élevé par son frère Minos (voir le dialogue pseudo-platonicien *Minos* 318d-320d). Ce sont Minos et Rhadamante. Éaque est lui aussi un roi légendaire, fils de Zeus et souverain d'Égine. Hérodote l'évoque (VI 35 ; VIII 64) et Pindare lui attribue un rôle d'arbitre lors de conflits divins (*Isthmiques* VIII, 28). La figure de Tantale est à la fois plus riche et plus complexe, car les auteurs ne lui prêtent ni une même identité (sa généalogie varie), ni n'imputent à un même crime le châtiment qu'il doit subir. Selon certains, Tantale était fils de Zeus (ainsi Diodore de Sicile IV 73-74), quand d'autres en font simplement un monarque humain aimé des dieux. Jusqu'au jour où, mais là aussi le crime diffère selon les versions, Tantale se rendit coupable d'un outrage criminel : selon certains, il servit aux dieux des morceaux de la chair de son propre fils, tué pour agrémenter le festin divin, quand d'autres soutiennent qu'il fut coupable de trahir les secrets des dieux. Il fut lourdement puni, en cela tous s'accordent, et c'est dès Homère qu'on le découvre dans les Enfers subissant éternellement la faim et la soif (*Odyssée* XI v. 582-592), ou bien encore portant éternellement le rocher qui menace de l'écraser (Pindare, *Olympiques* I v. 57-60). C'est la version que retient Platon dans le *Cratyle* 395d-e, où il propose cette double étymologie : Tantale signifie « balancé » (*Tantálos*, comme le rocher qui balance au-dessus de sa tête) et « malheureux » (*talántatos*).

La punition des criminels : *Lois*, IX 872c-873a

4. Si le contexte en est plus strictement judiciaire, ce récit eschatologique sert toujours la même démonstration que les récits précédemment cités : le crime, cette vie durant, qu'il soit ou non sanctionné par les hommes, vaudra au criminel un châtiment *post mortem*. C'est alors la loi du talion qui s'appliquera.

Le regard des dieux : *Lois*, XI 926e-927c

5. La leçon eschatologique de ce texte se trouve dans les autres récits
de cette même rubrique : il s'agit de nouveau pour Platon de rappeler à
son lecteur que les hommes ne sont ni ne seront pas seulement jugés de
leur vivant, et de souligner encore que les cités peuvent se fier aux traditions qui évoquent l'existence d'une justice éternelle, défendue et
exercée par-delà la mort.

Le témoignage d'Er : *République*, X 613e-621d

6. Le mythe d'Er conjoint une géographie des Enfers et des éléments
de cosmologie, comme c'était le cas du mythe final du *Phédon*, et il
achève également, tout comme c'est la fonction du récit là encore dans le
Phédon mais aussi dans le *Gorgias*, une réflexion sur la justice et la rétri-
bution ou le châtiment qui viennent sanctionner l'existence. Les notes de
la traduction de G. Leroux fournissent un commentaire précis de
l'ensemble du récit, et elles indiquent les principales interprétations
contemporaines aussi bien que les lectures anciennes du récit de Platon,
en s'appuyant notamment sur le commentaire que Proclus avait consacré
à la *République*. L'aspect strictement astronomique du mythe est examiné par V. Kalfas, « Plato's "Real Astronomy" and the Myth of Er »,
Elenchos, 17, 1996, p. 5-20. Platon emprunte ici aussi au genre des
voyages aux Enfers, dont l'origine est homérique (voir notamment
Odyssée, chant XI), et le mythe passe en quelque sorte en revue les différents modes de vie, plus particulièrement sous l'aspect civique, que le
dialogue avait examinés (Cicéron s'inspire de la fin de la *République*
dans son traité *De Republica* VI 8-26, où il propose, à travers le « songe
de Scipion », sa propre version à la fois politique et cosmologique du
récit platonicien). Parce qu'il montre comment des âmes oublieuses ou
précipitées font des choix de vie qu'elles regrettent immédiatement, le
mythe d'Er donne une illustration on ne peut plus vive des méfaits de
l'ignorance. Et c'est aussi bien, dans un autre registre, une explication de
l'ignorance, cette vie durant cette fois, que le récit propose, lorsqu'il
impute au passage par le fleuve « insouciant », le fleuve de l'oubli, le fait
que les âmes bientôt attachées à un corps auront tout oublié de leur passage par les lieux divins. L'ensemble des révolutions célestes ici évoquées inscrit les règles et les cycles eschatologiques dans une régularité
cyclique que gouverne la nécessité. Le mythe décrit de la sorte l'inscription de l'axiologie humaine, l'inscription des principes qui doivent gouverner les vies humaines et au premier rang desquelles on trouve la justice, dans l'ordre même de la nécessité du monde.

BIBLIOGRAPHIE

La bibliographie qui suit s'efforce de répertorier les principales des publications contemporaines consacrées aux mythes platoniciens depuis le siècle précédent. Il va de soi que les titres qui figurent ici ne sont pas tous mentionnés dans les notes de notre recueil, tout comme il va de soi que nous donnons ces titres sans distinction critique particulière. Cette bibliographie a été conçue à partir des données qu'a bien voulu nous confier Luc Brisson. C'est du reste aux travaux bibliographiques de L. Brisson qu'il faut renvoyer le lecteur qui souhaiterait compléter la liste des références ici indiquées : voir les bibliographies « Platon », publiées tous les cinq ans dans la revue *Lustrum* ; par H. Cherniss (*Lustrum*, 4 et 5, 1959 et 1960), puis, depuis 1977, par L. Brisson (*Lustrum*, 20, 25, 26, 30, 31 et 35), qui poursuit désormais la publication de cette bibliographie à Paris, à la Librairie Vrin (dernière livraison, en 2004 : *Platon : 1995-2000. Bibliographie*).

A. La mythologie grecque :
introductions générales et dictionnaires

Brisson, L., *Introduction à la philosophie du mythe*, I : *Sauver les mythes*, Paris, Vrin, 1996.
Détienne, M., *L'Invention de la mythologie*, Paris, Gallimard, 1981.

Graves, R., *Les Mythes grecs*, trad. par M. Hafez, Paris, Fayard, 1967.

Grimal, P., *Dictionnaire de la mythologie grecque et romaine*, Paris, PUF, 1951 (plusieurs rééditions).

B. Les mythes platoniciens, présentations d'ensemble

Brisson, L., *Platon, les mots et les mythes* (1982), Paris, La Découverte, 1994.

Brochard, Y., « Les mythes dans la philosophie de Platon » (1901), repris dans les *Études de philosophie ancienne et de philosophie moderne,* Paris, Alcan, 1912, p. 46-59.

Frutiger, P., *Les Mythes de Platon*, Paris, Alcan, 1930.

Hildebrandt, K., *Platon. Logos und Mythos* (1930), Berlin, De Gruyter, 1959 (2ᵉ éd. revue et augmentée).

Janka, M. et C. Schäfer (éds.), *Platon als Mythologe. Neue Interpretationen zu den Mythen in Platons Dialogen*, Darmstadt, Wissenschaftliche Buchgesellschaft, 2002.

Mattéi, J.-F., *Platon et le miroir du mythe. De l'âge d'or à l'Atlantide*, Paris, PUF, 1996.

Moors, K. F., *Platonic Myth. An Introductory Study*, Washington, University Press of America, 1982.

Morgan, K. A., *Myth and Philosophy from the Pre-Socratics to Plato*, Cambridge et New York, Cambridge University Press, 2000.

Pieper, J., *Über die platonischen Mythen*, Munich, Kösel, 1965.

Reinhardt, K., *Platons Mythen*, Bonn, Cohen, 1927.

Romano, F., *Logos e mythos nella psicologia di Platone*, Padoue, Cedam, 1964.

Stewart, J. A., *The Myths of Plato* (1905), réédition et présentation par G. R. Levy, New York, Barnes & Noble, 1970².

Zaslavsky, R., *Platonic Myth and Platonic Writing*, Washington, University Press of America, 1981.

C. Les mythes platoniciens,
présentations de mythes ou de thèmes particuliers

Les mythes sont classés dans l'ordre alphabétique de leur narrateur ou de leur objet.

Mythe androgyne d'Aristophane, dans le *Banquet*

Beltrametti, A., « Variazioni del fantastico : Aristofane, Platone e la recita del filosofo », *Quaderni di Storia*, 17, 1991, p. 131-150.

Brisson, L., « Bisexualité et médiation en Grèce ancienne », *Nouvelle Revue de psychanalyse,* 7, 1973, p. 27-48.

Brisson, L., *Le Sexe incertain : androgynie et hermaphrodisme dans l'Antiquité gréco-romaine*, Paris, Les Belles Lettres, 1997.

Campese, S., « Forme del desiderio nel *Simposio* di Platone », *Lexis*, 5-6, 1990, p. 89-100.

Carnes, J. S., « This myth which is not one : construction of discourse in Plato's *Symposium* », *Rethinking sexuality* : *Foucault and classical antiquity*, ed. by David H. J. Larmour, Paul Allen Miller and Charles [L.] Platter, Princeton [N. J] (Princeton University Pr.) 1998, p. 104-121.

Dover, K. J., « Aristophanes'speech in Plato's *Symposium* », *Journal of Hellenic Studies,* 86, 1966, p. 41-50.

Iber, C., « Eros and Philosophy : The "Spherical-Man-Myth" of Aristophanes in Plato's *Symposium* », *Prima Philosia*, 10, 1997, p. 245-262.

Neumann, H., « On the comedy of Plato's Aristophanes », *American Journal of Philology*, 87, 1966, p. 420-426.

O'Brien, D., « Die Aristophanes-Rede im *Symposium* : Des Empedokleische Hintergrund und seine philosophische Bedeutung », dans *Platon als Mythologe. Neue Interpretationen zu den Mythen in Platons Dialogen* [Tagung « Platons Mythen », 30-31 juillet 2001], éd. Par M. Janka et C. Schäfer, Darmstadt, Wissenschaftliche Buchgesellschaft, 2002, p. 160-175.

Salman, C. E., « The wisdom of Plato's Aristophanes », *Interpretation*, 18, 1990/1991, p. 233-250.

Saxonhouse, A. W., « The net of Hephaestus. Aristophanes'speech in the *Symposium* », *Interpretation*, 13,
1985, p. 15-32.

Susanetti, D., « Eros o la ricerca dell'unità », *Atti dell'Isti-
tuto Veneto di Scienze*, 154, 1996, p. 469-492.

Zimmermann, R., « Struktur und Kontextualität des
Androgynie-Mythos : zur Mythenhermeneutik von
Claude Lévi-Strauss », *Bildersprache Verstehen : zur
Hermeneutik der Metapher und anderer bildlicher
Sprachformen*. Forschungskolloquium am 4.-6.
November 1998 in Heidelberg gehalten, Ruben Zim-
mermann (Hrsg.), mit einem Geleitwort von Hans
Georg Gadamer, München (Fink) 2000, p. 259-292.

Mythe de l'Atlantide, dans le *Critias* et le *Timée*

Bouvier, D., « Mythe ou histoire : le choix de Platon.
Réflexions sur les relations entre historiens et philosophes dans l'Athènes classique », *Filosofia, storia,
immaginario mitologico*, ed. Marcella Guglielmo e
Gian Franco Gianotti, Alessandria (Edizioni dell'Orso)
1997, p. 41-64.

Brisson, L., « De la philosophie politique à l'épopée, le
Critias de Platon », *Revue de métaphysique et de
morale*, 1970, p. 402-438.

David, E., « The Problem of Representing Plato's Ideal
State in Action », *Rivista di filologia e di Istruzione
Classica*, 112, 1984, 33-53.

Desclos, M.-L., « L'Atlantide : une île comme un corps.
Histoire d'une transgression », dans *Impression d'îles*,
éd. par F. Létoublon, Toulouse, Presses universitaires du
Mirail, 1996, p. 141-155.

Desclos, M.-L., « Que l'on ne doit pas blâmer les cités
sans gardiens ou mal gardées. Le serment des rois
atlantes (*Critias*, 119c-120c) », *Kernos*, 9, 1996, p. 311-
326.

Détienne, M., « La double écriture de la mythologie entre
le *Timée* et le *Critias* », *Métamorphose du mythe, en
Grèce antique*, 1988, p. 17-33 ; repris dans *L'Écriture
d'Orphée*, Gallimard 1989, p. 167-186.

Dusanic, S., « Plato's Atlantis », *L'Antiquité classique*, 51, 1982, 25-52.

Foucrier, C., « La migration septentrionale du mythe platonicien de l'Atlantide. Déplacement et réécriture d'un récit d'origine », dans *Le Nord, latitudes imaginaires*, textes réunis par Monique Dubar et Jean-Marc Moura, Travaux et recherches, Lille (Univ. Charles-de-Gaulle-Lille 3) 2001, p. 403-411.

Frost, K.T., « The *Critias* and Minoan Crete », *Journal of Hellenic Studies*, 33, 1913, p. 189-206.

Gessman, A. M., « Plato's *Critias* : literary fiction or historical narrative ? », *Langage Quarterly*, 7, 1968, p. 17-31.

Gill, C., « The Genre of the Atlantis Story », *Classical Philology*, 72, 1977, p. 287-304.

Gill, C., « The Origin of the Atlantis Myth », *Trivium*, 11, 1976, p. 1-11.

Gill, C., « Plato and politics, the *Critias* and the *Politicus* », *Phronesis*, 24, 1979, p. 148-167.

Giovannini, A., « Peut-on démythifier l'Atlantide ? », *Museum Helveticum*, 42, 1985, p. 151-156.

Griffiths, J.G., « Atlantis and Egypt », *Historia*, 34, 1985, 3-28.

Hackforth, R., « The story of Atlantis : its purpose and moral », *Classical Review*, 58, 1944, p. 7-9.

Herter, H., « Urathen der Idealstaat », *Politeia und Res Publica. Beiträge zum Verständnis von Politik, Recht und Staat in der Antike* (dem Andenken Rudolf Starks gewidmet), Wiesbaden, Steiner, 1969, p. 108-134 ; repris dans *Kleine Schriften*, Munich, Fink, 1975, p. 279-304.

Herter, H., « Platons Naturkunde. Zum *Kritias* und anderen Dialogen », *Rheinisches Museum*, 121, 1978, p. 103-131.

Herter, H., « Das Königsritual der Atlantis », *Rheinisches Museum*, 109, 1966, p. 236-259.

Loraux, N., « Solon et la voix de l'écrit », *Les Savoirs de l'écriture en Grèce ancienne* (sous la direction de Marcel Détienne), Presses universitaires de Lille, 1988, p. 95-129.

Loraux, P., « L'art platonicien d'avoir l'air d'écrire », *Les Savoirs de l'écriture en Grèce ancienne* (sous la direction de Marcel Détienne), Presses universitaires de Lille, 1988, p. 420-455.

Luce, J.V., « The Sources and Literary Form of Plato's Atlantis Narrative », in E.S. Ramage (éd.), *Atlantis, Fact or Fiction ?*, p. 49-78.

Meulder, M., « L'Atlantide ou Platon face à l'exotisme (*Critias*, 112e sqq.) », *Revue de philosophie ancienne*, XI, 2, 1993, p. 177-209.

Naddaf, G., « The Atlantis myth : an Introduction to Plato's Later Philosophy of History », *Phoenix*, 3, 1994, p. 189-210.

Pradeau, J.-F., *Le Monde de la politique. Sur le récit atlante de Platon,* Timée *(17a-27b) et* Critias, Sankt Augustin, Academia, 1997.

Pradeau, J.-F., « Platon : l'utopie vraie », *Elenchos*, 22, 2001, p. 75-98.

Silvestre, M.-L., « La première politique de Platon : modèles géographiques et lieux de l'utopie », dans *Sens et pouvoir de la nomination dans les cultures hellénique et romaine*, volume II, *Le nom et la métamorphose*, textes recueillis et présentés par S. Gély, université Paul Valéry, Montpellier, 1992, p. 181-199.

Vatin, C., « Espace terrestre et dimension temporelle. À propos des mythes platoniciens du *Timée* et du *Critias* », dans *Mélanges Delebecque*, 1983, p. 441-449.

Velásquez, O., « La historia y la geografia como representaciones simbolicas de la realidad (o el relato de Solón, *Timeo*, 20d-25e) », *Revista de Filosofía*, Universidad de Chile, volume XLI-XLII, 1993, p. 27-38.

Vidal-Naquet, P., « Hérodote et l'Atlantide : entre les Grecs et les Juifs. Réflexion sur l'historiographie du siècle des Lumières », *Quaderni di Storia*, 16, juillet-décembre 1982, p. 3-76.

Vidal-Naquet, P., « L'Atlantide et les nations », *Représentations de l'origine. Littérature, histoire, civilisation*, Cahiers CRLH-CIRAOI, 4, 1987, université de la Réunion, repris dans *La Démocratie grecque vue d'ailleurs*, Paris, Flammarion, 1990.

Vidal-Naquet, P., « Athènes et l'Atlantide. Structure et signification d'un mythe platonicien », version remaniée d'une première parution (*Revue des études grecques*, 1964) dans *Le Chasseur noir*, 1991, p. 335-360.

Vincent, A., « Essai sur le sacrifice de communion des rois atlantes dans le *Critias* de Platon », dans *Mémorial Lagrange*, 1940, p. 81-96.

Welliver, W., *Character, Plot and Thought in Plato's Timaeus-Critias*, Leyde, 1977.

Mythe de l'attelage ailé dans le *Phèdre*

Brisson, L., « Du bon usage du humaine dans le *Phèdre* de Platon », *Bulletin de l'association Guillaume Budé*, 1972, 469-478.

Schmalzriedt, E., « Der Umfahrtmythos dérèglement », *Divination et rationalité*, Paris, Seuil, 1974, p. 220-248.

Dumortier, J., « L'attelage ailé du *Phèdre* (246 sq.) », *Revue des études grecques* 82, 1969, p. 346-348.

Dyson, M., « Zeus and philosophy in the myth of Plato's *Phaedrus* », *Classical Quarterly* 32, 1982, p. 307-311.

Lebeck, A. « The central myth of Plato's *Phaedrus* », *Greek Roman and Byzantine Studies*, 13, 1972, p. 267-290.

McGibbon, D.D., « The fall of the soul in Plato's *Phaedrus* », *Classical Quarterly* 14, 1964, p. 56-63.

Villari, E., *Il morso e il cavaliere. Una metafora della temperanza e del dominio di sé*. Prefazione di Laurent Pernot, Università 52, Genova, Il Melangolo, 2001.

Vries, G. J., *A Commentary on the* Phaedrus *of Plato*, Amsterdam, Hakkert, 1969.

Mythe autochtone des *Lois* et de la *République*

Bertrand, J.-M., « Mensonges, mythes et pratiques du pouvoir dans les cités platoniciennes », dans *Forme di comunicazione nel mondo antico e metamorfosi del mito : dal teatro al romanzo*, éd. par M. Guglielmo et E. Bona, Turin, Edizioni dell'Orso, 2003, p. 79-96.

Broze, M., « Mensonge et justice chez Platon », *Revue internationale de philosophie,* 40, 1986, p. 38-48.

Hahm, D. E., « Plato's "noble lie" and political brotherhood », *Classica & Mediaevalia,* 30, 1969 [1974], p. 211-217.

Hall, R. W., « On the myth of metals in *the Republic* », *Apeiron,* I, 2,1967, p. 28-32.

Hartman, M., « The Hesiodic roots of Plato's myth of metals », *Helios,* 15, 1988, p. 103-114.

Loraux, N., *L'Invention d'Athènes. Histoire de l'oraison funèbre dans la cité classique*, Paris, Payot, 1993.

Loraux, N., « Variations grecques sur l'origine. Gloire du Même, prestige de l'Autre », *Cahiers de l'École des sciences philosophiques et religieuses* (Paris), 2, 1987, p. 69-94.

Mythe cosmologique du *Timée*

Ashbaugh, A. F., *Plato's Theory of Explanation. A Study of the Cosmological Account in the* Timaeus, State University of New York Press, New York, 1988.

Brisson, L. et Meyerstein W., *Inventer l'Univers, le problème de la connaissance et les modèles cosmologiques*, Les Belles Lettres, 1991.

Brisson, L., « Le *Timée* comme mythe et comme modèle cosmologique », dans *Lectures du* Timée *de Platon*, Publication du groupe philosophie de la MAFPEN de Lille, Lille, 1994, p. 38-48.

Brisson, L., *Le Même et l'Autre dans la structure ontologique du* Timée *de Platon* (1974), Sankt Augustin, Academia, 1998[3] (avec une bibliographie complète).

Cornford, F. M., *Plato's Cosmology.* The *Timaeus* translated with a running commentary by F.M. Cornford, Londres, Routledge & Kegan, 1937.

Hadot, P., « Physique et poésie dans le *Timée* de Platon », *Revue de théologie et de philosophie*, 115, 1983, p. 113-133.

Maslankowski, W., « Materie als mathematische Struktur », *Das Wechselspiel von Mythos und Logos. Lesebuch für des Philosophieunterricht in Europa* (recueil), 1998, p. 131-143.

Mesch, W., « Die Bildlichkeit der Platonischen Kosmo-
logie. Zun Verhältnis von Logos und Mythos im
Timaios », *Platon als Mythologe. Neue Interpretationen
zu den Mythen in Platons Dialogen* [Tagung « Platons
Mythen », 30-31 juillet 2001], éd. par M. Janka et
C. Schäfer, Darmstadt, Wissenschaftliche Buchgesellschaft, 2002, p. 194-213.

Meyer-Abich, K.M., « *Eikos logos*, Platons Theorie der
Naturwissenschaft », *Einheit und Vielheit, Festschrift
für Carl Friedrich von Weizsäcker*, Göttingen, Vanden-
hoeck und Ruprecht, 1973, p. 20-44.

Racionero, Q., « *Logos*, myth and probable discourse in
Plato's *Timaeus* », *Elenchos*, 19, 1998, p. 29-60.

Tarán, L., « The creation myth in Plato's *Timaeus* », dans
Essays in ancient Greek philosophy, Albany, State University of New York, 1971, p. 372-407.

Taylor, A. E., *A Commentary on Plato's* Timaeus (1928),
Oxford, Clarendon Press, 1962.

Witte, B., « Der *eikos logos* in Platos *Timaios*, Beitrag zur
Wissenschaftsmethode und Erkenntnistheorie des
späten Plato », *Archiv für Geschichte der Philosophie*,
46, 1964, p. 1-16.

Mythe de Diotime sur Éros, dans le *Banquet*

Anton, J. P., « The secret of Plato's *Symposium* », *Diotima*, 2, 1974, p. 27-47.

Dyson, M., « Immortality and procreation in Plato's
Symposium », *Antichthon*, 20, 1986, p. 59-72.

Frede, D., « Out of the cave : what Socrates learned from
Diotima », *Nomodeiktes, Greek studies in honor of
Martin Ostwald,* éd. par R. M. Rosen and J. Farrell, Ann
Arbor, Michigan University Press, 1993, p. 397-422.

Gagarin, M., « Socrates'*hybris* and Alcibiades'failure »,
Phoenix, 31, 1977, p. 22-37.

Hahn, R. A., « Recollecting the stages of ascension :
Plato's *Symposion* 211c3-d1 », *Southwestern Philosophical Studies*, 9, 1985, p. 96-103.

Halperin, D., *Cent ans d'homosexualité. Et autres essais
sur l'amour grec*, trad. de l'anglais par I. Châtelet,
Paris, Epel, 2000.

Irigaray, L., *Éthique de la différence sexuelle,* Paris, Minuit, 1985, p. 27-39.

Irigaray, L., « Sorcerer love. A reading of Plato's *Symposium*. Diotima's speech », *Hypatia*, 3, 1989, p. 32-44.

Kranz, W., « Platonica », *Philologus*, 102, 1958, p. 74-83.

Krischer, T., « Diotima und Alkibiades. Zur Struktur des platonischen *Symposium* », *Grazer Beiträge*, 11, 1984, p. 51-65.

Neumann, H., « Diotima's concept of love », *American Journal of Philology*, 86, 1965, p. 33-59.

Nye, A., « The subject of love. Diotima and her critics », *The Journal of Value Inquiry* 24, 1990, p. 135-153.

O'Brien, M., « "Becoming immortal" in Plato's *Symposium* », *Greek poetry and philosophy. Studies in honour of Leonard Woodbury*, ed. by D. E. Gerber, Chico [CA], Scholar Press, 1984, p. 185-205.

Patterson, R., « The ascent in Plato's *Symposium* », *The Boston Area Colloquium in Ancient Philosophy* 7 [1991], Lanham [MD] 1993, p. 193-214.

Pender, E., « Spiritual pregnancy in Plato's *Symposium* », *Classical Quarterly*, 42, 1992, p. 72-86.

Piras, C., *Vergessen ist das Ausgehen der Erkenntnis : Eros, Mythos und Gedächtnis in Platons Symposium* (Europäische Hochschulschriften. Reihe 20, Philosophie 530), Berne et Francfort-sur-le-Main, Lang, 1997.

Plass, P., « Plato's pregnant lover », *Symbolae Osloenses*, 53, 1978, p. 47-55.

Riedweg, C., *Mysterienterminologie bei Platon, Philon und Klemens von Alexandrien*, Untersuchungen zur antiken Literatur und Geschichte 26, Berlin-New York, De Gruyter, 1987.

Roochnik, D. L., « The erotics of philosophical discourse », *History of Political Thought*, 4, 1987, p. 117-129.

Scheier, C.-A., « Schein und Erscheinung im platonischen *Symposion* », *Philosophisches Jahrbuch*, 90, 1983, p. 363-375.

Scott, G. et W. A. Welton, « Eros as messenger in Diotima's teaching », dans *Who speaks for Plato ? Studies in Platonic anonymity*, éd. par G. A. Press, Lanham,

Boulder, New York et Oxford, Rowman & Littlefield, 2000, p. 147-159.

Sier, K., *Die Rede der Diotima. Untersuchungen zum platonischen* Symposion, Beiträge zur Altertumskunde 86, Stuttgart-Leipzig, Teubner, 1997.

Vlastos, G., « The individual as an object of love in Plato » (1969), repris dans les *Platonic Studies*, Princeton, Princeton University Press, 1981, p. 3-42.

Warner, M., « Love, self and Plato's *Symposium* », *Philosophical Quarterly*, 29, 1979, p. 329-339.

Wippern, J., « Eros und Unsterblichkeit in der Diotima-Rede des *Symposions* », dans *Festgagbe für Wolfgang Schadewaldt*, éd. par H. Flashar et K. Gaiser, Pfullingen, Neske, 1965, p. 123-129.

Wippern, J., « Zur unterrichtlichen Lektüre der Diotima-Rede in Platons *Symposion* », *Der altsprachliche Unterricht*, IX, 5, 1966, p. 35-59.

Mythe d'Er, dans la *République*

Albinus, L., « The *Katabasis* of Er. Plato's use of myths, exemplified by the myth of Er », *Essays on Plato's* Republic, ed. with an introduction by Erik Nis Ostenfeld, Aarhus Studies in Mediterranean Antiquity [ASMA] 2, Aarhus (Aarhus Univ. Press) 1998, p. 91-105.

Annas, J., « Plato's myths of judgement », *Phronesis*, 27, 1982, p. 119-143.

Bouvier, D., « Ulysse et le personnage du lecteur dans la *République* : réflexions sur l'importance du mythe d'Er pour la théorie de la *mimêsis* », *La Philosophie de Platon*, sous la direction de Michel Fattal, coll. Ouverture philosophique, Paris, L'Harmattan, 2001, p. 19-53.

Druet, F.-X., « Les niveaux de récit dans le mythe d'Er (Platon, *République* 10, 613e-621d) », dans *Les Études classiques*, 1998, p. 23-32.

Johnson, R. R., « Does Plato's myth of Er contribute to the argument of the *Republic* ? », *Philosophy and Rhetoric*, 32, 1999, p. 1-13.

Kalfas, V., « Plato's "real astronomy" and the myth of Er », *Elenchos*, 17, 1996, p. 5-20.

Lincoln, B., « Waters of memory, waters of forgetful-
ness », *Fabula*, 23, 1982, p. 19-34.

Moors, K. F., « Named life selections in Plato's myth of
Er », *Classica & Mediaevalia*, 39, 1988, p. 55-61.

Russel, J. R., « The Platonic myth of Er, Armenian Ara
and Iranian Arday Wiraz », *Revue des études armé-
niennes,* 18, 1984, p. 477-485.

Schills, G., « Plato's myth of Er : the light and the
spindle », *Antiquité classique*, 62, 1993, p. 101-114.

Schuhl, P.-M., « Autour du fuseau *d'Ananké* » (1930),
repris dans *La Fabulation platonicienne*, Paris, Vrin,
1968, p. 71-78.

Thayer, H. S., « The myth of Er », *History of Philosophy
Quarterly*, 5, 1988, p. 369-384.

Vernant, J.-P., « Le fleuve *Amélès* et la *Mélétè thanatou* »
[1960], repris dans *Mythe et pensée chez les Grecs,*
Textes à l'appui, Maspero, Paris, 1965, p. 79-94.

Vorwerk, M., « Mythos und Kosmos. Zur Topographie des
Jenseits im Er-Mythos des Platonischen *Staates* (614b2-
616b1) », *Philologus*, 146, 2002, p. 46-64.

Mythes eschatologiques (en général)

Alt, K., « Zu einigen Problemen in Platons Jenseitsmythen
und deren Konsequenzen bei späteren Platonikern »,
*Platon als Mythologe. Neue Interpretationen zu den
Mythen in Platons Dialogen* [Tagung « Platons
Mythen », 30-31 juillet 2001], éd. Par M. Janka et
C. Schäfer, Darmstadt, Wissenschaftliche Buchgesell-
schaft, 2002, p. 270-289.

Dalfen, J. « Platons Jenseitsmythen : eine "neue Mythologie" », *Platon als Mythologe. Neue Interpretationen
zu den Mythen in Platons Dialogen* [Tagung « Platons
Mythen », 30-31 juillet 2001], éd. Par M. Janka et
C. Schäfer, Darmstadt, Wissenschaftliche Buchgesellschaft, 2002, p. 214-230.

Ward, S. P., *Penology and Eschatology in Plato's Myths*,
Lewiston-Queenston-Lampeter, The Edwin Mellen
Press, 2002.

Mythe eschatologique du *Gorgias*

Brisson, L., « La justice et l'injustice mises à nu : le mythe final du *Gorgias* », *Analyses et réflexions sur Platon, Gorgias*, éd. par G. Samama, Paris, Ellipses, 2003, p. 152-158.

Merker, Anne, « Le châtiment entre corps et âme », *Analyses et réflexion sur Platon, Gorgias*, éd. par G. Samama, Paris, Ellipses, 2003, p. 118-133.

Moriani, F., « Dal *logos* al *mythos* : esercizi di entusiasmo in *Gorgia* 522e-523a ; 526d-527a », *Studi sull'entusiasmo*, a cura di A. Bettini, S. Parigi, Prefazione di P. Rossi, Milan (Franco Angeli), 2001, 51-68.

Rechenauer, G., « Veranschaulichung des Unanschaulichen. Platons neue Rhetorik im Schlussmythos des *Gorgias* », *Platon als Mythologe. Neue Interpretationen zu den Mythen in Platons Dialogen* [Tagung « Platons Mythen », 30-31 juillet 2001], éd. par M. Janka et C. Schäfer, Darmstadt, Wissenschaftliche Buchgesellschaft, 2002, p. 231-250.

Mythe eschatologique du *Phédon*

Baensch, O., « Die Schilderung der Unterwelt in Platos *Phaidon* », *Archiv für Geschichte der Philosophie*, Band XVI, Neue Folge IX Band, Berlin, 1903, p. 189-203.

Ebert, T., « "Wenn ich einen schönen Mythos vortrage darf…" Zu Status, Herkunft und Funktion des Schlussmythos in Platons *Phaidon* », dans *Platon als Mythologe. Neue Interpretationen zu den Mythen in Platons Dialogen* [Tagung « Platons Mythen », 30-31 juillet 2001], éd. par M. Janka et C. Schäfer, Darmstadt, Wissenschaftliche Buchgesellschaft, 2002, p. 251-269.

Pradeau, J.-F., « Le monde terrestre. Le modèle cosmologique du mythe final du *Phédon* », *Revue philosophique*, 1996, p. 75-105.

Mythe de Gygès dans la *République*

Fauth, W., « Zum Motivbestand der platonischen Gygeslegende », *Rheinisches Museum*, 113, 1970, p. 1-42.

Hanfmann, G. M. A., « Lydiaka », *Harvard Studies in Classical Philology*, 63, 1958, p. 65-88.

Schuhl, P.-M., « Platon et le cheval de Troie » (1935 et 1936), dans *La Fabulation platonicienne*, Paris, Vrin, 1968, p. 63-70.

Mythe des marionnettes humaines, dans les *Lois*

Burkert, W., « Götterspiel und Götterburleske in altorientalischen und griechischen Mythen », *Eranos-Jahrbuch*, 51, 1982, p. 335-367.

Eliade, M., « Mythes et symboles de la corde », *Eranos-Jahrbuch*, 29, 1960, p. 109-137.

Gaudin, C., « Humanisation de la marionnette. Plato Leg. I 644c-645d ; VII 803c-804c », *Elenchos*, 23, 2002, p. 271-295.

Rankin, H. D., « Plato and man : the puppet », *Eranos*, 60, 1963, p. 127-131.

Mythe du *Politique*

Brague, R., « L'isolation du sage. Sur un aspect du mythe du *Politique* », dans *Du temps chez Platon et Aristote*, Paris, PUF, 1982, p. 73-95.

Brisson L., « Interprétation du mythe du *Politique* » (1995), revu et repris dans *Lectures de Platon*, Paris, Vrin, 2000, p. 169-205.

Carone, G. R., « Cosmic and human drama in Plato's *Politicus*. On cosmos, god and microcosm in the myth », *Polis*, 12, 1993, p. 99-121.

Casadio, G., « The *Politicus* myth (268d-274e) and the history of religions », *Kernos*, 8, 1995, p. 85-95.

Dillens, A.-M., « De la philosophie au mythe. À propos des lambeaux de légendes rassemblés dans le *Politique* de Platon », dans les *Mélanges Daniel Coppieters de Gibsons*, Bruxelles, Institut Universitaire Saint-Louis, 1985, p. 207-235.

Dillon, J., « Plato and the golden age », *Hermathena*, 153, 1992, p. 21-36.

Dillon, J., « The Neoplatonic exegesis of the *Statesman* myth », dans *Reading the* Statesman. *Proceedings of the III Symposium Platonicum*, éd. citée, p. 364-374.

Ferrari, G.R.F., « Myth and conservatism in Plato's *Statesman* », dans *Reading the* Statesman. *Proceedings of the III Symposium Platonicum*, éd. citée, p. 389-397.

Hemmenway, S. R., « Pedagogy in the myth of Plato's *Statesman* : body and soul in relation to philosophy and politics », *History of Philosophy Quarterly*, 11, 1994, p. 253-268.

Herter, H., « Gott und die Welt bei Platon, Eine Studie zum Mythos des *Politikos* » (1958), repris dans ses *Kleine Schriften*, éd. par E. Vogt, Munich, Fink, 1975, p. 316-329.

Kerszberg, P., « The myth of the reversed cosmos in contemporary physics », *The St. John's Review*, LXII, 2, 1994, p. 61-79.

Lens, J., « Sobre un mito platónico y su pervivencia », *Florentia Iliberritana*, 2, 1991, p. 359-267.

Lisi, F. L. « La pensée historique de Platon dans les *Lois* », *Cahiers Glotz*, 11, 2000, p. 9-23.

Mohr, R. D., « Disorderly motion in Plato's *Statesman* » (1981), repris dans *The Platonic Cosmology*, Leyde, Brill, 1985, p. 141-157.

Mohr, R. D., « The formation of the cosmos in the *Statesman* myth », *Phoenix*, 27, 1978, p. 250-252.

Ostenfeld, E. N., « The physicality of god in the *Politicus* myth and in the later dialogues », *Classica & Medievala*, 44, 1993, p. 97-108.

Robinson, T. M., « Demiurge and world soul in Plato's *Politicus* », *American Journal of Philology*, 88, 1967, p. 57-66.

Rosen, S., « Plato's myth of the reversed cosmos » (1979), repris dans *The Quarrel between Philosophy an Poetry*, New York et Londres, Routledge, 1988, p. 78-90 (traduction française, sous le titre « Le mythe platonicien du monde renversé », *Actes du groupe de recherches sur l'expression littéraire et les sciences humaines*, Publications de la Faculté des lettres et sciences humaines de Nice, 24, 1983, p. 7-28).

Schuhl, P.-M., « Sur le mythe du *Politique* » (1932), repris dans *La Fabulation platonicienne*, Paris, Vrin, 1968, p. 79-98.

Tulli, M., « Età di Crono e ricerca sulla natura nel *Politico* di Platone », *Studi Classici e Orientali*, 40, 1990, p. 97-115.

Tulli, M., « La storia impossibile nel *Politico* di Platone », *Elenchos*, 15, 1994, p. 5-23.

Vidal-Naquet, P., « Le mythe platonicien du *Politique*. Les ambiguïtés de l'âge d'or et de l'histoire » (1975), repris en dernier lieu dans *Le Chasseur noir*, Paris, Maspero, 1981, p. 361-380.

Mythe de Protagoras dans le *Protagoras*

Brisson, L., « Le mythe de *Protagoras*. Essai d'analyse structurale », *Quaderni urbinati di cultura classica*, 20, 1975, p. 10-37.

Brisson, L., « Le mythe de *Protagoras* et la question des vertus », dans *Lectures de Platon*, Paris, Vrin, 2000, p. 113-133.

Brisson, L., « Les listes de vertus dans le *Protagoras* et dans la *République* », dans *Problèmes de la morale antique*, éd. par P. Demont, Amiens, publication de la Faculté des Lettres, 1993, p. 75-92.

Capizzi, A., « Il « mito di Protagora » e la polemica sulla democrazia », *Cultura*, 8, 1970, p. 552-571.

Desclos, M.-L., « Autour du Protagoras : Socrate médecin et la figure de Prométhée », *Quaderni di Storia*, 36, 1992, p. 105-140.

Gernet, L., « Droit et prédroit en Grèce ancienne » (1948-1949), repris dans *Anthropologie de la Grèce antique*, Paris, Maspero, 1968, 1976, p. 175-260.

Lami, A., « Il mito del *Protagora* ed il primato della politica », *Critica Storica*, 12, 1975, p. 1-45.

Miller, C. L., « The Prometheus story in Plato's *Protagoras* », *Interpretation*, VII, 2, 1978, p. 22-32.

Motte, A., « Un mythe fondateur de la démocratie : (Platon, *Protagoras* 319c-322d) », dans *Mythe et politique* (congrès), éd. par F. Jouan et A. Motte, Liège et

Paris, université de Liège et Les Belles Lettres, 1990, p. 219-229.

Wolz, H. G., « The Protagoras myth and the philosopher-kings », *Review of Metaphysics*, 17, 1963-1964, p. 214-234.

Mythe de la providence, dans les *Lois*

Gaiser, K., « I miti di Platone sull'esempio di *Leggi* X 903b-905d », dans *Platone come scrittore filosofico. Saggi sull'ermeneutica dei dialoghi platonici*, Naples, Bibliopolis, 1984, p. 125-152.

Kucharski, P., « Observations sur le mythe des *Lois,* 903b-905d » (1954), repris dans *Aspects de la spéculation platonicienne,* Paris et Louvain, Publications de la Sorbonne et Nauwelaerts, 1971, p. 73-96.

Pietsch, C., « Mythos als konkretisierter *Logos*. Platons Verwendung des Mythos am Beispiel von *Nomoi* X 903b-905d », dans *Platon als Mythologe. Neue Interpretationen zu den Mythen in Platons Dialogen* [Tagung « Platons Mythen », 30-31 juillet 2001], éd. par M. Janka et C. Schäfer, Darmstadt, Wissenschaftliche Buchgesellschaft, 2002, p. 99-114.

Santa Cruz, M. I., « Les deux âmes dans *Lois* X et le mythe du *Politique* », *Plato's* Laws. *From Theory to Practice*, *Proceedings of the VI Symposium Platonicum* [Jérusalem, 5-10 août 2001] ed. by Samuel Scolnicov and Luc Brisson, International Plato Series vol. 15, Sankt Augustin, Academia, 2003, p. 276-280.

Saunders, T. J., « Penology and eschatology in Plato's *Timaeus* and *Laws* », *Classical Quarterly*, 23, 1973, p. 232-244.

Saunders, T. J., *Plato's Penal Code. Tradition, Controversy and Reform in Greek Penology*, Oxford, Oxford University Press, 1991.

Schuhl, P.-M., « Un cauchemar de Platon » (1953), repris dans *Études platoniciennes,* Paris, PUF, 1960, p. 85-89.

Schuhl, P.-M., « Une machine à peser les âmes » (1947), repris dans *La Fabulation platonicienne*, Paris, Vrin, 1968, p. 95-98.

Vorwerk, M., « Zauber oder Argument ? Die *epōidoì mûthoi* in *Nomoi* X (903A10-905D1) », *Plato's* Laws. *From Theory to Practice, Proceedings of the VI Symposium Platonicum* [Jérusalem, 5-10 août 2001] ed. by Samuel Scolnicov and Luc Brisson, International Plato Series vol. 15, Sankt Augustin, Academia, 2003, p. 81-86.

INDEX DES NOMS PROPRES

(Seuls figurent ici les noms des auteurs anciens, les titres de certaines de leurs œuvres et les noms des personnages ou des divinités que Platon mentionne.)

TABLE

LA PHILOSOPHIE DANS LA GF

ANSELME DE CANTORBERY
Proslogion (717)

ARISTOTE
De l'âme (711)
Éthique de Nicomaque (43)
Parties des animaux, livre I (784)
Petits traités d'histoire naturelle (979)
Physique (887)
Les Politiques (490)

AUFKLÄRUNG. LES LUMIÈRES ALLEMANDES
(793)

ALLEMANDE (793)

SAINT AUGUSTIN
Les Confessions (21)

AVERROÈS
Discours décisif (bilingue) (871)
L'Intelligence et la pensée (Sur le
De Anima) (974)

BACON
La Nouvelle Atlantide (770)

BECCARIA
Des délits et des peines (633)

BERKELEY
Principes de la connaissance humaine
(637)
Trois dialogues entre Hylas et Philonous
(990)

BICHAT
Recherches physiologiques sur la vie et la
mort (808)

BOÈCE
Traités théologiques (876)

LE BOUDDHA
Dhammapada (849)

COMTE
Leçons de sociologie (864)
Discours sur l'ensemble du positivisme
(991)

CONDORCET
Cinq mémoires sur l'instruction
publique (783)
Esquisse d'un tableau historique des
progrès de l'esprit humain (484)

CONFUCIUS
Entretiens avec ses disciples (799)

CONSTANT
De l'esprit de la conquête et de l'usurpation
dans leurs rapports avec la civilisation
européenne (456)

CUVIER
Recherches sur les ossements fossiles de
quadrupèdes (631)

DARWIN
L'origine des espèces (685)

DESCARTES
Correspondance avec Élisabeth et
autres lettres (513)
Discours de la méthode (1091)
Lettre-préface des Principes de
la philosophie (975)
Méditations métaphysiques (328)
Les Passions de l'âme (865)

DIDEROT
Entretien entre d'Alembert et Diderot.
Lettre sur les aveugles. Lettre sur les sourds
et muets (1081)
Le Rêve de d'Alembert. (1134)
Supplément au Voyage de Bougainville.
Pensées philosophiques. Additions aux
Pensées philosophiques. Lettre sur
les aveugles. Additions à la Lettre
sur les aveugles (252)

DIDEROT/D'ALEMBERT
Encyclopédie ou Dictionnaire raisonné
des Sciences, des Arts et des Métiers
(2 vol., 426 et 448)

DIOGÈNE LAËRCE
Vie, doctrines et sentences des
philosophes illustres (2 vol., 56 et 77)

MAÎTRE ECKHART
Traités et sermons (703)

ÉPICTÈTE
Manuel (797)

ÉRASME
Éloge de la folie (36)

FICHTE
La Destination de l'homme (869)

GALIEN
Traités philosophiques et logiques (880)

GRADUS PHILOSOPHIQUE (773)

HEGEL
Préface de la Phénoménologie
de l'esprit (bilingue) (953)
Principes de la philosophie du droit (664)

HÉRACLITE
Fragments (1097)

HERDER
Histoires et cultures (1056)

HIPPOCRATE
L'Art de la médecine (838)

HOBBES
Le Citoyen (385)

HUME
Enquête sur l'entendement humain (343)
Enquête sur les principes de la morale
(654)

GF-CORPUS

GF Flammarion

09/05/146541-V-2009 – Impr. MAURY Imprimeur, 45330 Malesherbes.
N° d'édition L.01EHPNFG1185.C003. – Septembre 2004. – Printed in France.